Über dieses Buch Metallisch schimmernde Fliegenschwärme – waren sie das Schicksal der Besatzung des Raumkreuzers »Kondor«? Die Kameraden vom Schwesterschiff »Der Unbesiegbare« suchen nach den Verschollenen und finden ihre Überreste auf »Regis III«, einem Planeten im Sternbild der Leier. Und hier, wo tote Materie sich selbst organisiert hat und eine ganze Welt beherrscht, müssen die Männer erkennen, daß für sie, trotz aller technischen Überlegenheit, kein Platz auf diesem Planeten ist.

Über den Autor Stanisław Lem, Pole, Jahrgang 1921, ist heute einer der beliebtesten Autoren im Ostblock. Nach einem Debüt mit Lyrik, Kurzgeschichten und einem preisgekrönten Roman führte ihn sein Interesse an der Kybernetik in ein neues literarisches Genre: das der Science-fiction. Für Lem ist die Utopie mehr als ein Spiel der Phantasie. Sie wird für ihn zu einem Spiegel der gegenwärtigen Gesellschaft, in dem die Chancen künftiger Entwicklungen mitreflektiert werden, und damit zum Medium der Kritik an den bestehenden Verhältnissen. Nicht immer finden die skurrilen Einfälle des überzeugten, dabei von Parteiideologie freien Marxisten den Beifall orthodoxer offizieller Stellen. Aber allein in der Sowjetunion beträgt die Gesamtauflage seiner Bücher weit über drei Millionen.

Im S. Fischer Verlag erschien sein Buch ›Fiasko‹, das die Möglichkeit der Selbstzerstörung unseres Planeten aufgreift.

Stanisław Lem

DER UNBESIEGBARE

Utopischer Roman

Aus dem Polnischen von
Roswitha Dietrich

Fischer
Taschenbuch
Verlag

141.–148. Tausend: Juli 1987

Veröffentlicht im Fischer Taschenbuch Verlag GmbH,
Frankfurt am Main, Juli 1971

Lizenzausgabe mit freundlicher Genehmigung
des Universitas Verlages, Berlin

Die Lizenzausgabe für die Bundesrepublik Deutschland, Österreich
und die Schweiz erschien 1969 im Universitas Verlag, Berlin 30
Titel der Originalausgabe: »Niezwyciezony«
Druck und Bindung: Clausen & Bosse, Leck
Printed in Germany
980-ISBN-3-596-21199-9

Der schwarze Regen

Der »Unbesiegbare«, ein Raumkreuzer der schweren Klasse, das größte Schiff, über das die Flottenbasis im Sternbild der Leier verfügte, durchflog mit Photonenantrieb den äußersten Quadranten der Sterngruppe. Die dreiundachtzig Mann Besatzung schliefen im Tunnelhibernator des Zentraldecks. Die Flugstrecke war verhältnismäßig kurz, deshalb hatte man auf vollständige Hibernation verzichtet und lediglich den Tiefschlaf angewandt, bei dem die Körpertemperatur nicht unter zehn Grad absinkt. In der Steuerzentrale arbeiteten nur die Automaten. Im Fadenkreuz der Orientierungsanlage hing die Scheibe der Sonne, die nicht viel heißer war als ein gewöhnlicher, roter Zwergstern. Als sie die halbe Bildschirmbreite einnahm, wurde die Annihilation unterbrochen. Eine Weile war es im ganzen Raumschiff totenstill. Die Klimaanlagen und die Rechenmaschinen arbeiteten lautlos. Die leichte Vibration hörte auf, die Begleiterscheinung des Photonenstrahls, der vordem aus dem Heck gedrungen war und wie ein endlos langer, in Dunkel gehüllter Degen das Raumschiff vorwärtsgestoßen hatte. Der »Unbesiegbare« flog noch immer nahezu mit Lichtgeschwindigkeit dahin, starr, taub und scheinbar ohne Leben an Bord.

An den Steuerpulten, die im rötlichen Schein der fernen, auf dem zentralen Bildschirm sichtbaren Sonne schimmerten, blinzelten die Lämpchen einander zu. Die Magnettonbänder setzten sich in Bewegung, gemächlich krochen die programmierten Codestreifen in die Eingabe immer anderer Apparate, die Umschalter sprühten Funken, und der Strom floß mit einem Summen in die Leitungen, das niemand vernahm. Die Elektromotoren überwanden den Widerstand der Reste längst eingetrockneten Schmieröls, liefen an und wechselten von tiefem Dröhnen zu hohem Stöhnen über. Mattierte Kadmiumstäbe schoben sich aus den Hilfsreaktoren hervor, die magnetischen Pumpen preßten flüssiges Natrium in die Kühlschlangen, durch das Heck lief ein Zittern, und zugleich verriet ein schwaches Rasseln im Wandinnern – es war, als trieben dort ganze Schwärme winziger Tierchen ihr Unwesen und scharrten mit ihren Krallen am Metall –, daß sich die Reparaturautomaten auf ihre viele Kilometer lange Wanderung begeben hatten, um die Festigkeit der Gerüstverstrebungen, die Undurchlässigkeit des Raketenrumpfes und die Haltbarkeit der Schweißnähte zu überprüfen. Das ganze Schiff, voll von Geräusch und Bewegung, erwachte – nur die Besatzung schlief noch.

Schließlich schluckte der letzte Automat seinen Codestreifen und sandte Signale in die Hibernatorzentrale. In den kalten Luftstrom mischte sich Weckgas. Aus den Fußbodengittern zwischen den Kojenreihen blies ein warmer Wind. Doch die Schläfer wollten anscheinend noch immer nicht aufwachen. Einige bewegten kraftlos die Arme, Fieberphantasien und Alpträume drängten sich in die Leere ihres eisigen Schlafes. Endlich öffnete der erste die Augen. Das Schiff war darauf vorbereitet. Seit wenigen Minuten vertrieb künstliches, weißes Tageslicht die Dunkelheit aus den langen Deckkorridoren, den Aufzugsschächten, den Kajüten, der Steuerzentrale, den Arbeitskabinen und den Schleusenkammern. Und während der Hibernator von Seufzen und schlaftrunkenem Stöhnen widerhallte, leitete das Raumschiff das erste Bremsmanöver ein, als könnte es das endgültige Erwachen der Besatzung nicht erwarten. Auf dem zentralen Bildschirm flammten die feurigen Garben der Bugdüsen auf. Eine Erschütterung zerriß plötzlich das bisher starre Gleichmaß der Lichtgeschwindigkeit. Die gewaltige Gegenkraft, die von den Bugdüsen ausging, suchte die achtzehntausend Tonnen Ruhemasse des »Unbesiegbaren«, die nun sogar mit der riesigen Eigengeschwindigkeit vervielfältigt war, zu zermalmen. In den Kartenräumen schaukelten die hermetisch verpackten Karten unruhig an ihren Rollen. Hier und da bewegten sich mangelhaft befestigte Gegenstände, als wären sie lebendig. In den Kombüsen stießen klirrend Gefäße aneinander, die Lehnen der leeren Schaumgummisessel bebten, die Sicherheitsgurte und die Wandseile der Decks pendelten hin und her. Geräusche von Glas, Blech und Kunststoff vermischten sich, wie eine Welle pflanzte sich das Klopfen vom Bug bis zum Heck fort. Aus dem Hibernator drang Stimmengewirr. Nach einem kurzen Übergangsschlaf kehrten die Männer aus dem Nichts, in dem sie sieben Monate geweilt hatten, in die Wirklichkeit zurück.

Das Raumschiff verlor an Geschwindigkeit. Der in rotes Gewölk gehüllte Planet verdeckte die Sterne. Immer langsamer glitt ein Ozean vorbei, in dem sich das Sonnenlicht wie in einem gewölbten Spiegel brach. Kraterübersät trat ein bräunlicher Kontinent hervor. Die Männer an ihren Plätzen sahen nichts davon. Tief unter ihnen, in den Titankammern des Triebwerks, dröhnte ein gedämpftes Tosen, eine riesige Last zog ihnen die Finger von den Hebeln. In den Bereich des Bremsstrahls geriet eine Wolke, glänzte weißlich auf wie bei einer Quecksilberexplosion, zerfiel und war verschwunden. Einen Augenblick schwoll das Triebwerksgeheul an. Die rötliche Scheibe in der Tiefe wurde flach: So verwandelt sich ein Planet in ein Festland. Nun hoben sich bereits sichelförmige Dünen ab, über die der Wind hinwegfegte. Lavastränge, die von einem nahe gelegenen Krater auseinanderliefen wie Radspeichen, warfen den Feuerschein aus den Raketendüsen lodernd zurück, so daß er das Sonnenlicht überstrahlte.

»Mittelachse – volle Kraft! Statischer Antrieb!«

Die Zeiger rückten träge in den nächsten Sektor der

Meßskala vor, das Manöver lief reibungslos ab. Wie ein kopfstehender, feuerspeiender Vulkan hing das Raumschiff eine halbe Meile hoch über der zernarbten Planetenoberfläche mit den versandeten Felsrücken.

»Mittelachse – volle Kraft! Bremst statischen Antrieb!«

Nun war bereits zu erkennen, wo der Bremsstrahl auf den Boden traf. Eine rote Sandwolke stieg dort auf. Vom Heck zuckten violette Blitze, scheinbar lautlos, denn das Donnern ging im Brüllen der Gase unter. Allmählich glich sich die Potentialdifferenz aus, die Blitze verschwanden.

Eine Trennwand ächzte. Mit einer Kopfbewegung bedeutete der Kommandant dem Ingenieur: Fremdschwingung, muß beseitigt werden. Aber keiner reagierte. Die Triebwerke heulten auf, und ohne jegliche Erschütterung, wie ein von unsichtbaren Seilen gehaltener Stahlberg, senkte sich das Raumschiff.

»Mittelachse – halbe Kraft! Kleiner statischer Antrieb!«

Rauchende Sandwolken, hoch wie Meereswogen, jagten in konzentrischen Kreisen davon. Das Epizentrum, das aus geringer Entfernung von dem gebündelten Feuerstrahl getroffen wurde, rauchte nicht mehr. Der Sand war verschwunden. Aus einem roten, blasigen Spiegel hatte er sich in einen siedenden See geschmolzener Silikate verwandelt und war schließlich in einer Säule kreischender Explosionen verdampft. Das Urgestein des Planeten, nackt wie fleischloses Gebein, wurde weich.

»Reaktoren auf Leerlauf! Kalter Antrieb!«

Das leuchtende Blau des Atomfeuers erlosch. Aus den Düsen sprühte in schrägem Strahl Borwasserstoff, und mit einemmal überflutete ein gespenstisches Grün Wüste, Kraterwände und Wolken. Der Basaltgrund, auf dem das breite Heck des »Unbesiegbaren« aufsetzen sollte, würde nun nicht mehr schmelzen.

»Reaktoren auf Null. Mit kaltem Antrieb Landung!«

Aller Herzen schlugen schneller, die Blicke wandten sich

den Instrumenten zu, schwitzende Finger krampften sich um die Hebel. Die letzten Worte bedeuteten, daß es kein Zurück gab, daß man den Fuß auf festen Boden setzen würde, und sei es auch nur auf den Sand eines öden Planeten. Immerhin war dort ein Sonnenaufgang und ein Sonnenuntergang, ein Horizont, Wolken und Wind.

»Punktlandung im Nadir!«

Anhaltendes Stöhnen füllte das Schiff: Die Turbinen preßten den Kraftstoff nach unten. Eine kegelförmige, grüne Feuersäule verband es mit dem rauchenden Felsen. Ringsum verschleierten Sandwolken die Periskope der Mitteldecks. Nur auf den Radarschirmen in der Steuerzentrale erschienen und erloschen in ständigem Wechsel die Umrisse einer im Chaos des Taifuns verschwindenden Landschaft.

»Bei Bodenberührung stop!«

Das Feuer, das von dem hinabsinkenden Raketenkoloß Millimeter um Millimeter zusammengepreßt wurde, wirbelte aufsässig unter dem Heck, die grüne Hölle schoß lange Glutspritzer mitten in die zuckenden Sandwolken. Der Raum zwischen dem Heck und dem verbrannten Gestein verengte sich zu einem schmalen Spalt, einem glühenden grünen Strich.

»Null, null! Alle Triebwerke stop!«

Ein Glockenton, wie ein Schlag, der einzige Schlag eines riesigen, zerspringenden Herzens. Die Rakete stand. Der Chefingenieur hielt beide Hebel der Notstartanlage fest in den Händen, denn noch konnte der Fels nachgeben. Sie warteten, die Sekundenzeiger krochen. Der Kommandant beobachtete eine Weile das Lot, aber das Silberlämpchen zeigte nicht die geringste seitliche Abweichung an.

Sie schwiegen. Die bis zur Weißglut erhitzten Düsen zogen sich zusammen und gaben dabei charakteristische Laute von sich, die einem heiseren Stöhnen glichen. Die rötliche, mehrere hundert Meter hochgeschleuderte Staubwolke senkte sich. Der stumpfe Bug des »Unbesiegbaren« trat hervor, dann der Rumpf, von der atmosphärischen Reibung geschwärzt, in der Farbe dem alten Basaltgestein ähnlich, und der rauhe, doppelte Panzer. Noch immer ballte sich rötlicher Staub und wirbelte am Heck auf, aber das Raumschiff stand nun fest, als wäre es selbst ein Teil des Planeten geworden und als kreiste es mit ihm in träger, jahrhundertealter Bewegung unter dem violetten Himmel, an dem die hellsten, in der Nähe der roten Sonne verblassenden Sterne zu sehen waren.

»Normale Prozedur?«

Der Astrogator blickte von dem Bordbuch auf, in das er in halber Höhe das vereinbarte Landezeichen und die Uhrzeit eingetragen und daneben den Namen des Planeten gesetzt hatte: Regis III.

»Nein, Rohan. Wir beginnen mit dem dritten Grad.«

Rohan suchte sein Erstaunen zu verbergen.

»Jawohl. Allerdings«, fügte er mit der Vertraulichkeit hinzu, die ihm Horpach bisweilen gestattete, »möchte ich das den Leuten lieber nicht sagen.« Als hätte der Astrogator diese Worte nicht gehört, faßte er seinen Offizier unter und führte ihn an den Bildschirm wie an ein Fenster.

Der vom Landestrahl zur Seite geschleuderte Sand hatte eine Art flachen Talkessel gebildet, den lockere Dünen rahmten. Aus der Höhe von achtzehn Stockwerken sahen sie durch die dreifarbige Fläche des Elektronenwandlers, der ein getreues Abbild der Außenwelt lieferte, auf den gezackten Felsrand eines drei Meilen entfernten Kraters hinunter. Im Westen verschmolz er mit dem Horizont. Im Osten staffelten sich unter seinen Steilhängen undurchdringliche, schwarze Schatten. Breite Lavaarme, deren Kämme aus dem Sand hervorragten, hatten die Farbe geronnenen Blutes. Am oberen Rand des Bildschirms leuchtete ein heller Stern am Himmel.

Der Kataklysmus, den das Eintreffen des »Unbesiegbaren« heraufbeschworen hatte, war vorüber, und der Wüstenwind, diese heftige, ständig von den Äquatorzonen zum Pol des Planeten ziehende Luftströmung, trieb bereits die ersten Sandzungen unter das Schiffsheck, als suchte sie geduldig die Wunde zu heilen, die das Düsenfeuer geschlagen hatte.

Der Astrogator schaltete das Netz der Außenmikrofone ein, und ein bösartiges, fernes Heulen und das Geräusch des an den Panzerwänden scheuernden Sandes füllte einen Augenblick lang den hohen Raum der Steuerzentrale. Dann schaltete er die Mikrofone ab, und Stille trat ein.

»So sieht das also aus«, sagte er gedehnt. »Aber der ›Kondor‹ ist von hier nicht zurückgekehrt, Rohan.«

Rohan biß die Zähne zusammen. Er durfte sich nicht in einen Wortwechsel mit dem Kommandanten einlassen. Sie hatten viele Parsek miteinander durchflogen, aber sie hatten sich nicht anfreunden können. Vielleicht war der Altersunterschied zu groß, oder die gemeinsam bestandenen Gefahren waren zu gering. Dieser Mann, dessen Haar fast so weiß war wie der Anzug, den er trug, kannte keine Rücksichtnahme.

Nahezu hundert Männer verharrten reglos an ihren Plätzen. Nun lag die angespannte Arbeit hinter ihnen, das Näherungsmanöver, die dreihundert Stunden, die notwendig waren, um die in jedem Atom des »Unbesiegbaren« gespeicherte kinetische Energie abzubremsen, das Schiff auf die Flugbahn zu bringen und zu landen. Fast hundert Männer, die seit Monaten den Wind nicht hatten rauschen hören, die hatten gelernt, die Leere zu hassen, wie sie nur einer hassen kann, der sie kennt. Aber der Kommandant dachte gewiß nicht daran. Langsam durchquerte er die Steuerzentrale, stützte die Hand auf die wieder hochgeklappte Sessellehne und knurrte: »Wir wissen nicht, was das ist, Rohan.« Und plötzlich fuhr er ihn in scharfem Ton an: »Worauf warten Sie noch?«

Rohan lief zu den Verteilerpulten und schaltete die Inneninstallation ein. In seiner Stimme schwang noch die unterdrückte Empörung, als er hervorstieß: »Alle Decks – Achtung! Landung beendet. Erdprozedur dritten Grades. Deck acht – Energoboter fertigmachen! Deck neun – Schirmreaktoren anlassen! Schutztechniker an die Plätze! Übrige Besatzung an die festgelegten Arbeitsplätze! Ende.«

Während er das sagte und das grüne Auge des Verstärkers beobachtete, das je nach der Lautstärke seiner Stimme flimmerte, war ihm, als sähe er ihre verschwitzten Gesichter, die sich den Lautsprechern zuwandten und plötzlich in Verwunderung und Zorn erstarrten. Erst jetzt hatten sie begriffen, jetzt erst würden sie fluchen.

»Erdprozedur dritten Grades läuft, Astrogator«, sagte er, ohne den alten Mann anzusehen. Der blickte zu ihm hinüber und verzog unvermutet die Mundwinkel zu einem Lächeln.

»Das ist doch bloß der Anfang, Rohan. Vielleicht machen wir noch lange Spaziergänge bei Sonnenuntergang, wer weiß ...«

Er entnahm dem flachen Wandschränkchen ein dünnes, hohes Buch, schlug es auf, legte es auf das hebelgespickte Pult und fragte: »Haben Sie das gelesen?«

»Ja.«

»Das letzte, von der siebenten Hyperrelaisstation registrierte Signal erreichte vor einem Jahr die Proximalboje im Bereich der Basis.«

»Ich kann den Inhalt auswendig. ›Landung auf Regis III beendet. Wüstenplanet vom Typ Subdelta 92. Gehen mit zweiter Prozedur in Äquatorzone des Kontinents Evana an Land.‹«

»Ja, aber das war nicht das letzte Signal.«

»Ich weiß, Astrogator. Vierzig Stunden später registrierte die Hyperrelaisstelle eine Impulsfolge, die gemorst schien, aber völlig zusammenhanglos war, und danach mehrmals wiederkehrende, merkwürdige Laute. Haertel nannte sie ›Kreischen von Katzen, die am Schwanz gezogen werden‹!«

»Ja, ja . . .«, sagte der Astrogator, aber er hörte offensichtlich gar nicht mehr zu. Er stand wieder vor dem Bildschirm. Dicht über dem unteren Rand des Gesichtsfeldes waren die scherenförmig ausgefahrenen Träger der Rampe zu erkennen, auf denen in gleichmäßigen Abständen, wie bei einer Parade, die Energoboter hinabglitten, dreißig Tonnen schwere Maschinen mit feuerfestem Silikonpanzer. Während sie hinunterkrochen, öffneten und hoben sich langsam ihre Hauben. Sie verließen die Rampe und sanken tief in den Sand ein, aber sie kamen gut voran und arbeiteten sich durch die Düne, die der Wind bereits um den »Unbesiegbaren« aufgeweht hatte. Nacheinander schwenkten sie rechts und links ein, und zehn Minuten später war das ganze Schiff von einer Kette metallener Schildkröten umgeben. Wenn ein Energoboter seinen Platz erreicht hatte, dann wühlte er sich gemächlich in den Sand ein, bis er darin verschwand und nur noch die glitzernden Kuppeln der Dirac-Emitoren gleich weit entfernt voneinander aus den roten Dünenhängen hervorlugten.

Der schaumgummiverkleidete Stahlfußboden der Steuerzentrale erzitterte unter den Füßen der Männer. Blitzartig durchfuhr ein kaum spürbarer Schauer ihre Körper. Einen Augenblick noch durchrieselte er ihre Kiefermuskeln, das Bild verschwamm ihnen vor den Augen. Die Erscheinung dauerte keine halbe Sekunde. Abermals trat Stille ein, die von dem fernen, aus den unteren Stockwerken heraufdringenden Summen der anlaufenden Motoren unterbrochen wurde. Die Wüste, die schwarzroten Felshalden, die träge dahinkriechenden Sandwellen nahmen auf den Bildschirmen wieder schärfere Umrisse an, und alles war wie zuvor, nur hatte sich über den »Unbesiegbaren« die unsichtbare Kuppel des Kraftfeldes gestülpt und verwehrte den Zugang zum Raumschiff.

Da erschienen plötzlich Metallkrabben mit Antennen links und rechts, die wie Mühlenflügel kreisten, und schritten die Rampe hinunter. Diese Inforoboter waren bedeutend größer als die Feldemitoren, sie hatten einen abgeplatteten Rumpf und gebogene, seitwärts gespreizte Metallstelzen. Die Gliederfüßler blieben im Sand stecken, zogen unwillig die tief einsinkenden Extremitäten daraus hervor und verteilten sich auf die Zwischenräume in der Energoboterkette. Während die Schutzmaßnahmen weiterliefen, flammten auf dem mattierten Hintergrund des Zentralpults in der Steuerzentrale die Kontrollämpchen auf, und die Zifferblätter der Impulszähler überzogen sich mit grünlichem Glanz. Es war jetzt, als starrten Dutzende großer Katzenaugen die Männer an. Die Zeiger standen überall auf Null: Nichts versuchte den unsichtbaren Wall des Kraftfeldes zu durchbrechen. Nur am Energieverteilungsmesser rückte der Pfeil höher, über die roten Gigawattstriche hinaus.

»Ich gehe nach unten und esse etwas. Führen Sie den Stereotyp aus, Rohan«, sagte Horpach plötzlich mit müder Stimme und riß sich von dem Bildschirm los.

»Ferngesteuert?«

»Wenn Ihnen daran liegt, können Sie jemanden hinausschicken oder selbst gehen.«

Mit diesen Worten schob der Astrogator die Tür auseinander und verließ den Raum. Einen Augenblick noch sah Rohan sein Profil im schwachen Licht des Fahrstuhls, der lautlos abwärtsglitt. Er warf einen Blick auf den Feldanzeiger. Null. Eigentlich müßte man mit der Fotogrammetrie anfangen, dachte er, den Planeten umkreisen, bis man eine vollständige Aufnahmensammlung hat. Vielleicht ließe sich auf diese Weise etwas entdecken. Denn die visuellen Beobachtungen von der Bahn aus sind nicht viel wert. Ein Kontinent ist kein Meer, und alle Beobachter an den Fernrohren zusammen sind längst kein Matrose im Krähennest. Daß die Sammlung erst in ungefähr einem Monat vollständig wäre, steht auf einem anderen Blatt.

Der Fahrstuhl kam zurück. Er stieg ein und fuhr zum sechsten Deck hinunter. Die große Plattform vor der Schleusenkammer war gedrängt voll von Menschen, die hier eigentlich nichts mehr zu schaffen hatten, zumal da sich die vier Signale, die die Hauptmahlzeit ankündigten, schon seit etwa einer Viertelstunde wiederholten. Man machte ihm Platz.

»Jordan und Blank, Sie kommen mit zum Stereotyp.«

»Volle Schutzausrüstung, Navigator?«

»Nein, nur die Sauerstoffflaschen. Und einen Roboter. Am besten einen Arctan, der bleibt uns nicht in dem verfluchten Sand stecken. Und ihr, was steht ihr alle hier herum? Hat es euch den Appetit verschlagen?«

»Wir würden gern an Land gehen, Navigator.«

»Wenigstens ein paar Minuten ...«

Sie redeten alle durcheinander.

»Nur die Ruhe bewahren, Jungs. Ihr werdet schon noch Ausflüge machen können. Vorläufig haben wir dritten Grad.«

Unlustig entfernten sie sich.

Unterdessen kam aus dem Ladeschacht ein Aufzug mit dem Roboter herauf, der selbst die stattlichsten Männer um Haupteslänge überragte. Jordan und Blank kehrten auf einem Elektrokarren zurück, sie hielten die Sauerstoffapparate bereit. Rohan hatte sich gegen das Geländer des Korridors gelehnt, der sich jetzt, da die Rakete auf Heck stand, in einen senkrechten, bis in den ersten Maschinenraum hinabreichenden Stollen verwandelt hatte. Über und unter sich spürte er die weit ausladenden Metallstockwerke, irgendwo in der Tiefe arbeiteten leise die Förderbänder, das schwache Schmatzen der hydraulischen Leitungen war zu hören, und aus dem vierzig Meter tiefen Schacht drang gleichmäßig ein

Hauch kalter, gereinigter Luft aus den Klimaanlagen des Maschinenraums herauf.

Zwei Leute vom Schleusenpersonal öffneten ihnen die Tür. Rohan prüfte instinktiv, ob die Gurte saßen und die Maske anlag. Jordan und Blank traten hinter ihm ein, dann dröhnte das Stahlblech unter den schweren Schritten des Roboters; schneidendes, anhaltendes Zischen der ins Schiffsinnere gesogenen Luft. Die Außenluke sprang auf. Die Maschinenrampe lag vier Stockwerke tiefer. Um dorthin zu gelangen, bedienten sich die Männer eines kleinen Aufzuges, der schon vorher aus dem Raketenmantel hinuntergelassen worden war. Sein Gittergeflecht reichte bis an die Dünenkämme. Der Fahrstuhlkorb war ringsum offen. Die Luft war kaum kühler als im Innern des »Unbesiegbaren«. Zu viert stiegen sie ein, die Magnetbremsen lösten sich, und aus elfstöckiger Höhe glitten die Männer sanft hinab, an den einzelnen Sektionen des Schiffskörpers vorbei. Rohan musterte sie unwillkürlich. Es geschieht nicht allzuoft, daß man ein Raumschiff von außen betrachten kann – außer auf der Werft. Ganz schön mitgenommen, dachte er, als er die Risse sah, die von Meteorentreffern stammten. An manchen Stellen hatten die Panzerplatten den Glanz verloren, als wären sie von starker Säure zerfressen. Der Fahrstuhl beendete die kurze Reise und setzte weich auf einem angewehten Sandhügel auf. Sie sprangen hinaus und sanken gleich bis über die Knie ein. Nur der für Untersuchungen in verschneitem Gelände bestimmte Roboter bewegte sich mit komisch watschelnden, aber sicheren Schritten auf seinen lächerlich platten Füßen vorwärts. Rohan befahl ihm stehenzubleiben, dann musterten er und die beiden anderen die Mündungen der Heckdüsen, soweit sie von außen herankonnten.

»Die sollten wieder mal geschliffen und durchgeblasen werden. Das würde nicht schaden«, sagte er.

Erst als er unter dem Heck hervorkroch, bemerkte er,

welch riesigen Schatten das Raumschiff warf. Wie eine breite Straße lief er über die Dünen, auf denen das Licht der schon tiefstehenden Sonne lag. Die Gleichmäßigkeit der Sandwellen strömte eine eigenartige Ruhe aus. Auf ihrem Grunde sammelten sich blaue Schatten, rosiger Dämmerschein überzog die Grate, und dieses warme, zarte Rosa erinnerte ihn an Farben, wie er sie von früher aus Bilderbüchern kannte. So unglaublich weich war es. Langsam ließ er den Blick von Düne zu Düne wandern und fand immer neue Nuancen in diesem gelbrosa Glühen; weiter entfernt gingen sie in ein tieferes Rot über, von Sicheln schwarzer Schatten zerschnitten, bis sie schließlich dort, wo sie nackte, bedrohlich aufragende Vulkanplatten umlagerten, zu einem einzigen gelblichen Grau verschmolzen. Während er dastand und schaute, nahmen seine Leute ohne Hast, mit jahrelang gewohnten und nun rein mechanischen Bewegungen die üblichen Messungen vor, füllten Luft- und Sandproben in kleine Behälter und prüften mit einer Sonde, deren Bohrkopf der Arctan hielt, die Radioaktivität des Bodens. Rohan kümmerte sich nicht um ihr Treiben. Die Maske umschloß nur Nase und Mund; die Augen und den ganzen Kopf hatte er frei, weil er den flachen Schutzhelm abgenommen hatte. Er spürte, daß der Wind ihm ins Haar fuhr, daß sich feine Sandkörnchen auf der Gesichtshaut festsetzten und kitzelnd zwischen Plastrand und Wangen schoben. Heftige Windstöße zerrten an den Hosenbeinen seines Schutzanzugs. Die große, wie gedunsene Sonnenscheibe, in die man allenfalls eine Sekunde ungestraft blikken durfte, hing jetzt genau über der Raketenspitze. Der Wind pfiff langgezogen. Da das Kraftfeld die Bewegung der Gase nicht aufhielt, konnte Rohan beim besten Willen nicht erkennen, wo sich dessen unsichtbare Wand aus dem Sand erhob.

Das riesige Gelände, das sich vor seinem Blick auftat, lag wie ausgestorben, als hätte nie eines Menschen Fuß es betreten, als wäre dies nicht der Planet, der ein Raumschiff von der Klasse des »Unbesiegbaren« verschlungen hatte, ein Schiff mit hundert Mann Besatzung, einen gewaltigen, erfahrenen Segler der Leere, fähig, im Bruchteil einer Sekunde Energien von Millionen Kilowatt zu entwickeln, sie in Energiefelder umzuformen, die keine Materie zu durchstoßen vermochte, sie in vernichtende Strahlen mit Sterntemperaturen zusammenzufassen, die ganze Gebirgsketten in Staub und Asche verwandeln und die Meere austrocknen konnten. Und doch war der stählerne, auf der Erde gebaute Organismus, die Frucht jahrhundertelangen Blühens der Technik, hier verschollen, war auf unerklärliche Weise verschwunden, ohne Spur, ohne SOS-Rufe, als hätte er sich in dieser roten und grauen Wüstenei aufgelöst.

So sieht der ganze Kontinent aus, dachte er. Er erinnerte sich gut. Von oben hatte er die gezackten Kraterherde erblickt und die einzige wahrnehmbare Bewegung darüber: das unaufhörliche, langsame Vorbeischwimmen der Wolken, die ihre Schatten über die endlosen Dünenbänke schleiften.

»Aktivität?« fragte er, ohne sich umzuwenden.

»Null, null zwei«, antwortete Jordan und erhob sich von den Knien. Sein Gesicht war gerötet, seine Augen glänzten. Die Maske entstellte die Stimme.

Das ist weniger als nichts, dachte er. Im übrigen wären die anderen auch nicht durch eine so grobe Nachlässigkeit umgekommen. Die automatischen Meßuhren hätten Alarm geschlagen, selbst wenn sich keiner um die Stereotypuntersuchungen gekümmert hätte.

»Atmosphäre?«

»Achtundsiebzig Prozent Stickstoff, zwei Prozent Argon, Kohlendioxyd null, vier Prozent Methan, der Rest Sauerstoff.«

»Sechzehn Prozent Sauerstoff? Bestimmt?«

»Ganz bestimmt.«

»Radioaktivität der Luft?«

»Praktisch null.«

Seltsam! Soviel Sauerstoff! Diese Mitteilung überraschte ihn. Er trat vor den Roboter hin, der ihm sofort die Kassette mit den Zahlenangaben vor die Nase hielt.

Vielleicht haben sie versucht, ohne Sauerstoffapparate auszukommen, dachte er abwegig, denn er wußte, daß es nicht so gewesen sein konnte. Manchmal geschah es allerdings, daß einer der Männer, der mehr als die anderen von Heimweh gepeinigt war, entgegen dem Befehl die Maske abnahm und einer Vergiftung erlag. Aber das konnte einem, allenfalls zwei Leuten passieren.

»Haben Sie alles?« fragte er.

»Ja.«

»Dann gehen Sie zurück.«

»Und Sie?«

»Ich bleibe noch. Gehen Sie zurück!« wiederholte er ungeduldig. Er wollte endlich allein sein. Blank hängte sich den Riemen, der die Behälter zusammenhielt, über die Schulter, Jordan reichte dem Roboter die Sonde, und so wateten sie schwerfällig durch den tiefen Sand. Der Arctan schlurfte wie ein verkleideter Mensch hinterdrein.

Rohan ging bis zu der äußersten Düne. Nun sah er dicht vor sich die aus dem Sand herausragende, breite Öffnung des Emitors, der das schützende Kraftfeld erzeugte. Nicht um sich von dessen Existenz zu überzeugen, sondern ganz einfach aus kindlichem Mutwillen hob er eine Handvoll Sand auf und schleuderte sie von sich. Der Sand beschrieb einen Bogen in der Luft und rieselte dann, als wäre er auf eine unsichtbare, gläserne Wölbung getroffen, senkrecht zu Boden. Es juckte Rohan buchstäblich in den Fingern, so große Lust hatte er, die Maske abzusetzen. Er kannte dieses Gefühl gut: das Plastmundstück ausspucken, die Sicherheitsgurte herunterreißen, die ganze Brust mit Luft vollpumpen, sie tief in die Lungen saugen . . .

Ich werde rührselig, dachte er und kehrte langsam zu dem Raumschiff zurück. Der Korb des Aufzugs stand wartend, leer, die Plattform weich in die Düne gebettet, der Wind hatte bereits in den wenigen Minuten die Metallwände des Gerüstes mit einer feinen Flugsandschicht überzogen.

Gleich im Hauptkorridor des fünften Decks blickte er zum Wandinformator. Der Kommandant war in der Sternkajüte. Er fuhr hinauf.

»Kurz gesagt, ein Idyll«, faßte der Astrogator Rohans Worte zusammen. »Keine Radioaktivität, keinerlei Sporen, Bakterien, Pilze, Viren – nichts, nur dieser Sauerstoff. Auf alle Fälle müssen von den Proben Nährlösungen angesetzt werden.«

»Sie sind schon im Laboratorium. Vielleicht entwickelt sich hier das Leben auf anderen Kontinenten«, bemerkte Rohan ohne Überzeugung.

»Das bezweifle ich. Außerhalb der Äquatorzone ist die Sonneneinstrahlung schwach. Haben Sie nicht gesehen, wie dick die Polkappen sind? Ich wette, die Eisdecke dort ist wenigstens acht, wenn nicht zehn Kilometer stark. Dann kommt schon eher der Ozean in Frage, irgendwelche Tangarten, Algen. Aber warum ist das Leben aus dem Wasser nicht aufs Land gekommen?«

»Wir werden uns dieses Wasser genauer ansehen müssen«, sagte Rohan.

»Es ist noch zu früh, unsere Leute zu fragen. Aber der Planet scheint mir alt zu sein. So ein runzliges Ei hat gewiß einige Jahrmilliarden auf dem Buckel. Übrigens hat auch die Sonne ihre Glanzzeit schon eine Weile hinter sich. Das ist ja fast ein roter Zwergstern. Tja, daß an Land jegliches Leben fehlt, gibt zu denken. Eine besondere Art der Entwicklung, die Trockenheit nicht verträgt. Schön, das würde das Auftreten von Sauerstoff erklären, aber nicht den Fall ›Kondor‹!«

»Vielleicht gibt es Lebensformen, Meereswesen, die sich im Ozean verbergen und auf seinem Grunde eine Zivilisation geschaffen haben«, mutmaßte Rohan.

Beide betrachteten die große Karte des Planeten in Mercatorprojektion. Sie war ungenau, weil sie nach den Angaben automatischer Sonden im vergangenen Jahrhundert gezeichnet worden war. Auf ihr waren lediglich die Umrisse der wichtigsten Kontinente und der Ozeane eingetragen, die Bereichlinien der Polkappen und die größten Krater. In dem Netz der Längen- und Breitengrade sah man unter dem achten Grad nördlicher Breite einen rotgerahmten Punkt: ihre Landestelle. Der Astrogator schob ungeduldig das Papier auf dem Kartentisch beiseite.

»Das glauben Sie doch selbst nicht!« fuhr er ihn an. »Tressor ist nicht dümmer gewesen als wir. Er hätte nicht vor Meereswesen kapituliert. Unsinn! Außerdem hätten solche vernunftbegabte Wesen, wenn es sie wirklich gäbe, zuallererst das Festland in Besitz genommen. Und sei es in wassergefüllten Skaphandern. Reiner Unsinn«, wiederholte er, nicht weil er Rohans Konzeption für ganz und gar unsinnig hielt, sondern weil er bereits an etwas anderes dachte.

»Wir werden eine Weile hier bleiben«, schloß er dann und berührte den unteren Rand der Karte, die sich leise knisternd zusammenrollte und in einem waagerechten Fach des großen Kartenschranks verschwand. »Wir warten ab, dann werden wir ja sehen.«

»Und wenn nicht?« fragte Rohan vorsichtig. »Wollen wir sie dann suchen?«

»Seien Sie doch vernünftig, Rohan! Sechs Sternjahre und so ein . . .« Der Astrogator suchte nach einem passenden Wort, fand es nicht und ersetzte es durch eine verächtliche Handbewegung.

»Der Planet ist so groß wie der Mars. Wie sollen wir sie da suchen? Das heißt, den ›Kondor‹?«

»Nun ja, der Boden ist eisenhaltig«, gab Rohan unlustig zu. Tatsächlich wiesen die Analysen des Sandes eine beträchtliche Beimischung von Eisenoxyden auf. Die Ferroinduktionswerte waren also nicht zu gebrauchen. Rohan wußte nicht, was er noch sagen sollte, deshalb schwieg er. Im übrigen war er überzeugt, daß der Kommandant schließlich einen Ausweg finden würde. Sie würden doch nicht mit leeren Händen, ohne Ergebnis umkehren. Er betrachtete Horpachs Augenwülste mit den struppigen Brauen und wartete.

»Ehrlich gesagt, ich glaube nicht, daß diese achtundvierzig Stunden Wartezeit uns überhaupt etwas nützen, aber die Vorschriften verlangen es so«, sagte der Astrogator plötzlich im Ton eines Geständnisses. »Setzen Sie sich, Rohan! Sie stehen vor mir wie das leibhaftige Gewissen. Die Regis ist der idiotischste Ort, den man sich denken kann. Der Gipfel der Sinnlosigkeit. Mir ist rätselhaft, weshalb der ›Kondor‹ hierhergeschickt worden ist. Aber das soll nicht unsere Sorge sein, es ist nun mal passiert.«

Horpach brach ab. Er war schlecht gelaunt, und in solchen Augenblicken wurde er meist redselig und verwikkelte den anderen leicht in ein manchmal fast vertrauliches Gespräch. Das barg immer eine gewisse Gefahr in sich, weil er es jederzeit mit einer boshaften Bemerkung beenden konnte.

»Kurz, wir müssen etwas unternehmen. So oder so. Wissen Sie was? Bringen Sie doch ein paar kleine Fotosonden auf die Äquatorumlaufbahn. Aber daß sie mir auch wirklich kreisförmig und eng ist. Etwa siebzig Kilometer.«

»Das ist noch im Bereich der Ionosphäre«, wandte Rohan ein. »Sie verglühen nach einigen Dutzend Umkreisungen.«

»Sollen sie doch verglühen! Aber vorher fotografieren sie, was möglich ist. Ich würde Ihnen sogar raten, sechzig Kilometer zu riskieren. Sie verglühen vielleicht schon bei der zehnten Umkreisung, doch nur Aufnahmen aus dieser Höhe können uns etwas nützen. Wissen Sie, wie eine Rakete aus hundert Kilometer Höhe aussieht, selbst durch das beste Teleobjektiv? Ein Stecknadelkopf ist daneben ein ganzes Bergmassiv. Lassen Sie sofort ... Rohan!«

Schon an der Tür, wandte sich der Navigator um. Der Kommandant warf das Protokoll mit den Analysenergebnissen auf den Tisch.

»Was soll das heißen? Was ist das wieder für eine Idiotie? Wer hat das geschrieben?«

»Der Automat. Was ist los?« fragte Rohan, mühsam Ruhe bewahrend, denn auch in ihm stieg der Zorn auf. Jetzt will er wohl noch herumnörgeln, dachte er und näherte sich betont langsam.

»Lesen Sie! Hier, bitte, hier!«

»Methan – vier Prozent«, las Rohan laut und erstarrte unwillkürlich.

»Vier Prozent Methan, wie? Und Sauerstoff sechzehn? Wissen Sie, was das ist? Ein explosives Gemisch! Wollen Sie mir nicht erklären, warum die ganze Atmosphäre nicht explodiert ist, als wir mit Borwasserstoff gelandet sind?«

»Tatsächlich ... Das verstehe ich nicht«, stammelte Rohan. Er lief an das Kontrollpult, ließ durch die Saugvorrichtung etwas Außenatmosphäre in die Geber ein, und während der Astrogator, in bedrohliches Schweigen gehüllt, in der Steuerzentrale hin und her ging, beobachtete er die Analysatoren, die emsig mit klirrenden Glasgefäßen hantierten.

»Nun, und?«

»Dasselbe. Vier Prozent Methan, sechzehn Sauerstoff«, antwortete Rohan. Er begriff zwar nicht, wie das möglich war, aber er empfand eine gewisse Genugtuung, denn nun würde Horpach ihm wenigstens nichts vorwerfen können.

»Zeigen Sie schon her! Hm. Methan vier, hol's der Teufel. Schön. Die Sonden auf die Bahn, Rohan, und dann kommen Sie bitte ins kleine Labor. Wozu haben wir die Fachleute? Sollen die sich den Kopf darüber zerbrechen.«

Rohan fuhr hinunter, rief zwei Raketentechniker zu sich und übermittelte ihnen den Auftrag des Astrogators. Dann kehrte er in den zweiten Stock zurück. Hier lagen die Laboratorien und die Kajüten der Fachleute. Er kam an mehreren schmalen, in das Metall gepreßten Türen vorbei, die Schilder mit Buchstaben trugen: Ch. I., Ch. Ph., Ch. T., Ch. B., und andere. Die Tür des kleinen Laboratoriums war weit geöffnet. Die monotonen Stimmen der Fachleute wurden dann und wann vom Baß des Astrogators unterbrochen. Rohan blieb auf der Schwelle stehen. Hier waren alle »Chefs« versammelt – der Ingenieur, der Biologe, der Physiker, der Arzt und alle Technologen aus dem Maschinenraum. Der Astrogator saß schweigend im äußersten Sessel unter dem Programmgeber der transportablen Rechenmaschine, und der dunkelhäutige Moderon, der die kleinen rundlichen Hände verschränkt hatte, sagte eben: »Ich bin kein Gasspezialist. Jedenfalls ist das gewiß kein gewöhnliches Methan. Die Bindungsenergie ist anders. Die Differenz beträgt zwar nur ein Hundertstel, aber immerhin. Es reagiert mit Sauerstoff erst mit Hilfe von Katalysatoren, doch selbst dann noch schwer.«

»Welchen Ursprung hat dieses Methan?« fragte Horpach. Er drehte die Daumen.

»Der Kohlenstoff ist auf jeden Fall organischen Ursprungs. Es ist nicht viel, aber es besteht kein Zweifel ...«

»Sind Isotope vorhanden? Wie alt sind sie? Wie alt ist das Methan?«

»Zwei bis fünfzehn Millionen Jahre.«

»Oh, wie genau!«

»Wir hatten nur dreißig Minuten Zeit. Mehr kann ich nicht sagen.«

»Quastler! Wo kommt dieses Methan her?«

»Ich weiß es nicht.«

Horpach blickte seine Spezialisten der Reihe nach an. Er sah aus, als würde er jeden Moment hochgehen; aber mit einemmal lächelte er.

»Meine Herren, Sie sind doch erfahrene Männer. Wir fliegen nicht erst seit gestern zusammen. Ich bitte Sie um Ihre Meinung. Was sollen wir jetzt tun? Womit beginnen?«

Da sich keiner anschickte zu antworten, sagte der Biologe Joppe, einer der wenigen, die Horpachs Jähzorn nicht fürchteten, den Blick ruhig auf den Kommandanten gerichtet: »Das ist kein gewöhnlicher Planet der Klasse Subdelta 92. Der ›Kondor‹ wäre sonst nicht verschollen. Da er weder schlechtere noch bessere Fachleute an Bord hatte als wir, können wir als einziges mit Sicherheit annehmen, daß ihre Kenntnisse nicht ausreichten, die Katastrophe zu verhindern. Daraus folgt: Wir müssen die Prozedur dritten Grades beibehalten und das Festland und die Ozeane untersuchen. Ich denke, wir sollten mit den geologischen Bohrungen beginnen und uns gleichzeitig mit dem hiesigen Wasser befassen. Alles andere wären Spekulationen, und einen solchen Luxus können wir uns in unserer Lage nicht leisten.«

»Schön.« Horpach preßte die Kiefer aufeinander. »Die Bohrungen im Bereich des Kraftfeldes sind kein Problem. Das übernimmt Dr. Norwik.« Der Chefgeologe nickte. »Was den Ozean betrifft . . . Wie weit ist es von hier bis ans Ufer, Rohan?«

»Ungefähr zweihundert Kilometer«, antwortete der Navigator, durchaus nicht erstaunt, daß der Kommandant von seiner Anwesenheit wußte, obwohl er ihn nicht sehen konnte, denn Rohan stand einige Schritt hinter ihm an der Tür.

»Ein bißchen weit. Aber wir lassen den ›Unbesiegbaren‹ jetzt in Ruhe. Sie nehmen sich so viele Leute mit, wie Sie für richtig halten, Rohan. Fitzpatrik oder noch einen Ozeanologen und sechs Energoboter aus der Reserve. Damit fahren Sie ans Ufer. Arbeiten werden Sie nur unter dem Schutzfeld. Keinerlei Vergnügungsfahrten auf dem Meer, keine Tauchversuche. Bitte gehen Sie auch mit den Automaten nicht zu großzügig um, wir haben nicht allzu viele. Klar? Dann können Sie anfangen. Ach, noch etwas: Eignet sich die hiesige Atmosphäre als Atemluft?«

Die Ärzte flüsterten miteinander.

»Im Prinzip ja«, sagte Stormont schließlich in wenig überzeugendem Ton.

»Was heißt ›im Prinzip‹? Kann man atmen oder nicht?«

»Ein so hoher Methananteil bleibt nicht ohne Wirkung. Im Laufe der Zeit tritt eine Sättigung des Blutes ein, und das kann gewisse leichte Störungserscheinungen im Gehirn nach sich ziehen, Betäubungen, aber erst nach einer Stunde, vielleicht auch nach mehreren Stunden.«

»Genügt da nicht ein Methanabsorber?«

»Nein, Astrogator. Das heißt, es lohnt nicht, Absorber herzustellen, weil man sie zu oft wechseln müßte. Außerdem wäre der Sauerstoffgehalt trotzdem ziemlich gering. Ich jedenfalls bin für Sauerstoffapparate.«

»Hm. Die anderen Herren auch?«

Witte und Eldjarn nickten.

Horpach erhob sich. »Schön. Fangen wir also an. Rohan! Was ist mit den Sonden?«

»Gleich stoßen wir sie aus. Darf ich die Bahnen kontrollieren, ehe ich aufbreche?«

»Sie dürfen.«

Rohan wandte sich ab und ließ den Lärm des Laboratoriums hinter sich. Als er die Steuerzentrale erreichte, ging gerade die Sonne unter. Ihre dunkle, von fast violettem Purpurrot gesäumte Scheibe ließ unnatürlich deutlich die gezackten Konturen des Kraters am Horizont hervortreten. Der in diesem Teil der Galaxis dichtbestirnte Himmel schien ins Riesenhafte zu wachsen. Immer tiefer senkten sich die großen Sternbilder auf den Planeten herab und verschmolzen mit der in Dunkelheit getauchten Wüste. Rohan setzte sich mit der Satellitenabschußrampe am Bug in Verbindung. Eben war der Start des ersten Fotosatellitenpaars angesagt worden. Die nächsten sollten eine Stunde später abgeschossen werden. Bis zum anderen Abend würden die Tag- und Nachtaufnahmen von beiden Halbkugeln des Planeten ein genaues Bild des gesamten Äquatorgürtels vermitteln.

»Minute einunddreißig. Azimut sieben. Einstellung...«, wiederholte eine angenehme Stimme im Lautsprecher. Rohan dämpfte sie mit dem Regler und schwenkte den Sessel zur Kontrolltafel herum. Er hätte das niemals zugegeben, aber das Lichterspiel beim Abschuß einer Sonde auf eine Planetenumlaufbahn bereitete ihm immer wieder Vergnügen. Zuerst flammten die Kontrollämpchen der Boosterrakete rubinrot, weiß und blau auf. Dann begann der Startautomat zu zählen. Wenn sein Ticken abbrach, durchrieselte den ganzen Schiffskörper ein schwaches Beben. Gleichzeitig erhellte Phosphorschein die Wüste auf den Bildschirmen. Mit einem verhaltenen Dröhnen, das bis in die untersten Decks drang, schoß das winzige Projektil aus der Bugrampe hervor und übergoß das Mutterschiff mit einem Flammenmeer. Der Lichtschein der Boosterrakete, die sich schnell entfernte, flatterte immer schwächer auf den Dünenhängen und erlosch schließlich. Jetzt – die Rakete war nicht mehr zu hören – wurde die ganze Armaturentafel wie von einem heftigen Fieberschauer geschüttelt. Mit hektischer Hast sprangen die länglichen ballistischen Kontrollichter aus dem Dunkel hervor, die perlmuttfarbenen Lämpchen der Fernsteuerung nickten ihnen ermutigend zu, dann erschienen, einem bunten Lichterbaum ähnlich, die Signale, die den Abwurf der ausgebrannten Raketenstufen anzeigten, und am Ende flammte über diesem in allen Regenbogenfarben schillernen Flackern ein reinweißes Viereck auf, das Zeichen dafür, daß der

Satellit seine Umlaufbahn erreicht hatte. Mitten auf der glitzernden, schneeweißen Fläche blinkte eine kleine, graue Insel, die sich zu der Zahl 67 formte. Das war die Flughöhe.

Rohan überprüfte noch die Bahnparameter, aber Perigäum und Apogäum lagen in der Nähe der errechneten Werte. Hier hatte er nichts mehr zu tun. Er verglich die Bordzeit – die Uhr zeigte 18 Uhr – mit der jetzt geltenden Ortszeit: 23 Uhr. Er schloß kurz die Augen. Er war froh über diese Exkursion ans Meer, denn er liebte es, selbständig zu arbeiten. Er war hungrig und müde. Eine Weile überlegte er, ob nicht ein Erfrischungsdragee angebracht wäre, aber dann meinte er, das Abendbrot müsse genügen. Als er sich erhob, merkte er, wie sehr er erschöpft war, und wunderte sich darüber, und diese Verwunderung belebte ihn wieder ein wenig. Er fuhr in die Messe hinunter. Dort hatten sich seine Leute bereits versammelt: die beiden Fahrer der Luftkissenlaster, unter ihnen Jarg, den er mochte, weil er stets guter Laune war, und der Ozeanologe Fitzpatrik mit seinen beiden Kollegen Broza und Koechlin. Sie waren mit dem Abendessen fertig, als Rohan erst eine heiße Suppe bestellte und dem Wandautomaten Brot und ein paar Flaschen alkoholfreies Bier entnahm. Er stellte alles auf ein Tablett und ging damit an den Tisch. Da lief ein leichtes Beben durch den Fußboden. Der »Unbesiegbare« hatte den nächsten Satelliten abgeschossen.

Der Kommandant hatte keine Nachtfahrt gestattet. Kurz vor Sonnenaufgang, um fünf Uhr Ortszeit, brachen sie auf. Die aus Sicherheitsgründen erforderliche Marschordnung, bei der man zermürbend langsam vorankam, hieß bei ihnen »Leichenzug«. Energoboter eröffneten und schlossen ihn. Mit ihrem ellipsoiden Kraftfeld schützten sie alle Maschinen innerhalb des Zuges – die Allzweckfahrzeuge, die Geländewagen mit den Funkstationen und dem Radargerät, die Küche, das Lastfahrzeug mit der luftdichten Wohnbaracke, die sich automatisch selbst aufstellte, und das kleine, auf Raupenketten montierte Lasergerät für Direktbestrahlung, das sie allgemein »Ahle« nannten.

Rohan stieg mit den drei Fachleuten in den vorderen Energoboter. Das war zwar nicht bequem – sie saßen eng aneinandergedrängt –, aber sie hatten immerhin die Illusion einer einigermaßen normalen Fahrt. Die Geschwindigkeit mußte den langsamsten Maschinen des Zuges, eben den Energobotern, angepaßt werden; es war also kein reines Vergnügen. Die Raupenketten stöhnten und knirschten im Sand, die Turbomotoren sirrten wie elefantengroße Mükken, unmittelbar hinter den Sitzen brach aus dem Schutzgitter die Kühlluft hervor, und der ganze Energoboter schwankte wie eine schwere Schaluppe auf See. Bald versank die schwarze Nadel, der »Unbesiegbare«, am Horizont. Eine Zeitlang fuhren sie in den tiefen Strahlen der kalten, blutroten Sonne über die einförmige Wüste.

Allmählich trat der Sand zurück, dafür ragten schräge Felsplatten aus dem Boden, denen es auszuweichen galt. Abgesehen von dem Brummen der Motoren, verhinderten die Sauerstoffmasken eine Unterhaltung. Gewissenhaft beobachteten sie den Horizont, aber stets bot sich das gleiche Bild: übereinandergetürmte Felsen, große, bereits verwitterte Gesteinsbrocken. Schließlich senkte sich das Gelände, und auf dem Grunde eines flachen Talkessels entdeckten sie einen schmalen, halb ausgetrockneten Bach, dessen Wasser im Morgenrot funkelte. Breite Streifen runder, abgeschliffener Steine zogen sich beiderseits am Ufer hin und ließen vermuten, daß der Bach zuweilen eine beträchtliche Wassermenge führte.

Sie legten eine kurze Marschpause ein, um das Wasser zu untersuchen. Es war klar, aber ziemlich hart und enthielt Eisenoxyd und winzige Sulfidspuren.

Sie setzten die Fahrt fort, schneller als zuvor, weil die Ketten auf dem steinigen Untergrund zügig vorankamen.

Westlich von ihnen erhoben sich niedrige Felsklippen. Die letzte Maschine hielt die Verbindung mit dem »Unbesiegbaren« aufrecht. Die Radarantennen drehten sich, die Radarbeobachter rückten an ihren Kopfhörern und hockten, Konzentratkörner kauend, unentwegt vor den Leuchtschirmen. Manchmal sprang ein Stein, der unter einem Luftkissenfahrzeug wie von einem Wirbel erfaßt und heftig hervorgeschleudert wurde, die Kieshalde hinauf, als wäre er lebendig geworden. Dann versperrten ihnen sanft geschwungene, kahle Hügel den Weg. Ohne anzuhalten, nahmen sie ein paar Gesteinsproben auf, und Fitzpatrik schrie Rohan zu, der Kiesboden sei organischen Ursprungs.

Schließlich, als der Wasserspiegel schwarzblau vor ihnen auftauchte, fanden sie auch Kalkstein. Über die kleinen, flachen Steine fuhren sie rasselnd ans Ufer hinunter. Der heiße Maschinenbrodem, das Kreischen der Raupenketten, das Brummen der Motoren – all das erstickte mit einem Schlag, als nur noch hundert Meter von ihnen entfernt das Meer lag, grünlich und scheinbar in nichts von einem irdischen Meer unterschieden. Nun mußte ein kompliziertes Manöver ausgeführt werden, weil der vorderste Energoboter ziemlich tief ins Wasser gefahren werden sollte, damit das Kraftfeld die Arbeitsgruppe schützte. Zuvor wurde die Maschine abgedichtet, dann rollte sie, von dem zweiten Energoboter gesteuert, ins Wasser, zerteilte die Wellen und sank, Luftblasen hinterlassend, in die Tiefe, so daß sie nur noch als dunkler Fleck zu erkennen war. Auf ein Funksignal der Leitstelle hin fuhr der versenkte Koloß den Dirac-Emitor bis über den Wasserspiegel aus. Als sich das Feld stabilisiert hatte und wie eine unsichtbare Halbkugel einen Teil des Wassers und des Ufers überdeckte, begannen sie die eigentlichen Untersuchungen.

Der Salzgehalt des Ozeans war etwas geringer als auf der Erde. Die Analysenergebnisse waren jedoch keinesfalls sensationell. Nach zwei Stunden wußten sie ungefähr genausoviel wie anfangs. Deshalb steuerten sie zwei Fernsehsonden aufs offene Meer hinaus und verfolgten auf den Bildschirmen ihren Weg. Aber erst als die Sonden am Horizont verschwunden waren, übermittelten die Signale die erste wesentliche Nachricht. In diesem Ozean lebten Organismen, die den Knochenfischen ähnelten. Beim Anblick der Sonden stoben sie mit unerhörter Geschwindigkeit auseinander und suchten in der Tiefe des Meeres Schutz. Die Echolote gaben die Meerestiefe an der Stelle, an der man erstmals auf die Lebewesen gestoßen war, mit 150 Meter an.

Broza bestand darauf, wenigstens einen solchen Fisch zu erbeuten. Also nahmen sie die Jagd auf. Die Sonden verfolgten die im grünen Dämmerlicht umherhuschenden Schatten und beschossen sie mit elektrischen Ladungen, aber die vermeintlichen Fische waren unerhört wendig, so daß es erst nach zahlreichen Fehlschüssen gelang, einen zu lähmen. Die Sonde packte ihn mit ihren Greifern und wurde sofort ans Ufer geholt.

Koechlin und Fitzpatrik steuerten unterdessen eine zweite Sonde. Sie sammelten Proben von Fasern, die in den tieferen Meeresschichten trieben und die sie für eine örtliche Algenart hielten. Sie schickten die Sonde schließlich ganz bis auf den Grund, in eine Tiefe von 250 Metern. Eine starke Grundströmung erschwerte die Steuerung erheblich. Die Sonde wurde von ihrem Kurs abgedrängt und kollidierte dauernd mit großen, zu Haufen angetriebenen Steinen. Endlich gelang es, einige beiseite zu wälzen. Unter dieser Decke siedelte tatsächlich, wie Koechlin richtig vermutet hatte, eine ganze Kolonie biegsamer, mit Flimmerhärchen bedeckter, winziger Lebewesen.

Als beide Sonden zurückgekehrt waren, machten sich die Biologen an die Arbeit. Unterdessen war auch die Baracke aufgestellt, in der sie die leidigen Atemmasken absetzen konnten. Rohan, Jarg und die fünf anderen Männer nahmen die erste warme Mahlzeit an diesem Tag zu sich.

Bis zum Abend waren sie beschäftigt, Mineralproben zu sammeln, die Radioaktivität des Meeresbodens zu untersuchen, die Insolation zu messen und hunderterlei Arbeiten zu verrichten, die gleich mühsam waren, aber doch gewissenhaft, ja pedantisch ausgeführt werden mußten, wenn zuverlässige Ergebnisse erzielt werden sollten.

Als die Dämmerung hereinbrach, hatten sie getan, was irgend möglich war, so daß Rohan, als Horpach ihn vom »Unbesiegbaren« aus rief, mit ruhigem Gewissen ans Mikrofon gehen konnte. Der Ozean war voller Lebewesen, jedoch mieden sie ausnahmslos die Uferzone. Der Organismus des Fisches, den sie seziert hatten, zeigte nichts Außergewöhnliches. Die Evolution auf diesem Planeten dauerte schätzungsweise bereits Hunderte Millionen Jahre. Sie hatten auch beträchtliche Mengen grüner Algen entdeckt; das erklärte die Herkunft des Sauerstoffs in der Atmosphäre. Die Aufteilung der organischen Formen in eine Pflanzen- und eine Tierwelt war typisch, desgleichen der Knochenbau der Wirbeltiere. Das einzige bei dem gefangenen Fisch ausgebildete Organ, für das die Biologen kein irdisches Gegenstück kannten, war ein besonderer Sinn, der schon bei geringen Schwankungen der magnetischen Feldstärke empfindlich reagierte.

Horpach befahl der ganzen Mannschaft, schleunigst umzukehren, und beendete das Gespräch mit der Bemerkung, es gebe Neuigkeiten: Allem Anschein nach sei es gelungen, den Landeplatz des verschollenen »Kondors« zu entdecken.

Trotz des Protestes der Biologen, die behaupteten, für ihre Untersuchungen seien selbst mehrere Wochen noch zu wenig, wurde die Baracke abgerissen, die Motoren sprangen an, und die Kolonne brach in nordwestlicher Richtung auf. Rohan konnte seinen Gefährten keinerlei Einzelheiten über den »Kondor« mitteilen, denn er wußte selbst nichts Genaues. Er wollte so bald wie möglich zurück sein, da er annahm, der Kommandant werde neue Aufgaben verteilen, die vielleicht größere Erfolge versprächen. Natürlich mußte jetzt vor allem die angebliche Landestelle des »Kondors« untersucht werden. Rohan holte das Letzte aus den Maschinen heraus, und unter dem Höllenlärm der steineknackenden Raupenketten fuhren sie zurück.

Bei Eintritt der Dunkelheit schalteten sie die großen Scheinwerfer ein. Ein ungewöhnlicher, ja gefährlicher Anblick! Immer wieder entrissen die schwankenden Lichtgarben dem Dunkel unförmige, scheinbar bewegliche Riesensilhouetten, die sich dann lediglich als Felsbrocken, als letztes überdauerndes Zeugnis einer verwitterten Bergkette erwiesen. Einige Male mußten sie vor tiefen Spalten im Basalt haltmachen. Mitternacht war längst vorüber, als sie endlich den Rumpf des »Unbesiegbaren« erblickten, der in der Ferne wie ein festlich beleuchteter Metallturm schimmerte. Im ganzen Umkreis des Kraftfeldes bewegten sich Maschinenzüge; Vorräte und Kraftstoff wurden gelöscht, Menschengruppen drängten sich im grellen Schein der Jupiterlampen unter der Rampe. Schon von weitem schlug den Heimkehrenden das Geräusch des geschäftigen, an einen Ameisenhaufen erinnernden Treibens entgegen. Über den hüpfenden Lichtbündeln erhob sich schweigend, mit gleißenden Flecken gesprenkelt, der Rumpf des Raumkreuzers. Blaue Signalfeuer wurden angezündet, um die Stelle zu bezeichnen, wo der Weg in das Schutzfeld freigegeben wurde, und die Fahrzeuge rollten, mit einer dicken Schicht feinen Staubes bedeckt, nacheinander ins Innere des halbkugeligen Raumes.

Rohan war kaum aus seiner Maschine gesprungen, da rief er auch schon einen der Männer, in dem er Blank erkannte, zu sich und fragte, was mit dem »Kondor« sei. Aber der Bootsmann wußte nichts von der angeblichen Entdeckung. Rohan konnte nicht viel von ihm erfahren. Bevor die vier Satelliten in den unteren Schichten der Atmosphäre verbrannt waren, hatten sie elftausend Aufnahmen geliefert, die über Funk empfangen und bei ihrem Eintreffen auf besonders präparierte Platten in der kartographischen Kajüte übertragen worden waren. Um keine Zeit zu verlieren, beorderte Rohan den Kartographentechniker Erett zu sich und fragte ihn, während er unter der Dusche stand, nach allem, was an Bord vorgefallen war. Erett war einer von denen, die den »Kondor« auf dem empfangenen Fotostreifen gesucht hatten. Nach diesem Stahlkörnchen in den Sandmeeren hatten etwa dreißig Männer gleichzeitig Ausschau gehalten. Außer den Planetologen waren die Kartographen, die Radarbeobachter und alle Bordpiloten hinzugezogen worden. Geschlagene vierundzwanzig Stunden hatten sie abwechselnd das eintreffende Material durchgesehen und die Koordinaten jedes verdächtigen Punktes auf dem Planeten notiert. Aber die Mitteilung des Kommandanten an Rohan erwies sich als falsch. Man hatte eine außergewöhnlich hohe Felsnadel für das Raumschiff gehalten, weil der Schatten, den sie warf, einer Rakete erstaunlich ähnlich war. So blieb das Geschick des »Kondors« weiter im dunkeln.

Rohan wollte sich bei dem Kommandanten melden, aber der hatte sich bereits zur Ruhe begeben. So ging er in seine Kajüte. Obgleich er müde war, fand er lange keinen Schlaf. Als er am anderen Morgen aufstand, ließ ihm der Astrogator durch Ballmin, den Chef der Planetologen, ausrichten, er solle das gesamte Material an das Hauptlaboratorium weiterleiten. Um zehn Uhr war Rohan so hungrig – er hatte noch nicht gefrühstückt –, daß er in die kleine Messe der Radarbeobachter im zweiten Stock hinunterfuhr. Er trank gerade seinen Kaffee, da lief Erett auf ihn zu.

»Habt ihr ihn etwa?« stieß er hervor, als er das erregte Gesicht des Kartographen erblickte.

»Nein, aber wir haben etwas Größeres gefunden. Kommen Sie bitte gleich, der Astrogator erwartet Sie ...«

Rohan meinte, der verglaste Zylinder kröche buchstäblich den Aufzugsschacht hinauf. In der verdunkelten Kajüte war es still. Das Summen der Relais war zu hören, und aus dem Entwicklungsautomaten rutschten immer von neuem feuchtglänzende Aufnahmen, aber niemand achtete darauf. Zwei Techniker holten hinter einer Wandklappe eine Art Bildwerfer hervor und löschten gerade alle anderen Lampen, als Rohan die Tür öffnete. Sofort fand er zwischen den Köpfen den weißschimmernden Schopf des Astrogators heraus. Im nächsten Augenblick flimmerte die von der Decke herabgelassene Leinwand silbrig auf. In der Stille, in der man nur angespanntes Atmen vernahm, trat Rohan so dicht wie möglich an die große helle Fläche heran. Das Bild, zu allem Überfluß eine Schwarzweißaufnahme, war nicht sehr deutlich. Von kleinen, wirr verstreuten Kratern umgeben, ragte ein kahles Hochplateau auf, das auf einer Seite steil abfiel, wie mit einem riesigen Messer abgeschnitten. Das war die Uferlinie, denn den übrigen Teil der Aufnahme füllte die gleichmäßig schwarze Fläche des Ozeans. In einiger Entfernung von dieser Steilwand lag, an zwei Stellen durch Wolkenfetzen und deren Schatten überdeckt, ein Landschaftsmosaik aus undeutlichen Gebilden. Es war nicht zu bezweifeln, daß diese eigenartige Formation mit ihren verschwommenen Umrissen nicht geologischen Ursprungs sein konnte.

Eine Stadt, dachte Rohan aufgeregt, sprach es aber nicht aus. Noch immer schwiegen sie alle. Der Techniker am Bildwerfer bemühte sich vergebens um ein schärferes Bild.

»Hat es Empfangsstörungen gegeben?« Die ruhige Stimme des Astrogators brach das allgemeine Schweigen.

»Nein«, erwiderte Ballmim aus dem Dunkel. »Der Empfang war gut, aber diese Aufnahme gehört zu den letzten des dritten Satelliten. Acht Minuten nach dem Start hat er nicht mehr auf die Signale geantwortet. Vermutlich wurde die Aufnahme mit Objektiven gemacht, die die rasch ansteigende Temperatur bereits beschädigt hatte.«

»Die Kamera war nicht weiter als 70 Kilometer vom Mittelpunkt des Objektivs entfernt«, warf eine andere Stimme ein, die, wie Rohan vermutete, Malte gehörte, einem der begabtesten Planetologen.

»Ehrlich gesagt, würde ich die Entfernung auf 55 bis 60 Kilometer schätzen. Bitte, schauen Sie sich das an!« Seine Gestalt verdeckte einen Teil der Leinwand. Er nahm eine durchsichtige, mit Kreisen versehene Schablone und legte sie an die einzelnen Krater in der zweiten Bildhälfte an.

»Sie sind eindeutig größer als auf den früheren Aufnahmen. Im übrigen ist das ohne Bedeutung«, fügte er hinzu. »So oder so . . .«

Er sprach nicht zu Ende, aber alle wußten, was er sagen wollte: Bald würden sie die Schärfe der Fotografien beurteilen können, weil sie diese Gegend des Planeten selbst erkunden würden. Eine Weile betrachteten sie noch das Bild auf der Leinwand. Rohan war nun nicht mehr sicher, ob es sich um eine Stadt oder vielmehr um die Ruinen einer Stadt handelte. Daß die geometrisch gleichmäßigen Gebilde seit langem verlassen waren, schlossen sie aus den strichdünnen, gewellten Schatten der Dünen; die Dünen umflossen die komplizierten Konstruktionen, von denen manche schon fast im Sandmeer versunken waren. Eine schwarze Zickzacklinie, die sich ins Landinnere hinein verbreiterte, trennte die geometrische Ordnung der Ruinen in zwei ungleiche Teile – ein tektonischer Riß, der mehrere große »Bauten« halbierte. Eins dieser Gebilde, offensichtlich herabgestürzt, war gewissermaßen eine Brücke, deren Ende sich auf den anderen Rand der Schlucht stützte.

»Bitte Licht«, ertönte die Stimme des Astrogators. Als es hell wurde, sah er zur Wanduhr hinüber.

»In zwei Stunden starten wir.«

Unzufriedene Stimmen wurden laut. Am energischsten protestierten die Mitarbeiter des Chefgeologen, die bei den Probebohrungen bereits 200 Meter Tiefe im Boden erreicht hatten. Horpach gab mit einer Handbewegung zu verstehen, daß er keine Diskussion wünsche.

»Alle Maschinen kehren an Bord zurück. Bitte, stellen Sie das bisher gewonnene Material sicher. Die Sichtung der Aufnahmen und die Analysen laufen weiter. Wo ist Rohan? Ach hier. Schön. Haben Sie gehört? In zwei Stunden sind alle an den Startplätzen.«

Das Verladen der Maschinen ging in großer Hast, aber systematisch vonstatten. Rohan blieb taub für Ballmins flehentliche Bitte um weitere fünfzehn Bohrminuten.

»Sie haben doch alle gehört, was der Kommandant gesagt hat«, rief er und trieb die Leute vom Montagetrupp, die mit großen Kränen an die ausgehobenen Gräben heranfuhren, zur Eile an. Bohrapparaturen, provisorische Drehbühnen und Kraftstoffbehälter wanderten nacheinander in die Luken. Als dann nur noch der aufgewühlte Boden von den Untersuchungen zeugte, die hier vorgenommen worden waren, schritt Rohan mit Westergarde, dem stellvertretenden Chefingenieur, vorsichtshalber noch einmal die verlassenen Arbeitsstätten ab. Dann verschwanden die Männer im Schiffsrumpf.

Jetzt erst geriet der Sand ringsum in Bewegung. Über Funk gerufen, kehrten die Energoboter in einer Reihe zurück und tauchten in dem Raumschiff unter, das die Rampe und den vertikalen Aufzugsschacht einzog. Einen Augenblick noch regte es sich nicht, dann übertönte das metallische Pfeifen der Luft, die durch die Düsen gepreßt wurde, das gleichförmige Heulen des Sturmes. Staubwolken hüllten das Heck ein. Ein zartgrüner Schimmer sickerte aus ihnen heraus und verschwamm im roten Sonnenlicht. Unter anhaltendem, donnerndem Getöse, das die Wüste erzittern ließ und als vielfaches Echo von den Felswänden widerhallte, stieg das Raumschiff langsam auf und verschwand mit wachsender Geschwindigkeit am violetten Himmel. Zurück blieben ein in das Felsgestein eingebrannter Kreis, glasharte Dünen und Kondensstreifen. Viel später, als sich die letzte Spur der Rakete, weißlicher Dunst, in der Atmosphäre aufgelöst hatte, als die wandernden Sandmassen allmählich den kahlen Fels unter sich begruben und die verwaisten Ausgrabungsstätten einebneten, zog im Westen eine dunkle Wolke auf. Niedrig schob sie sich heran, wuchs, umfaßte mit ausgestrecktem, geballtem Arm den Landeplatz und blieb unbewegt darüber hängen. So verharrte sie.

Als die Sonne beinahe untergegangen war, fiel auf die Wüste ein schwarzer Regen.

In den Ruinen

An einer sorgfältig gewählten Stelle, etwa sechs Kilometer von der nördlichen Peripherie der sogenannten Stadt entfernt, setzte der »Unbesiegbare« auf. Aus der Steuerzentrale war sie recht gut zu sehen. Der Eindruck, es handele sich um künstliche Konstruktionen, war sogar stärker als beim Betrachten der Satellitenaufnahmen. Kantig, unten meist breiter als am oberen Ende und unterschiedlich hoch, erstreckten sie sich über viele Kilometer, metallisch glänzend und teilweise schwarz. Aber selbst durch das stärkste Fernrohr waren keine Einzelheiten zu erkennen. Die meisten Gebäude schienen durchlöchert wie ein Sieb.

Diesmal war das blecherne Scheppern der erkaltenden Düsen noch nicht verklungen, als das Schiff schon die Rampe und die Aufzugsvorrichtung ausfuhr und sich mit der Energoboterkette umgab. Doch damit nicht genug. Genau gegenüber der »Stadt« – vom Boden aus war sie nicht zu sehen, denn sie lag hinter niedrigen Hügeln verborgen – formierte sich im Schutz der Energiekuppel eine Gruppe von fünf Geländewagen, der sich ein fahrbarer Antimateriewerfer zugesellte. Er war fast doppelt so groß und glich einem apokalyptischen Käfer mit bläulich schimmernden Flügeldecken.

Kommandant dieser Operativgruppe war Rohan. Er stand aufrecht im Turmluk des ersten Geländefahrzeugs und wartete darauf, daß auf Befehl von Bord der Durchgang durch das Kraftfeld freigegeben wurde. Die beiden Inforoboter auf den nächstgelegenen Hügeln schossen eine Serie grüner Leuchtzeichen mit langer Brenndauer ab, die den Weg markierten, und die zweireihige, kleine Fahrzeugkolonne setzte sich in Bewegung. Rohans Wagen bildete die Spitze.

Die Motoren brummten in tiefem Baß, die Ballonreifen der Riesenfahrzeuge warfen Sandfontänen auf. Vorn, zweihundert Meter vor dem Spitzenfahrzeug, flog ein Aufklärungsroboter dicht über dem Boden dahin. Er sah aus wie ein flacher Teller mit schnell vibrierenden Fühlern, und der Luftstrom, den er erzeugte, fauchte in die Dünenkämme; es war, als hätte der vorbeifliegende Roboter dort ein unsichtbares Feuer entfacht. Die aufgewirbelte Staubwolke hing noch lange in der reglosen Luft und bezeichnete als bauschiger, rötlicher Streifen die Richtung, die die Kolonne eingeschlagen hatte.

Die Maschinen warfen immer längere Schatten, es war kurz vor Sonnenuntergang. Sie wichen einem auf dem Weg liegenden, fast völlig versandeten Krater aus und erreichten zwanzig Minuten später den Saum des Ruinenfeldes.

Hier löste sich die Marschordnung auf. Drei unbemannte Fahrzeuge trennten sich von dem Zug und setzten hellblaue Lichter, zum Zeichen, daß sie das örtliche Kraftfeld geschaffen hatten. Im Schutze dieser beweglichen Kuppel rollten die beiden bemannten Maschinen vorwärts. Mit fünfzig Meter Abstand folgte ihnen auf seinen gebogenen Teleskopbeinen der riesige Antimateriewerfer. Einmal, als sie etwas wie ein Gestrüpp zerrissener Metallseile oder Drähte durchquert hatten, mußten sie anhalten, weil der Werfer mit einem Bein im Sand eingesunken und in eine unsichtbare Spalte gerutscht war. Sofort sprangen zwei Arctane von Rohans Wagen und halfen dem Koloß aus der Klemme. Dann zog die Kolonne weiter.

Was sie die »Stadt« genannt hatten, das glich in Wirklichkeit nicht im geringsten einer irdischen Siedlung. Aus dem Sand der Wanderdünen ragten in unbekannter Tiefe verwurzelte dunkle Massive mit einer stacheligen, bürstenartigen Oberfläche hervor, unähnlich allem, was dem menschlichen Auge je begegnet war. Die undefinierbaren Gebilde waren viele Stockwerke hoch. Sie hatten weder Fenster noch Türen, ja nicht einmal Wände. Manche sahen aus wie in Falten gelegte, an unendlich vielen Stellen einander durchdringende, dicht verwobene Netze mit Verdickungen an den Knotenpunkten, andere erinnerten an komplizierte Raumarabesken, wie sie übereinandergeschichtete Bienenwaben oder Siebe mit drei- oder fünfeckigen Öffnungen bilden mochten. Jedes größere Bauelement und jede sichtbare Fläche ließ eine gewisse Regelmäßigkeit erkennen, zwar nicht so einheitlich wie bei einem Kristall, aber zweifellos in einem bestimmten Rhythmus, den allerdings vielfach Spuren der Zerstörung aufhoben. Wieder andere bestanden aus eng verwachsenen, gleichsam eckig behauenen Ästen. Die Äste verzweigten sich jedoch nicht beliebig, wie bei Bäumen und Sträuchern, sondern bildeten entweder den Teil eines Bogens oder stellten zwei entgegengesetzt gewundene Spiralen dar. Die Männer stießen aber auch auf Konstruktionen, die geneigt waren wie die Träger einer Zugbrücke. Die meist von Nord wehenden Winde hatten auf allen waagerechten Flächen und dort, wo das Gelände sanft abfiel, Flugsand angehäuft, so daß mehrere Ruinen von fern wie gedrungene Pyramiden mit abgeschnittener Spitze wirkten. In der Nähe jedoch zeigte sich, was ihre scheinbar glatte Oberfläche in Wirklichkeit war: ein System vergabelter, spitz auslaufender Stangen und Leisten, hier und da so vielfältig verschränkt, daß in diesem Gestrüpp sogar der Sand hängenblieb.

Rohan glaubte, kubische oder pyramidenähnliche Felsreste mit einer abgestorbenen und verdorrten Vegetation vor sich zu haben. Aber auch dieser Eindruck schwand, je mehr er sich näherte: Trotz des Chaos der Zerstörung trat eine Regelmäßigkeit zutage, wie sie lebenden Formen fremd ist. Es waren keine richtigen, massiven Ruinen. Durch Ritzen im Metallgestrüpp konnte man in sie hineinblicken. Aber sie waren auch nicht hohl, dieses Gestrüpp füllte sie ganz und gar aus. Über allem lag ein Hauch tödlicher Verlassenheit.

Rohan dachte an den Werfer, aber selbst Gewaltanwendung war hier sinnlos, denn es gab ja nichts, wo man hätte eindringen können. Der Sturm fegte beißende Staubwolken durch die hohen Bastionen. Das gleichmäßige Mosaik der schwarz schimmernden Öffnungen war mit Sand gefüllt, der fortwährend herabrieselte und an ihrem Fuße steile Kegel, eine Art Miniaturlawinen, bildete. Dieses unaufhörliche, trockene Geräusch begleitete sie auf der ganzen Fahrt. Die kreisenden Antennen, die Pendelrohre der eigenbeweglichen Geigerzähler, die Ultraschallmikrofone und die Strahlungsdosimeter schwiegen. Nur das Knirschen des Sandes unter den Rädern und das Aufheulen der anlaufenden Motoren war zu hören, als sie die Marschordnung änderten. Die Kolonne bog seitlich ab und verschwand bald in dem tiefen, kühlen Schatten, den die gigantischen Konstruktionen warfen, bald tauchte sie auf dem scharlachrot beleuchteten Sand wieder auf.

Schließlich gelangten sie an den tektonischen Riß. Es war eine hundert Meter breite Spalte, die einen scheinbar bodenlosen, gewiß aber außerordentlich tiefen Abgrund bildete, weil der Sand, den die Windstöße ununterbrochen in ganzen Sturzbächen von den Rändern hinabfegten, ihn noch nicht gefüllt hatte.

Sie hielten an, und Rohan schickte den fliegenden Aufklärungsroboter auf die andere Seite hinüber. Er verfolgte auf dem Bildschirm, was dessen Fernsehobjektive registrierten, aber da bot sich immer der gleiche, nur allzu bekannte Anblick. Eine Stunde später wurde der Aufklärer zurückgerufen, und als er wieder zu der Gruppe stieß, entschloß sich Rohan nach kurzer Beratung mit Ballmin und dem Physiker Gralew, die beide bei ihm in der Maschine saßen, einige Ruinen genauer anzusehen.

Anfangs versuchten sie, die Stärke der Sandschicht auf den »Straßen« der toten »Stadt« mit Ultraschallsonden zu messen. Das war recht mühselig. Die einzelnen Ergebnisse stimmten nicht überein, vermutlich weil der Felsgrund bei dem Erdbeben, das den großen Riß verursacht hatte, einer inneren Dekristallisierung unterlegen war. Die Sanddecke, die die gewaltige Mulde im Gelände überzog, schien sieben bis zwölf Meter dick.

Sie wandten sich ostwärts, der Meeresküste zu, und stießen nach elf Kilometer Zickzackfahrt durch die schwärzlichen Ruinen, die immer niedriger wurden und schließlich im Sand verschwanden, auf nackten Fels. Auf einer Steilwand, die so hoch war, daß die Brandung nur noch als schwaches Rauschen zu ihnen heraufdrang, hielten sie an. Ein kahler Felsgürtel, leergefegt und unnatürlich glatt, bildete die Küstenlinie und schwang sich im Norden zu einer Kette von Berggipfeln auf, die, wie im Sprung erstarrt, ins Meer stürzten.

Sie ließen die »Stadt«, jetzt eine schwarze, in rötlichem Dunst versinkende Silhouette, hinter sich. Rohan nahm Verbindung mit dem »Unbesiegbaren« auf, übermittelte dem Astrogator die bisherigen Ergebnisse, die eigentlich gleich Null waren, und die Kolonne kehrte unter Einhaltung aller Sicherheitsvorkehrungen ins Ruineninnere zurück.

Unterwegs gab es einen kleinen Zwischenfall. Der links außen fahrende Energoboter dehnte, wohl infolge eines unbedeutenden Kursfehlers, sein Kraftfeld aus, so daß es den Rand eines überhängenden, spitzen »Gebäudes« streifte. Der Antimateriewerfer, der mit dem Leistungsmesser des Feldes gekoppelt und für den Fall eines Angriffs auf automatische Vernichtung eingestellt war, nahm den plötzlichen Energieanstieg für ein offensichtliches Zeichen, daß jemand das Kraftfeld zu durchstoßen suchte, und beschoß die unschuldige Ruine. Der ganze obere Teil des gekrümmten »Gebäudes« – es war hoch wie ein irdischer Wolkenkratzer – verlor die schmutzig-graue Farbe und fing an zu glühen, leuchtete grell auf und ging wenige Sekunden später als kochender Metallregen nieder. Kein Tropfen davon traf die Männer in den Wagen, denn die Glutspritzer glitten an der unsichtbaren Kuppel der Energiewand ab. In dem Hitzestoß verdampften sie, bevor sie den Boden erreichten.

Die Annihilation ließ die Strahlungsintensität sprunghaft ansteigen. Die Geigerzähler gaben automatisch Alarm. Rohan fluchte und drohte, dem, der die Apparatur so programmiert habe, sämtliche Knochen zu brechen; er brauchte ziemlich lange, um die Alarmmaßnahmen rückgängig zu machen und dem »Unbesiegbaren«, der den Feuerschein bemerkt und sofort nach seiner Ursache gefragt hatte, Rede und Antwort zu stehen.

»Vorläufig wissen wir lediglich, daß es sich um Metall handelt. Wahrscheinlich Stahl mit Wolfram- und Nickelzusatz«, sagte Ballmin, der in dem allgemeinen Durcheinander die Gelegenheit genutzt und eine Spektralanalyse der Flammen vorgenommen hatte.

»Können Sie das Alter schätzen?« fragte Rohan und wischte sich den feinen Sand von Gesicht und Händen.

Der von der Glut zusammengeschmolzene Ruinenteil blieb hinter ihnen zurück. Er hing wie ein gebrochener Flügel über dem Weg, den sie entlanggefahren waren.

»Nein. Ich kann nur sagen, daß das Zeug verteufelt alt ist. Verteufelt alt«, wiederholte er.

»Wir müssen es genauer untersuchen ... Und ich werde den Alten nicht erst um Erlaubnis fragen«, fügte Rohan plötzlich entschlossen hinzu.

Sie hielten vor einem komplizierten Objekt, das aus mehreren zentral zusammenlaufenden Armen bestand. Von zwei Leuchtzeichen markiert, tat sich ein Spalt im Kraftfeld auf. Von nahem meinten sie, ein großes Durcheinander vor sich zu haben. Dreieckige, mit »Drahtbürsten« besetzte Platten bildeten die Gebäudefassade. Ganze Systeme baumdicker Pfeiler stützten diese Platten von innen ab. An der Oberfläche war noch eine gewisse Ordnung festzustellen, aber im Innern – die Männer versuchten mit Hilfe von Scheinwerfern einen Blick hineinzuwerfen – verzweigte sich der Stangenwald, lief von dicken Knoten aus in verschiedene Richtungen, verdichtete sich wieder – alles zusammen glich einem gigantischen Drahtgespinst aus millionenfach verschlungenen Kabeln. Sie suchten darin elektrischen Strom, Polarisationsspuren, Reste von Magnetismus und schließlich von Radioaktivität, aber vergebens.

Die grünen Lichtsignale, die den Eingang ins Feldinnere bezeichneten, flackerten unruhig. Der Wind pfiff. Luftmassen verfingen sich in dem stählernen Dickicht und orgelten unheimliche Gesänge.

»Was kann nur dieser verdammte Dschungel bedeuten?« Rohan rieb sich den Sand von der schweißnassen Haut. Er stand neben Ballmin auf dem Rücken des fliegenden Aufklärers, an dem niedrigen Geländer, einige Dutzend Meter über einer »Straße« oder vielmehr einem dünenbedeckten, dreieckigen Platz zwischen zwei zusammenstoßenden Ruinen. Tief unten waren ihre Fahrzeuge und winzig wie Figuren aus der Spielzeugschachtel die Männer, die mit gerecktem Hals zu ihnen heraufschauten.

Der Aufklärer schwebte dahin. Nun waren sie über einer unebenen, zerrissenen Fläche voller scharfer, schwärzlicher Metallzacken. Sie war stellenweise von jenen Dreieckplatten zugedeckt, die jedoch nicht in einer Ebene lagen, sondern nach oben oder zur Seite gebogen waren und so den Blick in das dunkle Innere freigaben. Das Gewirr aus Zwischenwänden, Stangen und wabenförmigen Höhlungen war so dicht, daß das Sonnenlicht nicht bis auf den Grund drang und sogar die Scheinwerferstrahlen verschluckt wurden.

»Was meinen Sie, Ballmin, was kann das bedeuten?« wiederholte Rohan seine Frage. Er war wütend. Von dem dauernden Reiben hatte sich seine Stirn gerötet, die Haut schmerzte, die Augen brannten, und in wenigen Minuten sollte er die nächste Meldung an den »Unbesiegbaren« senden, aber er fand keine Worte, um zu beschreiben, was er hier angetroffen hatte.

»Ich bin kein Hellseher«, entgegnete der Wissenschaftler. »Ich bin nicht einmal Archäologe. Im übrigen glaube ich, auch ein Archäologe könnte Ihnen da nicht viel sagen. Mir scheint . . .«

Er brach ab.

»So reden Sie doch!«

»Das sieht mir nicht nach einer Wohnkonstruktion aus, nach zerstörten Behausungen irgendwelcher Wesen. Verstehen Sie? Wenn es sich überhaupt mit etwas vergleichen läßt, dann höchstens mit einer Maschine.«

»Mit einer Maschine? Hm . . . Aber mit was für einer? Einem Informationsspeicher? Vielleicht war es eine Art Elektronenhirn?«

»Das glauben Sie doch selbst nicht«, erwiderte der Planetologe lakonisch. Der Roboter schwenkte seitlich ab. Die ganze Zeit flog er so dicht über den Metallstangen dahin, die wirr zwischen den verbogenen Platten herausragten, daß er sie beinahe berührte.

»Nein. Hier gab es keinerlei Stromkreise. Oder sehen Sie etwa Schalter, Isolatoren und eine Abschirmung?«

»Vielleicht waren sie nicht feuerfest. Sie könnten zum Beispiel einem Brand zum Opfer gefallen sein. Schließlich ist es ja eine Ruine«, entgegnete Rohan ohne Überzeugung.

»Vielleicht«, gab Ballmin unvermutet zu.

»Was soll ich also dem Astrogator sagen?«

»Am besten übertragen Sie ihm den ganzen Kram unmittelbar über Fernsehen.«

»Das ist keine Stadt gewesen . . .«, sagte Rohan plötzlich, als faßte er in Gedanken alles zusammen, was er gesehen hatte.

»Wahrscheinlich nicht«, pflichtete der Planetologe bei. »Jedenfalls nicht so eine, wie sie unserer Vorstellung entspricht. Hier haben weder Menschen noch menschenähnliche Wesen gewohnt. Dabei sind die ozeanischen Formen denen auf der Erde durchaus verwandt. Also wären solche Analogien auch auf dem Festland logisch.«

»Ja. Ich zerbreche mir schon die ganze Zeit den Kopf. Keiner der Biologen will sich äußern. Was meinen Sie?«

»Sie wollen nicht darüber sprechen, weil es einfach unglaublich scheint: Es sieht aus, als hätte irgend etwas das Leben nicht an Land gelassen, es gehindert, aus dem Wasser aufzusteigen.«

»Eine Ursache dafür kann es allenfalls einmal gegeben haben, zum Beispiel eine Supernovaexplosion in allernächster Nähe. Sie wissen ja, die Zeta der Leier ist vor mehreren Millionen Jahren eine Nova gewesen. Vielleicht hat die harte Strahlung das Leben auf den Kontinenten ausgerottet, in den tieferen Meeresregionen aber haben die Organismen überdauert.«

»Hätte es eine solche Strahlung gegeben, wie Sie sagen, dann müßten heute noch Spuren davon zu finden sein. Indessen ist die Radioaktivität des Bodens in dieser Gegend der Galaxis außergewöhnlich gering. Außerdem wäre die Evolution in den Jahrmillionen weiter vorangeschritten. Selbstverständlich wären keine Wirbeltiere da, immerhin aber primitive Formen. Haben Sie bemerkt, daß die Uferzone völlig ohne Leben ist?«

»Habe ich. Hat das wirklich so große Bedeutung?«

»Entscheidende Bedeutung. Das Leben entsteht in der Regel in den Ufernischen, später zieht es in die tieferen Meeresregionen. Hier kann es nicht anders gewesen sein. Nur muß es von irgend etwas verdrängt worden sein. Und ich glaube, dieses Etwas verwehrt ihm noch heute den Weg an Land.«

»Wieso?«

»Weil die Fische sich vor den Sonden ängstigen. Auf den Planeten, die ich kenne, hatten die Tiere niemals Angst vor Apparaten. Sie haben keine Angst vor Dingen, die sie nie gesehen haben.«

»Sie meinen also, sie hätten Sonden bereits gesehen?«

»Was sie gesehen haben, weiß ich nicht. Aber wozu brauchen sie den magnetischen Sinn?«

»Eine verdammte Geschichte!« brummte Rohan. Er betrachtete die zerfetzten Metallgirlanden und beugte sich über das Geländer.

Die verbogenen Enden der schwarzen Metallstäbe erzitterten im Luftstrom des Roboters. Ballmin kniff mit einer langen Zange Drähte ab, die aus einer tunnelartigen Öffnung herausragten.

»Ich will Ihnen mal was sagen«, fuhr er fort. »Hier haben nicht einmal sonderlich hohe Temperaturen geherrscht, niemals, das Metall wiese sonst an der Oberfläche Oxydationsspuren auf. Also entfällt auch Ihre Feuerhypothese.«

»Hier bricht jede Hypothese zusammen«, knurrte Rohan. »Im übrigen sehe ich nicht ein, wie man dieses verrückte Gestrüpp mit dem Untergang des ›Kondors‹ in Zusammenhang bringen kann. Das ist doch alles tot.«

»Das muß es nicht immer gewesen sein.«

»Vor tausend Jahren, einverstanden, aber nicht vor ein paar Jahren. Wir haben hier nichts mehr zu suchen. Kehren wir nach unten zurück.«

Sie wechselten kein Wort mehr, bis der Roboter vor den grünen Signallampen aufsetzte. Rohan beauftragte die Techniker, die Fernsehkameras einzuschalten und einen Situationsbericht an den »Unbesiegbaren« zu senden.

Er zog sich mit den Wissenschaftlern in die Kabine des Leitfahrzeuges zurück. Nachdem sie Sauerstoff in den winzigen Raum geblasen hatten, aßen sie und tranken Kaffee aus Thermosflaschen dazu. Über ihnen brannte eine runde Leuchtstoffröhre. Das weiße Licht war Rohan angenehm. Er konnte den rötlichen Tag des Planeten nicht mehr ausstehen. Ballmin spuckte aus; der heimtückisch in das Mundröhrchen der Atemmaske eingedrungene Sand knirschte beim Essen zwischen den Zähnen.

»Das erinnert mich an etwas«, sagte Gralew unverhofft, während er die Thermosflasche zuschraubte. Sein dichtes, schwarzes Haar glänzte im Schein der Leuchtstoffröhre. »Ich erzähle es Ihnen, aber Sie dürfen es nicht ernst nehmen.«

»Wenn es Sie überhaupt an etwas erinnert, so ist das schon sehr viel«, erwiderte Rohan mit vollem Mund. »Also, was ist es?«

»Nichts Besonderes. Ich habe mal eine Geschichte gehört, eigentlich beinahe ein Märchen. Über die Bewohner der Leier . . .«

»Wieso Märchen? Sie haben wirklich gelebt. Achramian hat eine Monographie darüber verfaßt«, bemerkte Rohan. Auf der Schalttafel hinter Gralew zuckte ein Lämpchen, das Zeichen, daß die Verbindung mit dem »Unbesiegbaren« hergestellt war.

»Ja. Payne vermutete, einigen sei es geglückt, sich zu retten. Aber ich bin ziemlich sicher, daß das nicht stimmt. Sie sind alle bei der Explosion der Nova umgekommen.«

»Sechzehn Lichtjahre von hier entfernt«, sagte Gralew.

»Ich kenne das Buch nicht. Aber ich habe – ich weiß nicht mehr, bei welcher Gelegenheit – gehört, daß sie versucht haben, sich in Sicherheit zu bringen. Angeblich haben sie Raumschiffe auf alle Planeten anderer Sterne in ihrer Umgebung geschickt. Sie waren schon recht gut mit der Raumschiffahrt bei annähernd Lichtgeschwindigkeit vertraut.«

»Und was weiter?«

»Das ist eigentlich alles. Sechzehn Lichtjahre sind keine allzugroße Entfernung. Vielleicht ist eins ihrer Schiffe hier gelandet?«

»Sie glauben also, daß sie hier sind?«

»Ich weiß es nicht. Sie sind mir einfach eingefallen, als ich die Ruinen sah. Das könnten ja ihre Gebäude gewesen sein.«

»Wie sehen sie eigentlich aus?« fragte Rohan. »Waren sie menschenähnlich?«

»Nach Achramian ja«, entgegnete Ballmin. »Aber das ist nur eine Hypothese. Von ihnen ist weniger übriggeblieben als vom Pithekanthropus.«

»Komisch.«

»Durchaus nicht. Ihr Planet war jahrtausendelang in der Chromosphäre der Nova untergetaucht. Zeitweilig überstieg seine Oberflächentemperatur zehntausend Grad. Sogar der Grundfels der Planetenkruste machte eine vollständige Metamorphose durch. Von den Meeren blieb nicht die Spur, die ganze Planetenkugel wurde ordentlich durchgebraten. Denken Sie nur, zehntausend Jahre mitten im Novafeuer!«

»Die Bewohner der Leier hier? Weshalb sollten sie sich verborgen halten? Und wo?«

»Vielleicht sind sie ausgestorben. Verlangen Sie nicht zuviel von mir. Ich habe einfach ausgesprochen, was mir eingefallen ist.«

Stille trat ein. Am Steuerpult flammte ein Alarmsignal auf. Rohan schnellte hoch und griff nach den Kopfhörern.

»Hier Rohan ... Wie? Sind Sie es? Ja! Ja! Ich höre ... Gut, wir kehren sofort um!«

Leichenblaß sagte er zu den anderen: »Gruppe zwei hat den ›Kondor‹ gefunden. Dreihundert Kilometer von hier ...«

Der »Kondor«

Von weitem wirkte die Rakete wie ein schiefer Turm. Die Sandmassen rings um sie verstärkten diesen Eindruck. Da der Wind ständig von Westen blies, war der Sandwall dort bedeutend höher als im Osten. Mehrere Zugmaschinen im Umkreis waren fast ganz zugeweht, sogar der außer Gefecht gesetzte Energiewerfer, der mit offener Haube dastand, war halb verschüttet. Aber das Heck ließ die Düsenöffnungen sehen, weil es in einer frei gebliebenen Bodenmulde ruhte. Man brauchte nur eine dünne Sandschicht zu entfernen, um zu den Gegenständen zu gelangen, die an der Rampe verstreut lagen.

Am Rande des Dünenwalls hielt die Gruppe an. Die Fahrzeuge, die sie vom »Unbesiegbaren« hergebracht hatten, umringten bereits in großem Kreis das ganze Gelände, die Strahlenbündel der Emitoren hatten sich zum Schutzfeld vereinigt. Die Männer hatten die Transportmaschinen und die Inforoboter etwa hundert Meter von der Stelle entfernt zurückgelassen, wo der Sandwall das Fundament des »Kondors« ringförmig umschloß, und blickten nun den Dünenkamm hinunter.

Fünf Meter trennten die Rampe vom Boden, als wäre sie beim Herablassen plötzlich aufgehalten worden. Der Personenaufzug war jedoch unberührt, und die offene Tür schien zum Einsteigen einzuladen. Daneben ragten ein paar Sauerstoffflaschen aus dem Sand. Ihre Aluminiumwandungen blinkten, als hätte jemand sie erst vor wenigen Minuten liegenlassen. Ein Stück weiter schimmerte es blau in einer Düne: ein Plastbehälter, wie sich herausstellte. Außerdem fand sich in der Mulde am Fuße des Raumschiffs eine

Unmenge wirr verstreuter Gegenstände: volle und leere Konservendosen, Theodoliten, Fotoapparate, Stative und Feldflaschen – manche unversehrt, andere beschädigt.

Wie haufenweise aus der Rakete geworfen, dachte Rohan und sah zu dem dunklen Loch des Personeneinstiegs hinauf. Die Luke war nicht ganz geschlossen.

Der kleine fliegende Aufklärer de Vries' war rein zufällig auf das tote Raumschiff gestoßen. De Vries hatte gar nicht versucht hineinzugelangen, sondern sofort die Basis benachrichtigt. Erst Rohans Gruppe sollte das Geheimnis um das Schwesterschiff des »Unbesiegbaren« ergründen. Schon liefen die Techniker von ihren Maschinen herzu und schleppten Werkzeugkisten an.

Rohan bemerkte etwas Rundes am Boden. Mit der Schuhspitze scharrte er den feinen Sand weg, weil er annahm, ein kleiner Globus liege darunter, und grub noch immer nichtsahnend ein blaßgelbes, gewölbtes Gebilde aus. Er fuhr zurück, beinahe hätte er laut aufgeschrien. Alle wandten sich zu ihm um. Er hatte einen Menschenschädel in der Hand.

Sie fanden dann noch andere Knochen und sogar ein ganzes Skelett im Schutzanzug. Zwischen dem herabhängenden Unterkiefer und der oberen Zahnreihe klemmte noch das Mundstück des Sauerstoffapparates. Das Manometer war bei 46 Atmosphären stehengeblieben. Kniend drehte Jarg den Hahn der Flasche auf, und das Gas strömte zischend heraus. In der ideal trockenen Wüstenluft hatte sich an den Stahlteilen des Reduktors nicht ein bißchen Rost gebildet, so daß sich die Gewinde leicht schrauben ließen.

Der Aufzug war von innen zu bedienen, aber offensichtlich war das Netz ohne Strom, denn sie drückten vergebens auf die Knöpfe. Die vierzig Meter hohe Fahrstuhlkonstruktion zu ersteigen war recht schwierig, und Rohan schwankte, ob er nicht lieber ein paar Leute mit einer fliegenden Untertasse hinaufschicken solle, aber mittlerweile kletterten bereits zwei Techniker, durch ein Seil miteinander verbunden, nach oben. Die anderen beobachteten schweigend den Aufstieg.

Der »Kondor«, ein Raumkreuzer derselben Klasse wie der »Unbesiegbare«, hatte wenige Jahre früher die Werft verlassen; äußerlich waren die beiden Schiffe nicht zu unterscheiden. Die Männer schwiegen. Obgleich keiner es aussprach, hätte wohl jeder lieber die Trümmer von einer Havarie, ja selbst von einer Reaktorexplosion vorgefunden. Daß das Schiff so dastand, eingegraben in den Wüstensand und leblos auf die Seite geneigt, als hätte der Boden unter dem Druck der Heckstützen nachgegeben, mitten in einem Gewirr von Gegenständen und menschlichen Gebeinen, selbst aber scheinbar unberührt, erschütterte alle.

Die Kletterer hatten inzwischen den Einstieg erreicht, öffneten ihn mühelos und entschwanden den Blicken ihrer Gefährten. Sie blieben so lange fort, daß Rohan unruhig wurde, doch da ruckte der Fahrstuhl unverhofft einen Meter nach oben und landete wieder auf dem Sand. Zugleich tauchte im offenen Eingang die Gestalt eines Technikers auf; er winkte mit der Hand, sie könnten einsteigen.

Zu viert fuhren sie hinauf: Rohan, Ballmin, der Biologe Hagerup und Kralik, einer der Techniker. Gewohnheitsgemäß musterte Rohan den gewaltigen, gewölbten Schiffskörper, der hinter dem Aufzugsgeländer vorbeiglitt, und erstarrte zum ersten, aber nicht zum letzten Male an diesem Tag. Die Panzerplatten waren von einem erstaunlich harten Werkzeug angebohrt oder zerkratzt. Die Spuren waren nicht besonders tief, aber so dicht gesät, daß die ganze Außenhaut wie von Blatternarben bedeckt schien. Rohan packte Ballmin am Arm, doch der hatte die unerhörte Erscheinung schon bemerkt. Beide versuchten, die Kerben genau zu erkennen. Sie waren klein, wie mit einem spitzen Meißel geschlagen. Aber Rohan wußte, daß es keinen Meißel gab, der einer superharten Titan-Molybdän-Decke etwas hätte anhaben können. Das brachte nur eine chemische Ätzung fertig. Er gelangte jedoch nicht zu einem Ergebnis, denn der Aufzug beendete seine kurze Fahrt, und sie betraten die Schleusenkammer.

Das Schiffsinnere war erleuchtet. Die Techniker hatten bereits das preßluftbetriebene Notstromaggregat eingeschaltet. Der sehr feine, leichte Sand bildete nur an der Schwelle, wo der Wind ihn durch den Lukenspalt hereingeweht hatte, eine etwas dickere Schicht. In den Gängen lag gar keiner. Im dritten Stock fanden die Ankömmlinge saubere, adrette und hellerleuchtete Räumlichkeiten vor. Hier und da erblickten sie einen Gegenstand – eine Sauerstoffmaske, einen Plastteller, ein Buch oder einen Teil eines Schutzanzuges. Aber so war es eben nur im dritten Stock. Weiter unten, in den kartographischen Kajüten und in den Sternkajüten, in den Messen, den Mannschaftskabinen, den Radarräumen, im Hauptverteiler, auf den Deck- und Verbindungskorridoren herrschte ein unbegreifliches Durcheinander.

Noch schlimmer sah es in der Steuerzentrale aus. Dort gab es an Uhren und Bildschirmen wohl nicht eine einzige unversehrte Scheibe. Das Glas bestand aus einer splitterfreien Masse und war offenbar erstaunlich heftigen Stößen ausgesetzt gewesen, denn es bedeckte als silbriges Pulver Tische, Sessel, ja Leitungen und Steckdosen. Wie aus einem Sack geschüttete Grütze häuften sich in der Bibliothek nebenan Mikrofilme, zum Teil auseinandergerollt und in große, glatte Knäuel verschlungen, zerfetzte Bücher, zerbrochene Zirkel, Rechenschieber, Spektralbänder neben Stößen von Camerons Großen Sternkatalogen, über die sich jemand wohl besonders hergemacht hatte, denn die dicken, steifen Folioblätter waren in wilder Raserei, zugleich aber mit unfaßbarer Geduld bündelweise herausgerissen.

Im Klubraum und im angrenzenden Vorführsaal waren

die Gänge mit Kleiderhaufen und Lederstücken von den aufgeschlitzten Sesselbezügen versperrt. Mit einem Wort, es sah aus, als wäre, wie Bootsmann Terner sich ausdrückte, die Rakete von einer Herde wütender Paviane überfallen worden.

Die Männer, denen es angesichts dieser Verwüstung geradezu die Sprache verschlug, gingen von Deck zu Deck. In der kleinen Navigationskajüte lag an der Wand zusammengekrümmt der verdorrte Leichnam eines Mannes in einer Leinenhose und einem fleckigen Hemd. Jetzt bedeckte ihn eine Zeltplane, die ihm der Techniker, der als erster in dem Raum gewesen war, übergeworfen hatte. Es war eigentlich eine Mumie mit brauner, an den Knochen angetrockneter Haut.

Rohan war unter den letzten, die den »Kondor« verließen. Ihn schwindelte. Ein körperliches Übelkeitsgefühl überkam ihn, und mit aller Willenskraft unterdrückte er die immer wiederkehrenden Anfälle. Ihm war, als hätte er einen fürchterlichen, unglaublichen Traum gehabt. Die Gesichter der Männer aber gaben ihm Gewißheit, daß alles, was er gesehen hatte, Wirklichkeit war.

Sie übermittelten dem »Unbesiegbaren« kurze Funkberichte. Ein Teil des Kommandos blieb an Bord des »Kondors«, um einigermaßen Ordnung zu schaffen. Zuvor aber hatte Rohan alle Räume des Schiffes sorgfältig fotografieren und eine ausführliche Beschreibung des Zustandes anfertigen lassen, in dem sie das Schiff vorgefunden hatten.

Mit Ballmin und Gaarb, einem der Biophysiker, fuhr er zurück. Lenker des Transporters war Jarg. Sein breites, sonst immer lächelndes Gesicht schien jetzt schmaler und finsterer. Die viele Tonnen schwere Maschine holperte, von Stößen geschüttelt, die man bei der üblichen, glatten Fahrweise dieses beherrschten Mannes nicht gewohnt war, über die Dünen und warf beiderseits hohe Sandfontänen auf. Ihnen voraus schob sich ein unbemannter Energoboter und schützte sie mit dem Kraftfeld. Sie schwiegen die ganze Zeit, jeder war mit den eigenen Gedanken beschäftigt.

Rohan fürchtete sich fast vor der Begegnung mit dem Astrogator, weil er nicht wußte, was er ihm eigentlich sagen sollte. Eine der schrecklichsten, völlig zusammenhanglosen, ja irrsinnigen Entdeckungen hatte er für sich behalten. Im Badezimmer des achten Stocks hatte er Seifenstücke gefunden, die eindeutig Spuren menschlicher Zähne trugen. Aber dort konnte es doch keine Hungersnot gegeben haben. Die Lager waren von unangerührten Lebensmittelvorräten überfüllt. Sogar die Milch in den Kühlräumen war noch einwandfrei.

Auf halbem Wege empfingen sie Funksignale von einem kleinen Fahrzeug mit Steuerautomat, das, eine Staubwand hinter sich, auf sie zurollte. Sie bremsten, die andere Maschine hielt ebenfalls an. Zwei Männer saßen darin: der nicht mehr ganz junge Techniker Magdow und der Neurophysiologe Sax. Rohan schaltete das Feld aus, und so konnten sie sich durch Rufe verständigen.

Nach Rohans Aufbruch war im Hibernator des »Kondors« der eingefrorene Körper eines Menschen entdeckt worden. Dieser Mann konnte vielleicht wieder zum Leben erweckt werden. Sax brachte deshalb die erforderliche Apparatur vom »Unbesiegbaren«. Rohan entschloß sich, Sax zu folgen mit der Begründung, das Fahrzeug des Wissenschaftlers habe kein Schutzfeld. In Wahrheit aber war er froh, das Gespräch mit Horpach hinausschieben zu können. Sie wendeten an Ort und Stelle und jagten, Sand aufwirbelnd, zurück.

Beim »Kondor« war reges Treiben. Noch immer wurden die unterschiedlichsten Dinge aus den Dünen zutage gefördert. Abseits lagen unter weißen Tüchern in einer Reihe die Leichen. Es waren inzwischen mehr als zwanzig geworden. Die Rampe funktionierte, sogar der Reaktor für Bodenbetrieb lieferte bereits Strom.

Von weitem hatte man sie an der Staubwolke erkannt und ihnen den Durchgang in das Kraftfeld geöffnet. Ein Arzt, der kleine Dr. Nygren, war schon zur Stelle, aber ohne Assistenten wollte er den Mann aus dem Hibernator nicht untersuchen.

Rohan machte von seinem Recht Gebrauch – er vertrat hier immerhin den Kommandanten – und ging mit den beiden Ärzten an Bord. Die zertrümmerten Apparaturen, die beim erstenmal die Tür des Hibernators versperrt hatten, waren beiseite geräumt worden. Die Zeiger standen auf siebzehn Grad unter Null. Die beiden Ärzte verständigten sich mit Blicken, aber Rohan wußte genug von der Hibernation, um zu verstehen, daß die Temperatur für einen reversiblen Tod zu hoch, für einen hypothermischen Schlaf hingegen zu niedrig war. Es sah nicht aus, als wäre der Mann im Hibernator für ein Überdauern unter geeigneten Bedingungen vorgesehen gewesen. Er war wohl vielmehr durch Zufall dort hineingeraten, ebenso unbegreiflich und widersinnig, wie alles andere an Bord des »Kondors« geschehen war. Und wirklich, als sie, bereits in den thermostatischen Skaphandern, das Handrad aufgedreht und die schwere Klappe angehoben hatten, sahen sie auf dem Fußboden ausgestreckt, mit dem Gesicht nach unten, den Körper eines nur mit Unterwäsche bekleideten Mannes. Rohan half den Ärzten, ihn zu einem kleinen, gepolsterten Tisch hinüberzutragen, über dem drei Leuchten hingen, die schattenfreies Licht gaben. Es war kein Operationstisch, sondern eine Art Liege für kleine Eingriffe, wie sie bisweilen im Hibernator vorgenommen wurden.

Rohan hatte Angst, das Gesicht des Mannes zu erblicken, denn er hatte viele Besatzungsmitglieder des »Kondors« gekannt.

Aber dieser Mann war ihm fremd. Wären die Glieder nicht eiskalt und steif gewesen, so hätte man meinen können, der Gefundene schlafe. Die Lider waren geschlossen.

In dem trockenen, hermetisch abgedichteten Raum hatte die Haut nicht einmal die natürliche Farbe eingebüßt, sondern war lediglich bleich. Aber das Gewebe darunter wimmelte von mikroskopisch kleinen Eiskristallen. Wieder verständigten sich die beiden Ärzte wortlos, durch Blicke. Dann machten sie ihre Instrumente fertig.

Rohan ließ sich auf einer der leeren, frisch bezogenen Ruhestätten nieder, die zwei lange Reihen bildeten. Im Hibernator war die ursprüngliche, tadellose Ordnung erhalten. Ein paarmal klirrten die Instrumente, die Ärzte flüsterten, schließlich trat Sax von dem Tisch zurück und sagte: »Nichts mehr zu machen.«

»Also tot«, stieß Rohan hervor. Es war weniger eine Frage als eine Schlußfolgerung, die einzig mögliche, die er aus den Worten des Arztes ziehen konnte.

Nygren hatte unterdessen die Klimaanlage eingeschaltet. Wenig später drang ein warmer Luftstrom in den Raum. Rohan erhob sich, um hinauszugehen, da sah er, daß Sax an den Tisch zurückkehrte. Der Arzt nahm eine kleine, schwarze Tasche vom Boden auf, öffnete sie, und nun kam jener Apparat zum Vorschein, von dem Rohan schon so oft gehört hatte, der aber bisher in seinem Beisein nie benutzt worden war. Mit ruhigen, fast pedantischen Bewegungen entwirrte Sax die Leitungsstränge, an deren Enden flache Elektroden hingen. Er legte sechs Stück an den Schädel des Toten und befestigte sie mit einem elastischen Band. Dann hockte er nieder und zog drei Paar Kopfhörer aus der Tasche. Er setzte selbst ein Paar auf und drehte, noch immer vornübergebeugt, an den Knöpfen des Apparates, der in einer Hülle stak. Die Augen hatte er geschlossen, sein Gesicht wirkte nun völlig konzentriert. Plötzlich runzelte er die Stirn, beugte sich noch tiefer und hielt den Knopf an und riß sich gleichzeitig die Kopfhörer herunter.

»Kollege Nygren . . .«, sagte er mit sonderbarer Stimme. Der kleine Doktor nahm ihm die Kopfhörer ab.

»Was ist?« flüsterte Rohan mit bebenden Lippen.

Der Apparat wurde, zumindest in der Bordsprache, »Gräberabklopfer« genannt. Bei einem Verstorbenen, bei dem der Tod erst kurz zuvor eingetreten oder der noch nicht verwest war, wie dieser Leichnam infolge der niedrigen Temperatur, konnte man »das Gehirn abhorchen«, oder genauer, den letzten Inhalt des Bewußtseins ermitteln.

Der Apparat sandte elektrische Impulse ins Schädelinnere; sie suchten sich den Weg des geringsten Widerstandes, das heißt, sie liefen an den Nervenfasern entlang, die in der präagonalen Phase eine funktionelle Einheit bildeten.

Die Ergebnisse waren nie sicher, aber es hieß, auf diese Weise sei es mehrmals gelungen, außerordentlich bedeutsame Informationen zu erhalten. In solchen Fällen wie gerade jetzt, da soviel daran lag, zumindest ein wenig das Geheimnis um die Tragödie des »Kondors« zu lüften, war die Anwendung des »Gräberabklopfers« dringend geboten.

Rohan hatte schon geahnt, daß der Neurologe überhaupt nicht mit der Wiederbelebung des Mannes gerechnet hatte, und war eigentlich nur gekommen, um zu hören, was ihnen dessen Gehirn entdecken würde. Reglos stand er da und spürte Trockenheit im Mund und ein dumpfes Herzklopfen, als Sax ihm das zweite Kopfhörerpaar reichte. Wäre diese Geste nicht so einfach und natürlich gewesen, er hätte nicht gewagt, die Hörer aufzusetzen. Aber er tat es unter dem ruhigen Blick von Sax' dunklen Augen, der, auf ein Knie gestützt, vor dem Apparat hockte und mit sparsamen Bewegungen den Verstärkerknopf drehte.

Anfangs hörte er nichts, nur das Rauschen des Stroms, und er war im Grunde erleichtert, weil er nichts hören wollte. Es wäre ihm angenehmer gewesen – obwohl er sich dessen nicht bewußt war –, wenn das Hirn des unbekannten Mannes stumm geblieben wäre. Sax richtete sich auf und rückte ihm die Hörer an den Ohren zurecht. In dem Licht, das auf die weiße Kajütenwand fiel, sah Rohan etwas hindurchschimmern: ein graues, wie von Asche verschleiertes und in unbestimmter Ferne schwebendes Bild. Unwillkürlich preßte er die Lider aufeinander, und da war, was er eben erblickt hatte, fast deutlich zu erkennen. Es sah aus wie ein Gang im Schiffsinnern mit Rohren, die an der Decke entlangführten. Der Gang war in seiner ganzen Breite von menschlichen Leibern versperrt. Sie schienen sich zu bewegen, aber es war das Bild, das zitterte und hin und her wogte. Die Menschen waren halb nackt, Kleiderreste hingen in Fetzen an ihnen herab, und ihre unnatürlich weiße Haut schien mit dunklen Sprenkeln oder einer Art Ausschlag bedeckt. Vielleicht war es auch nur eine zufällige Begleiterscheinung, denn von solchen schwarzen Pünktchen wimmelte es ebenfalls auf dem Fußboden und an den Wänden. Das ganze Bild schwankte wie eine unscharfe, durch eine starke Schicht fließenden Wassers aufgenommene Fotografie, dehnte sich aus, zog sich wieder zusammen und wogte. Von Entsetzen geschüttelt, riß Rohan die Augen auf. Das Bild verblaßte und verschwand fast ganz, nur ein Schatten war noch in dem hellerleuchteten Raum.

Sax drehte von neuem an dem Apparat, und Rohan vernahm wie aus seinem Innern ein schwaches Flüstern: »... ala ... ama ... lala ... ala ... ma ... mama ...« Sonst nichts. In dem Kopfhörer mauzte es plötzlich, fiepte und krähte in hohen Tönen, die sich wie ein irrsinniger Schluckauf oder ein wildes, entsetzliches Hohngelächter immerzu wiederholten. Aber das war nur der Verstärkerstrom. Die Heterodinlampe erzeugte einfach zu schwache Schwingungen.

Sax rollte die Leitungsdrähte zusammen und stopfte sie in die Tasche. Nygren nahm ein Laken und warf es über Körper und Gesicht des Toten. Dessen Mund war bisher geschlossen gewesen und hatte sich jetzt leicht geöffnet, wohl unter der Wärmeeinwirkung (im Hibernator war es inzwischen heiß geworden – Rohan zumindest rann der

Schweiß über den Rücken), und das Gesicht hatte einen ungeheuer erstaunten Ausdruck angenommen. So verschwand er unter dem weißen Tuch.

»Sagt doch was ... Warum sagt ihr denn nichts?« stieß Rohan hervor.

Sax zog die Riemen an der Apparathülle fest, erhob sich und trat einen Schritt an ihn heran. »Beherrschen Sie sich, Navigator!«

Rohan kniff die Augen zusammen und ballte die Fäuste – doch vergebens. Wie üblich in solchen Augenblicken, erwachte in ihm der Jähzorn, den zu bändigen ihm besonders schwerfiel.

»Verzeihung«, stammelte er. »Aber was bedeutet das nun?«

Sax knöpfte den Skaphander auf, der zu Boden glitt, und von seiner Stattlichkeit war nichts mehr vorhanden. Er war wieder der hagere, gebeugte Mann mit den schmalen Schultern und den feinnervigen Händen.

»Ich weiß nicht mehr als Sie«, antwortete er. »Vielleicht sogar weniger.«

Rohan begriff nichts mehr, aber er klammerte sich an Sax' letzte Worte.

»Wieso? Warum weniger?«

»Weil ich nicht hier war. Ich habe außer diesem Leichnam nichts gesehen. Sie sind doch heute morgen hier gewesen. Sagt Ihnen dieses Bild nichts?«

»Nein. Die ... die haben sich bewegt. Ob sie da noch gelebt haben? Was war das nur an ihnen? Diese Flecke?«

»Sie haben sich nicht bewegt. Das war eine Täuschung. Die Engramme werden wie eine Fotografie festgehalten. Manchmal ist es ein Übereinander von mehreren Bildern. In diesem Fall war es das nicht.«

»Aber die Flecke? Sind sie auch eine Täuschung?«

»Ich weiß nicht. Alles ist möglich. Aber ich glaube es nicht. Was meinen Sie, Nygren?«

Der kleine Arzt hatte sich schon aus seinem Skaphander gepellt.

»Ich weiß nicht«, antwortete er. »Vielleicht war es auch kein Artefakt. An der Decke waren keine, nicht wahr?«

»Solche Flecke? Nein. Nur an den Leichen und auf dem Fußboden. Und ein paar an den Wänden ...«

»Wenn das die zweite Projektion gewesen wäre, dann hätten sie wohl das ganze Bild bedeckt«, meinte Nygren. »Aber das ist nicht sicher. Bei solchen Engrammen hängt zuviel vom Zufall ab.«

»Und die Stimme? Dieses ... Gestammel?« forschte Rohan verzweifelt.

»Ein Wort war deutlich zu verstehen: Mama. Haben Sie es gehört?«

»Ja. Aber da war noch etwas. ›Ala ... lala‹. Das wiederholte sich unablässig.«

»Ja, weil ich die ganze Hinterhauptlappenrinde abgesucht habe«, brummte Sax. »Das heißt die ganze Gegend des akustischen Gedächtnisses«, erklärte er Rohan. »Das war das Ungewöhnliche.«

»Diese Wörter?«

»Nein, die nicht. Ein Sterbender kann an alles mögliche denken. Wenn er an seine Mutter gedacht hätte, dann wäre das durchaus normal. Aber sein Hörbereich ist leer. Verstehen Sie?«

»Nein, keine Ahnung. Wieso leer?«

»Meistens ist die Untersuchung der Hinterhauptlappen ergebnislos«, erläuterte Nygren. »Dort sind zu viele Engramme, zu viele gespeicherte Wörter. Das ist so, als wollten Sie hundert Bücher auf einmal lesen. Ein Chaos entsteht. Aber er« – er warf einen Blick auf die längliche Gestalt unter dem weißen Laken – »hatte dort gar nichts. Keine Wörter, nur die paar Silben.«

»Ja, stimmt. Ich habe vom sensorischen Sprachzentrum bis zum Sulcus Rolandi alles abgesucht«, sagte Sax. »Deswegen sind die Silben immer wiedergekehrt. Es waren die einzigen phonematischen Strukturen, die erhalten geblieben sind.«

»Und der Rest, die anderen?«

»Sind nicht da.« Sax hob, als hätte er die Geduld verloren, den schweren Apparat so heftig vom Boden auf, daß der Ledergriff knirschte. »Sie sind nicht da, und fertig. Fragen Sie mich bitte nicht, was damit geschehen ist. Dieser Mann hat das ganze akustische Gedächtnis verloren.«

»Und das Bild?«

»Das ist etwas anderes. Das hat er gesehen. Er brauchte nicht einmal zu verstehen, was er sah. Ein Fotoapparat versteht auch nichts und hält doch fest, worauf man ihn richtet. Übrigens weiß ich nicht, ob er es verstanden hat oder nicht.«

»Würden Sie mir helfen, Herr Kollege?« Die beiden Ärzte gingen mit den Apparaten hinaus, die Tür fiel hinter ihnen zu.

Rohan war allein. Da packte ihn eine solche Verzweiflung, daß er an den Tisch trat, das Laken beiseite schleuderte, dem Toten das Hemd aufknöpfte, das bereits aufgetaut und weich geworden war, und aufmerksam die Brust untersuchte. Er zitterte bei der Berührung, denn sogar die Haut war geschmeidig geworden. Mit dem Auftauen des Gewebes war eine Muskelerschlaffung eingetreten. Der bis dahin unnatürlich angehobene Kopf war kraftlos hinuntergesunken, als schliefe der Mann wirklich. Rohan suchte an dem toten Körper Spuren einer rätselhaften Epidemie, einer Vergiftung oder Insektenstiche, aber er fand nichts. Zwei Finger der linken Hand spreizten sich, so daß eine kleine, leicht geöffnete Wunde zu sehen war, die zu bluten begann. Die roten Tropfen fielen auf den weißen Schaumgummibezug des Tisches. Das war zuviel für Rohan. Ohne auch nur das Tuch wieder über den Toten zu decken, stürzte er aus der Kajüte, stieß die Leute draußen zur Seite und lief dem

Hauptausgang zu, als wäre jemand hinter ihm her. An der Schleusenkammer hielt Jarg ihn an, half ihm, den Sauerstoffapparat umzuschnallen und steckte ihm sogar das Mundstück zwischen die Lippen.

»Nichts gefunden, Navigator?«

»Nein, Jarg. Nichts. Nichts!«

Er merkte nicht, mit wem er im Fahrstuhl war. Draußen heulten die Motoren. Der Sturm war stärker geworden, Sandwolken fegten vorbei und prasselten auf die rauhe, unebene Oberfläche des Schiffskörpers, die Rohan ganz und gar vergessen hatte. Er ging ans Heck, reckte sich auf die Zehenspitzen und tastete das dicke Metall ab. Der Panzer fühlte sich an wie Gestein, verwittertes, altes Gestein, mit harten Knötchen übersät. Zwischen den Transportern erblickte er die hohe Gestalt des Ingenieurs Ganong, versuchte aber gar nicht erst, ihn zu fragen, was er über dieses Phänomen dachte. Der Ingenieur wußte ebensoviel wie er selbst, das heißt nichts. Gar nichts.

In dem größten Transporter fuhr er mit einem Dutzend Leuten zurück. Er saß in einer Ecke der Kabine und hörte ihre Stimmen wie von fern. Bootsmann Terner sprach von Vergiftung, wurde aber überschrien.

»Vergiftung? Womit? Alle Filter sind in ausgezeichnetem Zustand, die Wasservorräte unangerührt, die Sauerstoffbehälter voll, Lebensmittel im Überfluß . . .«

»Habt ihr gesehen, wie der aussah, den wir in der kleinen Navigationskajüte gefunden haben?« fragte Blank. »Ich habe ihn gekannt . . . Doch ich hätte ihn nicht wiedererkannt, wenn er nicht wie immer einen Siegelring getragen hätte.«

Keiner antwortete. In der Basis begab sich Rohan unverzüglich zu Horpach. Der wußte schon Bescheid durch die Fernsehübertragung und die Berichte der Gruppe, die früher zurückgekommen war und einige hundert Fotos mitgebracht hatte. Rohan fühlte sich unwillkürlich erleichtert, daß er dem Kommandanten nicht zu schildern brauchte, was er gesehen hatte.

Der Astrogator musterte ihn aufmerksam und stand vom Tisch auf, wo eine von Fotokopien bedeckte Geländekarte lag. Sie waren allein in der großen Navigationskajüte.

»Nehmen Sie sich zusammen, Rohan«, sagte er. »Ich verstehe, wie Ihnen zumute ist, aber wir brauchen vor allem Vernunft. Und Beherrschung. Wir müssen dieser verrückten Geschichte auf den Grund kommen.«

»Sie verfügten über alle Schutzvorrichtungen: Energoboter, Lasergeräte und Teilchenwerfer. Der große Antimat steht unmittelbar bei dem Raumschiff. Alles, was wir auch haben«, sagte Rohan mit tonloser Stimme. Er ließ sich in einen Sessel fallen. »Entschuldigen Sie.«

Der Astrogator entnahm einem Wandschränkchen eine Flasche Kognak.

»Ein altes Hausmittel, manchmal kann man's gebrauchen. Trinken Sie, Rohan. Das hat man früher angewandt, auf den Schlachtfeldern ...«

Schweigend schluckte Rohan die scharfe Flüssigkeit hinunter.

»Ich habe die Zähler aller Energieaggregate überprüft«, sagte er in vorwurfsvollem Ton. »Die Besatzung ist keinesfalls angegriffen worden. Sie haben nicht einmal einen Schuß abgefeuert. Sie sind einfach, einfach ...«

»Verrückt geworden«, half der Astrogator gelassen nach. »Wenn wir doch wenigstens das genau wüßten! Aber wie wäre das möglich gewesen?«

»Haben Sie das Bordbuch gesehen?«

»Nein. Gaarb hatte es mitgenommen. Haben Sie es hier?«

»Ja. Nach dem Landedatum gibt es nur vier Eintragungen. Sie betreffen die Ruinen, die Sie untersucht haben, und ... die Fliegen.«

»Was für Fliegen?«

»Das weiß ich nicht. Wörtlich heißt es dort...«

Er nahm das aufgeschlagene Buch vom Tisch.

»›Keinerlei Lebenszeichen an Land. Zusammensetzung der Atmosphäre...‹ Das sind die Analysenergebnisse. Aber hier, sehen Sie: ›Um 18 Uhr 40 geriet die zweite Raupenpatrouille auf dem Rückweg von den Ruinen in einen örtlichen Sandsturm mit starker Aktivität atmosphärischer Entladungen. Trotz Störungen Funkverbindung hergestellt. Die Patrouille meldet eine erhebliche Menge winziger Fliegen am...‹«

Der Astrogator legte das Buch beiseite.

»Und weiter? Warum lesen Sie nicht zu Ende?«

»Das ist ja das Ende. Hier bricht die letzte Eintragung ab.«

»Weiter steht da nichts?«

»Den Rest sehen Sie sich am besten selbst an.«

Er schob Rohan das Buch hinüber. Das Blatt war mit unleserlichen Krakeln bedeckt. Mit weit aufgerissenen Augen starrte Rohan das Liniengewirr an.

»Das hier sieht aus wie ein B«, sagte er leise.

»Ja. Und das hier wie ein G. Ein großes G. Als hätte ein kleines Kind es geschrieben. Meinen Sie nicht auch?«

Rohan schwieg, das leere Glas in der Hand, das wegzustellen er vergessen hatte. Er dachte an die Ambitionen, die er noch kurz zuvor gehabt hatte, an seinen Traum, selbst Kommandant des »Unbesiegbaren« zu sein. Nun war er dankbar, daß er nicht über das weitere Schicksal der Expedition zu entscheiden hatte.

»Bitte, rufen Sie die Leiter der Spezialistengruppen zusammen. Rohan, wachen Sie auf!«

»Verzeihen Sie. Eine Beratung, Astrogator?«

»Ja. Alle sollen in die Bibliothek kommen.«

Eine Viertelstunde später saßen sie bereits in dem großen, quadratischen Saal, hinter dessen bunt emaillierten Wänden Bücher und Mikrofilme untergebracht waren. Am wenigsten erträglich war wohl die unheimliche Ähnlichkeit zwischen den Räumen im »Kondor« und im »Unbesiegbaren«. Es waren ja Schwesterschiffe. Aber Rohan vermochte nicht – gleichgültig, in welche Ecke er blickte –, die Bilder des Wahnsinns zu verdrängen, die sich ihm ins Hirn gefressen hatten.

Jeder hatte hier seinen Stammplatz. Der Biologe, der Arzt, der Planetologe, die Elektroniker und die Nachrichtentechniker, die Kybernetiker und die Physiker saßen im Halbkreis in ihren Sesseln. Diese neunzehn Männer bildeten das strategische Hirn des Raumschiffes.

Der Astrogator stand allein unter der halb heruntergelassenen, weißen Leinwand.

»Kennen alle Anwesenden die Lage an Bord des ›Kondors‹?«

Als Antwort ertönte zustimmendes Murmeln.

»Bis jetzt haben die Suchtrupps im Umkreis des ›Kondors‹ neunundzwanzig Tote gefunden und auf dem Schiff selbst vierunddreißig, darunter einen, der sich durch Einfrieren im Hibernator ausgezeichnet gehalten hat. Dr. Nygren, der gerade von dort kommt, wird uns berichten ...«

»Da gibt es nicht viel zu berichten«, sagte der kleine Doktor und erhob sich. Langsam ging er auf den Astrogator zu. Er war einen ganzen Kopf kleiner.

»Unter den Leichen sind neun mumifizierte Körper. Außer dem, von dem der Kommandant gesprochen hat und der gesondert untersucht wird. Eigentlich sind es aus dem Sand gegrabene Skelette oder Skelettreste. Die Mumifikation hat im Schiffsinnern stattgefunden, wo günstige Bedingungen dafür vorhanden waren: geringe Luftfeuchtigkeit, so gut wie keine Fäulnisbakterien und keine allzu hohe Temperatur. Die Körper, die im Freien waren, sind der Verwesung anheimgefallen, die sich in Regenzeiten beschleunigt, weil hier der Sand einen beträchtlichen Prozentsatz an Eisenoxyden und Eisensulfiden enthält, die mit schwachen Säuren reagieren ... Aber diese Einzelheiten sind, glaube ich, unwesentlich. Sollte eine genaue Erläuterung der auftretenden Reaktionen erwünscht sein, so müßte man die Kollegen Chemiker damit beauftragen. Jedenfalls war außerhalb des Schiffes eine Mumifikation unmöglich, zumal da hier obendrein das Wasser und die darin gelösten Substanzen und der Sand eine Reihe von Jahren hindurch eingewirkt haben. So ist auch die blankpolierte Oberfläche der Gebeine zu erklären.«

»Entschuldigen Sie, Doktor«, unterbrach ihn der Astrogator. »Das wichtigste ist im Augenblick die Todesursache dieser Leute.«

»Es gibt keinerlei Anzeichen für einen gewaltsamen Tod, zumindest nicht an den guterhaltenen Leichen«, antwortete der Arzt sofort. Er blickte keinen an, es war, als beobachtete er etwas Unsichtbares in seiner hochgehobenen Hand. »Allem Anschein nach sind sie eines natürlichen Todes gestorben.«

»Das heißt?«

»Ohne äußere Einwirkung. Manche einzeln aufgefundenen Arm- und Beinknochen weisen Brüche auf, aber die können späteren Datums sein. Um das festzustellen, sind längere Untersuchungen erforderlich. Bei denen, die bekleidet waren, sind weder Epidermis noch Knochengerüst beschädigt. Keinerlei Verletzungen, von ein paar Kratzwunden abgesehen, die ganz gewiß nicht Todesursache gewesen sein können.«

»Wie sind sie also umgekommen?«

»Ich weiß es nicht. Man könnte meinen, sie seien verhungert oder verdurstet ...«

»Die Wasser- und Lebensmittelvorräte sind nicht aufgebraucht«, warf Gaarb von seinem Platz aus ein.

»Ich weiß.«

Einen Augenblick lang schwiegen alle.

»Mumifikation bedeutet in erster Linie vollständige Entwässerung des Körpers«, erläuterte Nygren. Noch immer blickte er keinen der Anwesenden an. »Die Fettgewebe unterliegen zwar Veränderungen, aber sie gehen nicht verloren. Diese Leute hatten faktisch keine. Gerade so, als hätten sie lange Zeit gehungert.«

»Aber bei dem im Hibernator war das nicht so«, bemerkte Rohan, der hinter der letzten Sesselreihe stand.

»Das stimmt. Er ist wahrscheinlich erfroren. Mir ist unerklärlich, wie er in den Hibernator geraten ist. Vielleicht ist er einfach eingeschlafen, während die Temperatur absank.«

»Besteht die Möglichkeit einer Massenvergiftung?« fragte Horpach.

»Nein.«

»Aber, Doktor, Sie können doch nicht so kategorisch . . .«

»Das kann ich sehr wohl«, erwiderte der Arzt. »Eine Vergiftung unter planetaren Bedingungen ist nur über die Lunge denkbar, durch eingeatmete Gase, über die Speiseröhre oder die Haut. Eine der guterhaltenen Leichen trug einen Sauerstoffapparat. Der Sauerstoffbehälter war gefüllt und hätte für mehrere Stunden gereicht.«

Stimmt, dachte Rohan. Er erinnerte sich an diesen Mann, an die Haut, die den Schädel umspannte, die bräunlichen Flecken auf den Backenknochen, an die Augenhöhlen, aus denen der Sand rieselte.

»Die Leute können nichts Giftiges gegessen haben, weil es hier überhaupt nichts Eßbares gibt. Das heißt an Land. Und zum Fang im Ozean sind sie nicht ausgezogen. Die Katastrophe ist kurz nach der Landung eingetreten. Sie hatten erst einen einzigen Erkundungstrupp ins Innere der Ruinen geschickt. Das war alles. Aber ich sehe da eben McMinn. Sind Sie fertig, Kollege McMinn?«

»Ja«, antwortete der Biochemiker an der Tür.

Alle Köpfe flogen herum. Er bahnte sich einen Weg durch

die Sesselreihen und blieb neben Nygren stehen. Er hatte noch die lange Laborschürze umgebunden.

»Haben Sie die Analysen?«

»Ja.«

»Dr. McMinn hat den Körper des Mannes untersucht, der im Hibernator gefunden wurde«, erklärte Nygren. »Vielleicht sagen Sie uns gleich, was Sie festgestellt haben.«

»Nichts«, erwiderte McMinn. Er hatte so helles Haar, daß man nicht wußte, ob es blond oder grau war, und ebenso helle Augen. Sogar die Lider waren mit Sommersprossen bedeckt. Doch in diesem Augenblick reizte dieses große Pferdegesicht niemanden zum Lachen.

»Keinerlei organische oder anorganische Gifte. Alle enzymatischen Gewebegruppen normal. Das Blut ohne Abweichung von der Norm. Im Magen Reste von verdautem Zwieback und Konzentrat.«

»Wie ist er also umgekommen?« fragte Horpach. Er war immer noch ruhig.

»Er ist einfach erfroren«, antwortete McMinn und bemerkte erst jetzt, daß er noch die Schürze umgebunden hatte. Er knöpfte die Träger ab und warf die Schürze neben sich über einen leeren Sessel. Der glatte Stoff rutschte ab und fiel auf den Boden.

»Welcher Meinung sind Sie also, meine Herren?« Der Astrogator ließ nicht locker.

»Gar keiner«, entgegnete McMinn. »Ich kann nur sagen, daß diese Leute keiner Vergiftung erlegen sind.«

»Vielleicht einer rasch zerfallenden, radioaktiven Substanz? Oder harten Strahlung?«

»Harte Strahlung in tödlichen Dosen hinterläßt Spuren: Schädigung der Kapillarwände, Petechien, Veränderungen im Blutbild. Solche Veränderungen liegen nicht vor. Es gibt auch keine radioaktive Substanz, die bei tödlicher Dosis innerhalb von acht Jahren spurlos verschwindet. Die Radioaktivität ist hier niedriger als auf der Erde. Diese Leute sind nicht mit irgendeiner Form von Strahlung in Berührung gekommen. Dafür kann ich garantieren.«

»Aber etwas muß sie doch getötet haben«, sagte der Planetologe Ballmin mit erhobener Stimme.

McMinn schwieg. Nygren flüsterte ihm etwas zu. Der Biochemiker nickte und ging durch die Sesselreihen hinaus. Dann stieg auch Nygren vom Podium und setzte sich auf seinen Platz.

»Das sieht ja traurig aus«, meinte der Astrogator. »Jedenfalls brauchen wir von den Biologen keine Hilfe zu erwarten. Möchte einer der Herren sich äußern?«

»Ja, ich.« Der Atomphysiker Sarner erhob sich.

»Die Erklärung für den Untergang des ›Kondors‹ liegt in ihm selbst begründet«, sagte er und sah alle der Reihe nach mit seinen weitsichtigen Vogelaugen an. Neben dem schwarzen Haar wirkte seine Iris fast weiß. »Das heißt, es gibt eine Erklärung, wir sehen sie im Moment nur noch nicht. Das Durcheinander in den Kajüten, die unangerührten Vorräte, Zustand und Lage der Toten, die beschädigten Einrichtungen – all das hat etwas zu bedeuten.«

»Wenn Sie nicht mehr zu sagen haben«, warf Gaarb ärgerlich ein.

»Immer langsam. Wir tappen im dunkeln, müssen einen Weg suchen. Vorläufig wissen wir nur sehr wenig. Ich habe den Eindruck, uns fehlt der Mut, gewisse Dinge, die wir an Bord des ›Kondors‹ gesehen haben, beim Namen zu nennen. Deshalb klammern wir uns so hartnäckig an die Hypothese einer Vergiftung und eines dadurch hervorgerufenen Massenwahnsinns. Wir müssen jedoch in unserem eigenen Interesse und mit Rücksicht auf die Leute vom ›Kondor‹ den Tatsachen unerschrocken ins Auge sehen. Ich bitte Sie, vielmehr, ich fordere kategorisch, daß jeder von uns sofort ausspricht, was ihn an Bord des Schiffes am meisten schockiert hat, was er vielleicht noch niemandem anvertraut hat, was er eigentlich lieber vergessen wollte.«

Sarner setzte sich. Rohan überwand sich und erzählte von den Seifenstücken, die er im Baderaum bemerkt hatte.

Danach stand Gralew auf. Unter den Stößen der zerrissenen Landkarten und der zerfetzten Bücher sei das ganze Deck voll vertrockneter Exkremente gewesen.

Ein anderer sprach von einer Konservendose, die Spuren von Zähnen zeigte, als hätte jemand versucht, das Blech zu durchbeißen. Gaarb war am meisten von den Krakeleien im Bordbuch und der Notiz über die »Fliegen« erschüttert. Damit ließ er es jedoch nicht bewenden.

»Nehmen wir an, aus dem tektonischen Graben in der ›Stadt‹ ist eine Welle Giftgas gedrungen, die der Wind zur Rakete getragen hat. Wenn aus Unvorsichtigkeit die Luke nicht richtig geschlossen war ...«

»Nur die Außenluke war nicht richtig geschlossen, Kollege Gaarb. Davon zeugt der Sand in der Schleusenkammer. Die Innenluke war zu.«

»Die können sie später zugemacht haben, als sie bereits die Wirkung des Gases zu spüren begannen.«

»Das ist unmöglich, Gaarb. Wenn die Außenluke geöffnet ist, bekommen Sie die Innenluke nicht auf. Sie öffnen sich nie zusammen, dadurch ist jede Unvorsichtigkeit oder Nachlässigkeit ausgeschlossen.«

»Aber in einem gibt es für mich keinen Zweifel: Es muß plötzlich geschehen sein. Massenwahnsinn – ich behaupte gar nicht, daß auf dem Flug im All keine Psychosefälle auftreten können, aber doch niemals auf einem Planeten, obendrein buchstäblich wenige Stunden nach der Landung. Ein Massenwahnsinn, der die ganze Besatzung erfaßt hat, kann nur die Folge einer Vergiftung gewesen sein ...«

»Oder der Infantilität«, bemerkte Sarner.

»Wie? Was reden Sie da?« Gaarb war verblüfft. »Soll das ein Scherz sein?«

»In einer solchen Situation scherze ich nicht. Ich habe

Infantilität gesagt, weil es bisher niemand anders gesagt hat, trotz der Kritzeleien im Bordbuch, trotz der zerfetzten Sternalmanache, der mühsam gemalten Buchstaben. Das haben Sie doch alle gesehen, nicht wahr?«

»Aber was heißt das?« fragte Nygren. »Soll das eine Krankheit sein?«

»Nein. Es ist wohl keine, nicht wahr, Doktor?«

»Ganz bestimmt nicht.«

Wieder trat Schweigen ein. Der Astrogator zögerte.

»Das kann uns auf eine falsche Fährte bringen. Die Ergebnisse nekroskopischer Untersuchungen sind immer unsicher. Aber im Augenblick weiß ich nicht, was uns sonst drohen könnte. Dr. Sax...«

Der Neurophysiologe schilderte das Bild, das sie im Gehirn des im Hibernator Erfrorenen vorgefunden hatten, und erwähnte auch die Silben im akustischen Gedächtnis des Toten. Das löste einen regelrechten Sturm von Fragen aus. Auch Rohan geriet in ihr Kreuzfeuer, weil er bei dem Experiment zugegen gewesen war. Aber sie kamen nicht zu einem Schluß.

»Bei diesen Flecken denkt man unwillkürlich an die ›Fliegen‹«, sagte Gaarb. »Moment mal, vielleicht waren die Todesursachen unterschiedlich. Sagen wir, die Besatzung wurde von giftigen Insekten angefallen. Kleine Stiche lassen sich schließlich auf der mumifizierten Haut nicht feststellen. Und der, den wir im Hibernator gefunden haben, hat sich ganz einfach vor diesen Insekten retten wollen, um dem Schicksal seiner Gefährten zu entgehen... und ist erfroren.«

»Und warum trat bei ihm vor dem Tode eine Amnesie ein?«

»Ein Gedächtnisverlust? Ist das mit Sicherheit festgestellt worden?«

»Soweit man sich überhaupt auf die Ergebnisse der nekroskopischen Untersuchung verlassen kann.«

»Aber was sagen Sie zu der Insektenhypothese?«

»Zu dieser Frage mag sich Lauda äußern.«

Lauda war der Chefpaläobiologe des Raumschiffs. Er stand auf und wartete, bis sich alle beruhigt hatten.

»Es ist kein Zufall, daß wir nicht über die sogenannten Fliegen gesprochen haben. Wer sich auch nur ein bißchen in der Biologie auskennt, der weiß, daß außerhalb eines bestimmten Biotops, das heißt einer übergeordneten Einheit, die sich aus dem Milieu und allen darin auftretenden Arten zusammensetzt, keinerlei Organismen leben können. So ist es im ganzen bisher erforschten Kosmos. Das Leben erzeugt entweder eine riesige Formenvielfalt, oder es entsteht überhaupt nicht. Insekten konnten also nicht entstehen, ohne daß sich gleichzeitig Pflanzen auf dem Lande, andere symmetrische, wirbellose Organismen und so weiter entwickelten. Ich will Ihnen keinen Vortrag über die allgemeine Evolutionstheorie halten, ich denke, es genügt, wenn ich Ihnen versichere, daß es unmöglich ist. Hier gibt es weder giftige Fliegen noch andere Gliederfüßler wie Hautflügler oder Spinnentiere. Es gibt auch keinerlei verwandte Formen.«

»Wie können Sie dessen so sicher sein?« warf Ballmin ein.

»Wenn Sie mein Schüler wären, Ballmin, so wären Sie jetzt nicht an Bord dieses Raumschiffes, weil Sie bei mir die Prüfung nicht bestanden hätten«, sagte der Paläobiologe ungerührt, und die Anwesenden lächelten unwillkürlich. »Ich weiß nicht, wie es bei Ihnen mit der Planetologie bestellt ist, aber in Evolutionsbiologie hätten Sie ›ungenügend‹ bekommen!«

»Typische Fachsimpelei. Ist das nicht schade um die Zeit?« flüsterte jemand Rohan von hinten zu. Rohan wandte sich um und blickte in das braungebrannte, breite Gesicht Jargs, der ihm verständnisinnig zuzwinkerte.

»Vielleicht sind es keine Insekten einheimischen

Ursprungs«, beharrte Ballmin. »Vielleicht sind sie eingeschleppt worden . . .«

»Woher aber?«

»Von den Planeten der Nova.«

Jetzt redeten alle auf einmal. Es dauerte eine ganze Weile, bevor es gelang, sie zu beschwichtigen.

»Kollegen!« sagte Sarner. »Ich weiß, woher Ballmins Gedanke stammt. Von Dr. Gralew.«

»Nun ja, ich bestreite nicht, daß ich der Urheber bin«, gestand der Physiker.

»Ausgezeichnet. Nehmen wir also an, wir könnten uns den Luxus wahrscheinlich klingender Hypothesen nicht mehr leisten und brauchten ganz verrückte. Gut, meinetwegen. Meine Herren Biologen! Nehmen wir an, ein Raumschiff von einem Planeten der Nova hat die dortigen Insekten hierhergebracht. Hätten sie sich den örtlichen Bedingungen anpassen können?«

»Natürlich, wenn es schon eine verrückte Hypothese sein soll«, gab Lauda von seinem Platz aus zu. »Aber auch die muß für alles eine Erklärung liefern.«

»Das heißt?«

»Das heißt, sie muß erklären, was den Außenpanzer des ›Kondors‹ zerfressen hat, und zwar so, daß das Schiff, wie mir die Ingenieure sagen, gar nicht flugtauglich ist, bevor es generalüberholt wird. Glauben Sie denn, irgendwelche Insekten hätten sich so angepaßt, daß sie eine Molybdänlegierung konsumieren? Das ist eine der härtesten Substanzen im ganzen Kosmos. Ingenieur Petersen, was kann einen solchen Panzer zerstören?«

»Wenn er richtig gehärtet ist, eigentlich nichts«, antwortete der stellvertretende Chefingenieur. »Man kann ihn mit Diamanten ein wenig anbohren, aber dazu brauchte man eine Tonne Bohrköpfe und tausend Stunden Zeit. Dann schon eher mit Säuren. Aber mit anorganischen. Sie müßten bei einer Temperatur von wenigstens zweitausend Grad und bei entsprechenden Katalysatoren einwirken.«

»Und was hat Ihrer Meinung nach den Panzer des ›Kondors‹ zerfressen?«

»Keine Ahnung. Wenn er in einem Säurebad gelegen hätte, und zwar bei der geeigneten Temperatur, dann sähe er nicht anders aus. Aber wie das hier geschehen ist, ohne Lichtbogen-Plasmabrenner und Katalysatoren, kann ich mir nicht vorstellen.«

»Da haben Sie Ihre Fliegen, Kollege Ballmin«, sagte Lauda und setzte sich.

»Ich glaube, es hat keinen Sinn, weiterzudiskutieren«, bemerkte der Astrogator, der bis dahin geschwiegen hatte. »Vielleicht war es noch zu früh dafür. Uns bleibt nichts anderes übrig, als die Untersuchungen fortzuführen. Wir teilen uns in drei Gruppen. Eine befaßt sich mit den Ruinen, eine mit dem ›Kondor‹, und eine macht ein paar Abstecher ins Innere der Westwüste. Das ist das Maximum unserer Möglichkeiten, denn ich kann nicht mehr als vierzehn Energoboter aus dem Permimeter nehmen, selbst wenn einige Maschinen des ›Kondors‹ in Betrieb genommen werden. Wir haben nach wie vor dritte Alarmstufe.«

Der Erste

Schwelende, schlüpfrige Schwärze umfing ihn. Er drohte zu ersticken. Verzweifelt rang er mit den immateriellen Schlingen, die ihn fesselten, wollte sie von sich abschütteln, aber er versank nur immer tiefer. Der Schrei blieb ihm in der geschwollenen Kehle stecken. Vergebens suchte er nach einer Waffe. Er war nackt. Ein letztes Mal spannte er alle Kräfte an, um zu schreien. Ohrenbetäubender Lärm riß ihn aus dem Schlaf. Rohan sprang benommen aus seiner Koje. Er wußte nur soviel, daß er von Dunkelheit umgeben war und daß unablässig das Alarmsignal klingelte. Das war kein Traum mehr. Er schaltete Licht an, schlüpfte in den Skaphander und rannte hinaus. In allen Stockwerken drängten sich die Leute vor dem Fahrstuhl. Nur das anhaltende Läuten der Signale war zu hören. Von den Wänden leuchtete in roter Schrift das Wort Alarm. Er lief in die Steuerzentrale. Der Astrogator stand in normaler Tageskleidung vor dem großen Bildschirm. »Ich habe den Alarm schon abgeblasen«, sagte er ruhig. »Es ist nur Regen, Rohan, schauen Sie mal. Ein schöner Anblick.«

Wirklich sprühten auf dem Bildschirm, auf dem die obere Hälfte des nächtlichen Himmels zu sehen war, unzählige Funken von Entladungen. Die Regentropfen, die aus großer Höhe herabfielen, prallten auf die unsichtbare Schutzhülle des Kraftfeldes, die den »Unbesiegbaren« wie eine riesige Schüssel bedeckte, verwandelten sich augenblicklich in mikroskopisch kleine, feurige Explosionen und tauchten die ganze Landschaft in flimmerndes Licht, ähnlich einem hundertfach verstärkten Nordlicht.

»Die Automaten hätten besser programmiert werden

müssen«, sagte Rohan mit schwacher Stimme. Er war nun hellwach, der Schlaf war ihm vergangen. »Ich muß Terner sagen, daß er die Annihilation nicht einschalten soll. Sonst jagt uns jede Handvoll Sand, die der Wind anweht, mitten in der Nacht hoch.«

»Nehmen wir an, es war ein Probealarm, eine Art Manöver«, entgegnete der Astrogator, der unverhofft guter Laune zu sein schien. »Jetzt ist es vier Uhr. Sie können wieder in Ihre Kabine gehen, Rohan.«

»Ich habe, ehrlich gesagt, keine Lust dazu. Und Sie?«

»Ich habe ausgeschlafen. Mir genügen vier Stunden. Nach sechzehn Jahren Weltraum ist von dem alten Schlafrhythmus, wie er auf der Erde war, nichts übriggeblieben. Rohan, ich mache mir Gedanken über die maximale Sicherheit der Forschungsgruppen. Es ist ziemlich umständlich, überall Energoboter mitzuschleppen und ein Schutzfeld zu entfalten. Was meinen Sie?«

»Man könnte den Leuten eigene Emitoren mitgeben. Aber damit ist es auch nicht getan. Wenn man von einer Schutzblase umgeben ist, kann man nichts anfassen ... Sie wissen, wie das ist. Und wenn man den Radius des Kraftfeldes zu sehr verkürzt, dann kann man sich eine Verbrennung zuziehen. Ich habe das schon erlebt.«

»Ich habe sogar daran gedacht, keinen an Land zu lassen und mit Hilfe von ferngesteuerten Robotern zu arbeiten«, gestand der Astrogator. »Allerdings ginge das nur für ein paar Stunden oder für einen Tag. Aber ich glaube, wir werden länger hierbleiben.«

»Was gedenken Sie also zu tun?«

»Jede Forschungsgruppe erhält eine Ausgangsbasis, die durch ein Kraftfeld geschützt ist. Aber die einzelnen Mitglieder müssen über eine gewisse Bewegungsfreiheit verfügen, sonst kommen wir vor lauter Schutzmaßnahmen nicht zu einem Ergebnis. Unter einer Bedingung: Jeder hat bei Arbeiten außerhalb des Kraftfeldes einen abgeschützten

Mann hinter sich, der ihn ständig beobachtet. Keinen aus den Augen verlieren – das ist oberster Grundsatz auf Regis III.«

»Welcher Gruppe teilen Sie mich zu?«

»Möchten Sie beim ›Kondor‹ arbeiten? Wie ich sehe, nicht. Gut. Bleiben die Stadt oder die Wüste. Sie dürfen wählen.«

»Ich wähle die Stadt, Astrogator. Ich glaube noch immer, daß das Geheimnis dort verborgen ist.«

»Möglich. Sie nehmen also morgen – nein, es ist ja schon heute, draußen dämmert es bereits – Ihre Gruppe von gestern. Ich gebe Ihnen einige Arctane mit. Ein paar Handlaser wären auch nicht verkehrt. Ich habe nämlich den Eindruck, daß es aus geringer Entfernung wirkt.«

»Was eigentlich?«

»Wenn ich das wüßte ... Ach so, eine Küche nehmen Sie auch mit, damit Sie völlig unabhängig sind und notfalls ohne Proviantzufuhr vom Raumschiff arbeiten können.«

Die rote, kaum wärmende Sonne war über das Firmament gerollt. Die Schatten der grotesken Bauten wurden länger und verschmolzen miteinander. Der Wind wehte die Wanderdünen zwischen den Metallpyramiden von einer Stelle zur anderen. Vom Dach eines schweren Geländefahrzeugs aus beobachtete Rohan durch das Fernrohr Gralew und Chen, die sich außerhalb des Schutzfeldes am Fuße einer schwärzlichen »Honigwabe« zu schaffen machten. Der Riemen, an dem sein Handlichtwerfer hing, schnitt in den Nacken ein. Ohne die beiden Männer aus den Augen zu lassen, schob er ihn so weit wie möglich nach hinten. Der Plasmabrenner in Chens Hand funkelte wie ein winziger, aber sprühender Brillant. Aus dem Wageninnern drang das Rufzeichen zu ihm, das sich in gleichmäßigen Abständen wiederholte, aber er wandte nicht ein einziges Mal den Kopf. Er hörte den Fahrer antworten.

»Navigator! Befehl des Kommandanten! Wir sollen sofort zurück!« schrie Jarg aufgeregt und steckte den Kopf durch das Turmluk.

»Zurück? Warum?«

»Das weiß ich auch nicht. Sie senden dauernd das Rückkehrsignal und schon viermal EV.«

»EV? Oje, ich bin ganz steif! Dann müssen wir uns aber beeilen. Geben Sie mir das Mikrofon und holen Sie die Blinkfeuer heraus.«

Zehn Minuten später waren alle Leute aus der Außenzone bereits in den Fahrzeugen. Rohan trieb seine kleine Kolonne zu der höchsten Geschwindigkeit an, die in dem hügeligen Gelände möglich war. Blank, der jetzt bei ihm als Funker arbeitete, reichte ihm plötzlich die Kopfhörer. Rohan stieg in den stählernen Leib des Fahrzeugs, wo es nach heißem Plast roch, und hörte beim Surren des Ventilators, dessen Luftzug ihm die Haare durcheinanderwehte, die Funksprüche mit, die zwischen Gallaghers Gruppe in der Westwüste und dem »Unbesiegbaren« gewechselt wurden.

Ein Gewitter schien heraufzuziehen. Schon seit dem Morgen hatten die Barometer niedrigen Luftdruck angezeigt, aber erst jetzt krochen flache, dunkelblaue Wolken über den Horizont hoch. Oben war der Himmel klar. An atmosphärischen Störungen mangelte es wahrlich nicht – es knisterte dermaßen in den Kopfhörern, daß nur Morseverbindung möglich war. Rohan fing eine Gruppe verschlüsselter Signale auf. Er hatte sich zu spät eingeschaltet und wußte nicht, worum es ging. Er verstand lediglich, daß auch Gallaghers Gruppe mit Höchstgeschwindigkeit zurückkehrte, daß an Bord des Raumschiffes Alarmbereitschaft befohlen war und alle Ärzte an ihre Plätze beordert worden waren.

»Alarmbereitschaft für Ärzte«, sagte er zu Ballmin und Gralew, die ihn erwartungsvoll ansahen. »Ein Unfall, aber sicherlich nichts Ernsthaftes. Vielleicht hat es einen Erdrutsch gegeben, und jemand ist verschüttet worden.«

Er sagte das, weil bekannt war, daß Gallaghers Leute an einer bei der Geländeerkundung bestimmten Stelle geologische Ausgrabungen vornehmen sollten. Im Grunde aber glaubte er selbst nicht, daß es sich um einen gewöhnlichen Arbeitsunfall handelte.

Knapp sechs Kilometer waren sie vom Raumschiff entfernt, aber die andere Gruppe war offensichtlich viel früher zurückgerufen worden, denn als sie die steile, schwarze Silhouette des »Unbesiegbaren« erblickten, überquerten sie ganz frische, von Raupenfahrzeugen stammende Spuren, die sich bei diesem Wind keine halbe Stunde gehalten hätten.

Sie näherten sich der Grenze des Außenfeldes und riefen die Steuerzentrale, die ihnen den Durchgang öffnen sollte. Sie mußten erstaunlich lange auf Antwort warten. Endlich leuchteten die üblichen blauen Signale auf, und sie fuhren in die Schutzzone ein. Die Gruppe vom »Kondor« war schon da. Also war sie es gewesen, die vor ihnen hereingeholt worden war, und nicht Gallaghers Geologen. Neben der Rampe und in der Einfahrt standen Raupenfahrzeuge im Wege, Menschen liefen planlos durcheinander, bis in die Knie im Sand einsinkend. Automaten blinkten mit Scheinwerfern.

Es dämmerte bereits. Zunächst fand sich Rohan in diesem Wirrwarr nicht zurecht. Plötzlich stürzte aus der Höhe ein greller Lichtstrahl herab. Der große Scheinwerfer verwandelte die Rakete in einen riesigen Leuchtturm. Der Scheinwerfer hatte weit hinten in der Wüste eine Lichterkolonne aufgespürt, die hin und her tanzte, als wäre eine ganze Kriegsflotte im Anzug. Wieder flammten die Leuchtfeuer des Kraftfeldes auf, und es öffnete sich. Die Maschinen standen noch nicht, da sprangen Gallaghers Männer schon in den Sand. Von der Rampe rollte ein zweiter

Scheinwerfer heran, und durch das dichte Spalier der abgestellten Maschinen schritt eine Gruppe von Leuten mit einer Trage, auf der jemand lag.

Als sie an Rohan vorbeikamen, stieß er seine Vordermänner zur Seite und erstarrte. Im ersten Moment glaubte er wirklich an einen Unfall, aber dem Mann auf der Trage waren Arme und Beine gefesselt.

Er wand sich so, daß die Stricke ächzten, mit denen er gebunden war, und gab dabei mit weit aufgerissenem Mund furchtbare, winselnde Laute von sich. Die Gruppe war den Lichtkegeln der Scheinwerfer gefolgt und entfernte sich immer weiter, aber das menschenunähnliche Jaulen, unvergleichbar allem, was er jemals gehört hatte, drang noch immer zu ihm, der jetzt im Dunkeln stand. Der weiße Fleck mit den Gestalten darin wurde kleiner, glitt die Rampe hinauf und verschwand in dem schwarz gähnenden Loch der Ladeluke. Rohan erkundigte sich, was denn vorgefallen sei, aber in seiner Nähe waren nur Leute von der »Kondorgruppe«, die genausowenig wußten wie er.

Eine ganze Weile verging, bevor er so weit zu sich gekommen war, daß er einigermaßen Ordnung schaffen konnte. Die Maschinenkolonne setzte sich wieder in Bewegung und zog lärmend die Rampe hinauf, am Fahrstuhl flammten die Lichter auf, die Schar derer, die unten warteten, wurde kleiner. Als einer der letzten fuhr Rohan mit den schwerbeladenen Arctanen hinauf, deren unerschütterliche Ruhe ihm als besonders gehässiger Spott erschien. Im Schiffsinnern war das anhaltende Klingeln der Informatoren und der Telefone zu hören, an den Wänden leuchteten noch immer die Alarmsignale für die Ärzte, doch bald darauf erloschen sie. Die Gänge leerten sich. Ein Teil der Besatzung fuhr in die Messe hinunter. Er hörte Gespräche auf dem Gang und hallende Schritte. Ein verspäteter Arctan strebte stampfend der Roboterabteilung zu. Schließlich hatten sich alle zerstreut. Er aber blieb wie gelähmt zurück, als hätte er keine

Hoffnung mehr, das Geschehene jemals zu begreifen, und als wäre er plötzlich zu der Erkenntnis gelangt, daß es für all das keine Erklärung gab und niemals geben würde.

»Rohan!«

Gaarb stand vor ihm. Der Anruf rüttelte ihn wach. Er zuckte zusammen.

»Ach Sie, Doktor? Haben Sie es auch gesehen? Wer war das?«

»Kertelen.«

»Was? Unmöglich!«

»Ich habe ihn fast bis zuletzt gesehen.«

»Bis zuletzt?«

»Ich war mit ihm zusammen«, sagte Gaarb mit unnatürlich ruhiger Stimme. Rohan sah die Ganglampen in seinen Brillengläsern funkeln.

»Bei der Expeditionsgruppe in der Wüste?« stieß er hervor.

»Ja.«

»Und was ist mit ihm?«

»Gallagher hatte die Stelle dort nach seismographischen Sondierungen ausgesucht. Wir gerieten in ein Labyrinth von engen, gewundenen Schluchten«, sagte Gaarb schleppend, als spräche er zu sich selbst und wollte sich noch einmal den genauen Ablauf der Ereignisse vergegenwärtigen. »Dort ist weiches, ausgespültes Felsgestein organischen Ursprungs, voller Grotten und Höhlen. Die Raupenfahrzeuge mußten wir draußen lassen . . . Wir gingen dicht hintereinander. Elf Mann. Die Ferrometer zeigten größere Eisenmengen an. Die suchten wir. Kertelen meinte, dort seien irgendwo Maschinen verborgen . . .«

»Ja, mir hat er auch so was gesagt. Und dann?«

»In einer Höhle fand er dicht unter der Schlammschicht – dort gibt es sogar Stalaktiten und Stalakmiten – etwas wie einen Automaten.«

»Tatsächlich?«

»Nein, nicht, was Sie denken. Es war ein Wrack, nicht einmal verrostet – das muß eine nichtrostende Legierung sein –, aber korrodiert, halb verbrannt, eben nur Trümmer.«

»Vielleicht sind noch andere ...«

»Aber dieser Automat ist wenigstens 300000 Jahre alt!«

»Woher wollen Sie das wissen?«

»An der Oberfläche hat sich Kalkstein abgesetzt von dem Wasser, das von den Stalaktiten am Felsengewölbe heruntergetropft und verdunstet ist. Gallagher selbst hat anhand der Verdunstungsgeschwindigkeit, der Niederschlagsbildung und der Niederschlagsmenge berechnet, daß 300000 Jahre der bescheidenste Näherungswert sind. Wissen Sie übrigens, wie dieser Automat aussieht? Beinahe wie die Ruinen!«

»Also ist es gar kein Automat!«

»Nein. Er muß sich fortbewegt haben, aber nicht auf zwei Beinen. Auch nicht wie eine Krabbe. Wir hatten übrigens keine Zeit, das zu untersuchen, weil gleich darauf ...«

»Was war gleich darauf?«

»In gewissen Zeitabständen hatte ich die Leute gezählt. Ich war im Kraftfeld und sollte sie beobachten, Sie wissen schon. Aber sie alle hatten ja Masken auf, wie das so ist, alle sind dadurch einander ähnlich, die Schutzanzüge waren auch nicht mehr bunt, sondern mit Lehm beschmiert. Auf einmal fehlte einer. Ich rief alle zusammen, und wir machten uns auf die Suche. Kertelen hatte sich sehr über seinen Fund gefreut und war weitergepirscht ... Ich dachte, er hätte sich bloß in eine Abzweigung der Schlucht verlaufen. Sie ist voller Nebenwege, die aber alle kurz, flach und ausgezeichnet beleuchtet sind. Plötzlich bog er um eine Ecke. Bereits in diesem Zustand. Nygren war bei uns. Er glaubte, es sei ein Hitzschlag ...«

»Was ist nun wirklich mit ihm?«

»Er ist bewußtlos. Obwohl auch nicht richtig. Er kann

gehen, sich bewegen, nur ist es unmöglich, Kontakt mit ihm aufzunehmen. Zudem hat er die Sprache verloren. Haben Sie seine Stimme gehört?«

»Ja.«

»Jetzt scheint er ein bißchen matt geworden zu sein. Vorher war es noch schlimmer. Er hat keinen von uns erkannt. Das war im ersten Moment das furchtbarste. ›Kertelen, wo stecken Sie denn?‹ rief ich ihn an, doch er ging wie taub an mir vorbei, zwischen uns hindurch und die Schlucht hinauf, aber in einer Haltung, auf eine Weise, daß es uns allen kalt den Rücken hinunterlief. Einfach wie ausgewechselt. Er reagierte nicht auf unser Rufen, also mußten wir ihn einfangen. Was sich da alles abgespielt hat . . . Kurz und gut, wir mußten ihn fesseln, sonst hätten wir ihn nicht mitbringen können.«

»Und was sagen die Ärzte?«

»Die reden wie üblich lateinisch, aber sonst wissen sie auch nichts. Nygren ist mit Sax beim Kommandanten, dort können Sie nachfragen.«

Gaarb ging mit schweren Schritten davon, den Kopf wie immer zur Seite geneigt. Rohan stieg in den Aufzug und fuhr nach oben in den Steuerraum. Er fand ihn leer, als er aber an den kartographischen Kajüten vorbeikam, hörte er durch den Türspalt Sax' Stimme. Er trat ein.

»Anscheinend völliger Gedächtnisschwund. So sieht es zumindest aus«, sagte der Neurophysiologe. Er stand mit dem Rücken zu Rohan und betrachtete eine Röntgenaufnahme, die er in der Hand hielt. Am Schreibtisch saß der Astrogator vor dem aufgeschlagenen Bordbuch. Seine Hand lag auf einem der mit zusammengerollten Sternkarten vollgestopften Regale. Schweigend hörte er Sax zu, der bedächtig die Aufnahme in einen Umschlag steckte.

»Amnesie, aber ein Sonderfall. Nicht nur, daß er nicht mehr weiß, wer er ist, er hat auch die Sprache verloren, die Fähigkeit zu schreiben und zu lesen eingebüßt. Eigentlich ist das sogar mehr als Amnesie. Es ist völliger Verfall, Zerstörung der Persönlichkeit. Außer den primitiven Reflexen ist nichts übriggeblieben. Er ist imstande, zu gehen und zu essen, aber nur, wenn ihm das Essen in den Mund gesteckt wird. Er nimmt es an, aber . . .«

»Hört und sieht er?«

»Ja, gewiß. Aber er begreift nicht, was er sieht. Er kann Menschen nicht von Gegenständen unterscheiden.«

»Und die Reflexe?«

»Normal. Es ist eine zentrale Sache.«

»Eine zentrale?«

»Ja, eine Sache des Gehirns. Anscheinend sind alle Spuren des Gedächtnisses mit einem Schlage völlig gelöscht worden.«

»Dann war dieser Mann vom ›Kondor‹ also auch . . .«

»Ja. Jetzt bin ich sicher. Das war das gleiche.«

»Ich habe so etwas ein einziges Mal gesehen«, sagte der Astrogator leise, fast flüsternd. Er blickte zu Rohan hinüber, nahm aber nicht Notiz von ihm. »Das war im Raum.«

»Ach, ich weiß! Daß mir das nicht gleich eingefallen ist!« stieß der Neurophysiologe mit hoher Stimme hervor.

»Amnesie durch magnetischen Schock, nicht wahr?«

»Ja.«

»Ein solcher Fall ist mir noch nicht begegnet. Ich kenne diese Krankheit nur aus der Theorie. So was ist doch vor langer Zeit vorgekommen, wenn starke Magnetfelder mit hoher Geschwindigkeit durchflogen wurden?«

»Ja. Das heißt unter spezifischen Bedingungen. Die Feldstärke ist weit weniger von Bedeutung als der Gradient und die Heftigkeit der Veränderung. Treten im Raum große Gradienten auf – und mitunter gibt es ganz hübsche Sprünge –, dann stellen die Meßuhren sie auf Entfernung fest. Früher war das nicht möglich . . .«

»Stimmt«, pflichtete der Arzt bei. »Das ist wahr. Ammerhatten hat solche Versuche an Affen und Katzen vorgenommen. Er setzte sie der Wirkung riesiger Magnetfelder aus, bis sie das Gedächtnis verloren . . .«

»Ja, das hat schließlich etwas mit der Beantwortung elektrischer Reize durch das Gehirn zu tun.«

»Aber in diesem Fall haben wir außer Gaarbs Bericht die Aussagen seiner Leute«, überlegte Sax laut. »Gewaltige Magnetfelder, das müssen doch wohl Hunderttausende Gauß sein?«

»Das reicht nicht. Dazu sind Millionen nötig«, sagte der Astrogator schroff. Erst jetzt traf sein Blick auf Rohan. »Kommen Sie herein und schließen Sie die Tür!«

»Millionen? Würden die Bordapparaturen ein solches Feld nicht ausfindig machen?«

»Soweit sie dazu imstande sind«, entgegnete Horpach. »Wenn es auf sehr kleinem Raum konzentriert wäre – wenn es, sagen wir, den Umfang dieses Globus hätte und von außen abgeschirmt wäre . . .«

»Kurz gesagt, wenn Kertelen den Kopf zwischen die Pole eines gigantischen Elektromagneten gesteckt hätte . . .?«

»Auch das genügt noch nicht. Das Feld muß in einer bestimmten Frequenz oszillieren.«

»Aber dort gab es weder Magneten noch eine Maschine, außer diesen verrosteten Trümmern. Nichts, nur ausgewaschene Schluchten, Kies und Sand . . .«

»Und Höhlen«, fügte Horpach ruhig, fast gleichgültig hinzu.

»Und Höhlen. Glauben Sie, daß ihn jemand in eine solche Höhle gezogen hat und daß dort ein Magnet ist? Nein, das ist doch . . .«

»Und wie erklären Sie es sich?« fragte der Kommandant, als wäre er des Gesprächs überdrüssig.

Der Arzt schwieg.

Um drei Uhr vierzig nachts gellten die Alarmsignale durch alle Stockwerke des »Unbesiegbaren«. Die Männer fuhren aus dem Schlaf hoch und eilten, kräftig fluchend und sich unterwegs fertig anziehend, an ihre Plätze. Fünf Minuten nach dem ersten Schnarren der Klingeln war Rohan im Steuerraum. Der Astrogator war noch nicht da. Rohan lief an den großen Bildschirm. Die schwarze Nacht wurde im Osten von unzähligen, weißen Blitzen erhellt. Es sah aus, als griffe ein von einem Radianten ausgehender Meteoritenschwarm die Rakete an. Er blickte auf die Feldkontrolluhren. Die Automaten hatte er selbst programmiert, also konnten sie nicht auf Regen oder Sandstürme reagieren. Aus der Wüste, die in der Dunkelheit nicht zu erkennen war, sauste es heran und zerstob zu Feuerregen. Die Entladungen fanden an der Feldoberfläche statt. Die geheimnisvollen Geschosse prallten ab und flogen auf einer parabelförmigen Bahn als Flammen zurück, deren Schein zusehends verblaßte, oder sie glitten an der Wölbung des Kraftfeldes entlang. Die Dünenkämme tauchten für Augenblicke aus der Finsternis und versanken wieder darin, die Zeiger schlugen träge aus – das System der Dirac-Emitoren hatte eine verhältnismäßig geringe Leistung gebraucht, um die rätselhafte Bombardierung abzuwehren. Rohan hörte bereits die Schritte des Kommandanten hinter sich, als er zu der Spektrometeranlage hinüberblickte.

»Nickel, Eisen, Mangan, Beryllium, Titan«, las der Astrogator von der hellerleuchteten Skala ab und blieb neben ihm stehen. »Ich gäbe viel darum, wenn ich mit eigenen Augen sehen könnte, was das eigentlich ist.«

»Ein Regen aus Metallteilchen«, sagte Rohan gedehnt. »Den Entladungen nach zu urteilen sind sie ziemlich klein.«

»Ich würde sie mir gern von nahem anschauen«, brummte der Kommandant. »Was meinen Sie, sollen wir es riskieren?«

»Das Feld auszuschalten?«

»Ja. Für den Bruchteil einer Sekunde. Einige wenige werden in die Schutzzone gelangen, die anderen stoßen wir zurück, indem wir das Feld wieder einschalten.«

Eine ganze Weile antwortete Rohan nicht.

»Nun, man könnte ja ...«, sagte er schließlich zögernd. Aber noch ehe der Kommandant ans Steuerpult getreten war, erlosch das Flackern ebenso plötzlich, wie es aufgeleuchtet war, und eine Dunkelheit brach herein, wie sie nur mondlose Planeten kennen, die weitab von den zentralen Sternanhäufungen der Galaxis kreisen.

»Pech gehabt«, brummte Horpach. Die Hand am Hauptschalter, stand er eine Zeitlang da, dann nickte er Rohan flüchtig zu und verließ den Raum. Die Entwarnungssignale gellten durch alle Stockwerke.

Rohan seufzte, warf noch einen Blick auf die Bildschirme, auf denen jetzt schwarze Dunkelheit lag, und ging schlafen.

Die Wolke

Sie gewöhnten sich bereits an den Planeten, an sein stets gleichbleibendes Wüstengesicht mit den verschwindend kleinen Schatten der unnatürlich hellen Wolken, die immer auseinanderzufließen schienen, und zwischen denen auch tagsüber die lichtstarken Sterne hindurchschimmerten, an den knirschenden Sand, der unter den Rädern und den Fußsohlen auswich, an die träge, rote Sonne, deren Strahlen den Körper unvergleichlich zarter berührten als die der irdischen, so daß man, wenn man ihr den Rücken zuwandte, statt der Wärme nur ihre stumme Anwesenheit spürte.

Morgens zogen die Arbeitsgruppen aus, jede in ihre Richtung, die Energoboter verschwanden, wie plumpe Kähne schaukelnd, zwischen den Dünen; die Staubwolke legte sich, und die beim »Unbesiegbaren« zurückbleibenden Männer rätselten, was es wohl zu essen geben werde, unterhielten sich über das, was der Bootsmann der Radarbeobachter zu seinen Kollegen von den Nachrichtentechnikern gesagt hatte, oder versuchten, sich an den Namen des Kurspiloten zu erinnern, der sechs Jahre zuvor bei einem Unfall auf dem Navigationssatelliten Terra 5 ein Bein verloren hatte. So schwatzend, vertrieben sie sich die Zeit, saßen auf leeren Kanistern unter der Rakete, deren Schatten wie der Zeiger einer gigantischen Sonnenuhr kreiste und zugleich immer länger wurde, bis er an den Ring der Energoboter stieß. Da erhoben sie sich und hielten Ausschau nach den anderen.

Diese kehrten erschöpft und hungrig zurück, und mit einemmal erlosch die Spannkraft, die die Arbeit in den Metalltrümmern der »Stadt« ihnen verliehen hatte, ja selbst die »Kondorgruppe« brachte schon nach einer Woche keine sensationellen Neuigkeiten mehr mit, die darin bestanden hatten, daß sie eine der geborgenen Leichen hatte identifizieren können. Und die Funde, die in den ersten Tagen noch Wahrzeichen des Grauens gewesen waren, wurden sorgsam verpackt – wie sollte man die gewissenhafte Einlagerung aller unversehrten menschlichen Überreste in hermetisch verschlossenen Behältern, die ins tiefste Innere des Raumschiffes wanderten, sonst bezeichnen? – und verschwanden. Da bemächtigte sich der Männer, die noch immer den Sand rings um das Heck des »Kondors« absuchten und die Innenräume durchstöberten, anstelle der Erleichterung, die man vielleicht hätte erwarten können, eine solche Langeweile, daß sie sich, als hätten sie vergessen, was der ehemaligen Besatzung zugestoßen war, auf das Sammeln von allerlei lächerlichem Kram verlegten, der seine nicht mehr feststellbaren Eigentümer überlebt hatte. So brachten sie keine Dokumente, die das Geheimnis hätten lüften können, aber nicht zu finden waren, sondern eine alte Mundharmonika oder ein chinesisches Geschicklichkeitsspiel mit, und diese Gegenstände kamen, des schaurigen Dunkels ihrer Herkunft bereits entledigt, in Umlauf und wurden gemeinsames Eigentum der Besatzung.

Rohan hätte es niemals für möglich gehalten, doch er benahm sich bereits nach einer Woche ebenso wie die anderen. Und nur manchmal, wenn er allein war, fragte er sich, wozu er eigentlich hier sei, und dann spürte er, daß ihre ganze Arbeit, die emsige Geschäftigkeit, der komplizierte Ablauf der Forschungsarbeiten, Durchleuchtungen, Probeentnahmen, Gesteinsbohrungen, erschwert durch die dritte Alarmstufe, durch das Öffnen und Schließen der Kraftfelder, durch die Laserwaffen mit ihren genau berechneten Feuerbereichen, durch die dauernde optische Kontrolle, die ständigen Berechnungen und die Mehrkanalverbindung – daß all das ein einziger, großer Selbstbetrug war, daß sie im

Grunde nur auf ein neues Ereignis, ein neues Unglück warteten und lediglich taten, als wäre es nicht so.

Anfangs drängten sich die Leute morgens vor dem Lazarett des »Unbesiegbaren«, um Neues über Kertelen zu erfahren. Er schien ihnen nicht so sehr das Opfer eines geheimnisvollen Überfalls als vielmehr ein menschenunähnliches Wesen, ein Ungeheuer, das sich von ihnen allen unterschied, gerade als glaubten sie an phantastische Märchen und wären überzeugt, unbekannte, feindliche Mächte des Planeten hätten einen Menschen, einen von ihnen, in ein Monstrum zu verwandeln vermocht. In Wirklichkeit war er jedoch nur ein Krüppel. Im übrigen stellte sich heraus, daß sein Verstand, unbenutzt wie der eines Neugeborenen und ebenso leer, die Kenntnisse, die ihm die Ärzte vermittelten, aufnahm, und allmählich lernte er sprechen, genau wie ein kleines Kind. Aus dem Lazarett drang nun nicht mehr jenes jeglichem menschlichen Laut unähnliche Winseln, dieses sinnlose Säuglingsgreinen, das so furchtbar gewesen war, weil die Kehle eines erwachsenen Mannes es ausgestoßen hatte. Eine Woche später formte Kertelen die ersten Silben und erkannte bereits die Ärzte, obwohl er ihre Namen nicht aussprechen konnte.

Mit Beginn der zweiten Woche ließ das Interesse an ihm merklich nach, vor allem, als die Ärzte erklärten, er werde über die Umstände des Unfalls nichts sagen können, selbst dann nicht, wenn er in den Normalzustand zurückkehren oder vielmehr seine sonderbare, aber notwendige Geisteserziehung erfolgreich beenden sollte.

Die Arbeiten wurden indes fortgeführt. »Stadtpläne« und Details über die Konstruktion der »Strauchpyramiden« häuften sich, obwohl ihre Bestimmung nach wie vor dunkel blieb. Da der Astrogator der Ansicht war, weitere Untersuchungen des »Kondors« brächten nichts ein, wurden sie abgebrochen. Das Raumschiff selbst mußte aufgegeben werden, weil die Reparatur der Außenhaut die Möglichkeiten der Ingenieure überstieg, zumal da viel dringlichere Arbeiten zu erledigen waren. So schafften sie nur eine große Anzahl Energoboter, Transporter, Geländefahrzeuge und Apparaturen zum »Unbesiegbaren«, das Wrack hingegen, das das Schiff nach einer so gründlichen Räumung geworden war, machten sie dicht und trösteten sich damit, daß sie selbst oder eine der nächsten Expeditionen den Kreuzer auf jeden Fall in seinen Mutterhafen zurückbringen würden. Darauf setzte Horpach die »Kondorgruppe« im Norden ein. Unter dem Kommando Regnars schloß sie sich Gallaghers Gruppe an. Rohan selbst war jetzt Hauptkoordinator aller Forschungsarbeiten und verließ die nähere Umgebung des »Unbesiegbaren« jeweils nur kurze Zeit, und auch das nicht jeden Tag.

In einem von unterirdischen Quellen unterspülten Schluchtensystem machten die beiden Gruppen eigenartige Funde. Die Tonablagerungen waren schichtweise von einer rötlich-schwarzen Substanz durchzogen, die weder geologischen noch planetaren Ursprungs war. Die Spezialisten konnten nicht viel dazu sagen. Es sah aus, als hätten sich an der Oberfläche der alten Basaltplatte, der Bodenschicht der Rinde, Jahrmillionen zuvor eine Unmenge Metallteilchen, möglicherweise einfach metallähnliche Splitter, abgelagert – die Hypothese tauchte auf, in der Atmosphäre der Regis sei ein riesiger Eisen-Nickel-Meteor explodiert und habe sich mit Feuerkatarakten in das uralte Gestein eingeschmolzen –, die einer allmählichen Oxydation unterlegen, chemische Verbindungen eingegangen waren und sich schließlich in die schwarzbraunen, stellenweise purpurroten Ablagerungen verwandelt hatten.

Die Schürfarbeiten waren bisher lediglich in einen Teil der Gesteinsschichten vorgedrungen, deren komplizierte geologische Struktur sogar einen erfahrenen Planetologen verwirren konnte. Als man Schächte bis hinunter auf den mehr als eine Milliarde alten Basaltgrund getrieben hatte, stellte sich heraus, daß das darüberliegende Gestein trotz der weit fortgeschrittenen Rekristallisation Kohle organischen Ursprungs enthielt. Anfangs glaubten die Wissenschaftler, das sei einstmals der Meeresboden gewesen. Doch dann entdeckten sie in den echten Steinkohleschichten Abdrücke zahlreicher Pflanzenarten, die nur auf dem Festland existiert haben konnten. Allmählich gewannen sie einen genaueren Überblick über die damals lebenden Kontinentalformen des Planeten. Nun war bekannt, daß dreihundert Millionen Jahre zuvor primitive Reptilien seine Urwälder bewohnt hatten. Triumphierend brachten sie die Reste der Wirbelsäule und der Hornkiefer eines solchen Tieres mit. Die Besatzung war weniger begeistert. Die Evolution an Land hatte sich, wie es schien, zweimal vollzogen. Der erste Untergang der lebenden Welt fiel in eine ungefähr hundert Millionen Jahre zurückliegende Epoche. Damals war es zu einem Massensterben von Pflanzen und Tieren gekommen, dessen Ursache wahrscheinlich eine nahe Nova-Explosion gewesen war. Das Leben war nach diesem Niedergang jedoch wiedererstanden und in neuen Formen erblüht. Allerdings ließen weder Anzahl noch Zustand der geborgenen Überreste eine genauere Klassifizierung zu. Der Planet hatte niemals säugetierähnliche Formen hervorgebracht. Nach weiteren neunzig Millionen Jahren hatte abermals, doch diesmal weit von ihm entfernt, eine Sterneruption stattgefunden. Ihre Spuren waren in Gestalt von Isotopen festzustellen. Den berechneten Näherungswerten nach war die Intensität der harten Strahlung an der Oberfläche nicht stark genug gewesen, so gewaltige Verluste hervorzurufen. Um so weniger war zu begreifen, daß von da an Pflanzen- und Tierreste in den jüngeren Gesteinsschichten immer seltener wurden. Dafür fanden sie jenen gepreßten »Ton«, Antimonsulfide, Molybdän- und Eisenoxyde, Nickel-, Kobalt- und Titansalze in immer größeren Mengen.

Die sechs bis acht Millionen Jahre alten und verhältnismäßig flach liegenden, metallhaltigen Schichten hatten stellenweise starke Zentren, aber diese Radioaktivität war, an dem Bestehen des Planeten gemessen, recht kurzlebig. Irgend etwas schien in jener Zeit eine Reihe heftiger, aber nur örtlicher Kernreaktionen ausgelöst zu haben, deren Produkte sich in den »metallhaltigen Tonschichten« abgelagert hatten. Neben der Hypothese vom »radioaktiven Eisenmeteor« wurden andere, höchst phantastische Vermutungen geäußert, die die seltsamen Zentren »radioaktiver Hitze« mit dem Untergang des Planetensystems der Leier und der Vernichtung seiner Zivilisation in Verbindung brachten.

Man nahm daher an, daß während der Besiedlungsversuche der Regis III atomare Auseinandersetzungen zwischen den aus dem bedrohten System entsandten Raumschiffen stattgefunden hatten. Aber das erklärte wieder nicht die Ausmaße der merkwürdigen, metallhaltigen Schichten, die man bei Probebohrungen auch in anderen, weiter entfernten Gebieten entdeckt hatte. Immerhin drängte sich mit aller Macht ein ebenso rätselhaftes wie einleuchtendes Bild auf: Das Leben auf dem Festland des Planeten war in demselben Jahrmillionen umfassenden Zeitraum ausgestorben, in dem die metallhaltigen Ablagerungen entstanden waren. Die Radioaktivität konnte nicht die Ursache für die Vernichtung der lebenden Formen gewesen sein: Man hatte die allgemeine Strahlungsmenge in Kernexplosionsäquivalente umgerechnet. Sie betrug zwanzig bis dreißig Megatonnen; auf Hunderte von Jahrtausenden verteilt, vermochten solche Explosionen – wenn es überhaupt Atomexplosionen und nicht andere Kernreaktionen waren – die Evolution biologischer Formen natürlich nicht ernstlich zu gefährden.

Da die Wissenschaftler einen Zusammenhang zwischen jenen Ablagerungen und den Ruinen der »Stadt« vermuteten, bestanden sie darauf, die Forschungsarbeiten fortzuführen. Das war mit mannigfaltigen Schwierigkeiten verbunden, denn das Schürfen erforderte erhebliche Abraumarbeiten. Der einzige Ausweg waren unterirdische Stollen, allerdings genossen die Leute unter Tage dann nicht mehr den Schutz der Kraftfelder. Da wurden in einer Tiefe von gut zwanzig Metern in einer mit Eisenoxyden stark angereicherten Schicht verrostete Metallteile von höchst eigenartiger Gestalt entdeckt, die aussahen wie Überbleibsel von korrodierten, verrotteten Elementen mikroskopisch kleiner Mechanismen – das gab den Ausschlag, daß trotz allem weitergearbeitet wurde.

Am neunzehnten Tag nach der Landung ballten sich über der Gegend, in der die Förderungsgruppen arbeiteten, dicke, dunkle Wolkenmassen, wie man sie auf dem Planeten bis dahin nicht gesehen hatte. Gegen Mittag ging ein Gewitter nieder, das an Stärke der elektrischen Entladungen jedes Gewitter auf der Erde übertraf. Himmel und Felsen verschmolzen im Durcheinander unablässig zuckender Blitze. Die Bäche schwollen an, stürzten die gewundenen Felsschluchten hinunter und überfluteten die Abraumstrecken. Die Männer mußten sie schleunigst verlassen, sie fanden mit den Automaten unter der Kuppel des großen Kraftfeldes Schutz, in das kilometerlange Blitze einschlugen. Das Gewitter zog allmählich nach Westen und bedeckte als schwarze, blitzdurchfurchte Wand den ganzen Horizont über dem Ozean. Auf dem Rückweg zum »Unbesiegbaren« entdeckten die Schürfgruppen im Sand eine beträchtliche Menge winziger schwarzer Metalltropfen. Sie hielten sie für die berüchtigten »Fliegen«, lasen sie sorgfältig auf und nahmen sie mit ins Raumschiff, wo sie das Interesse der Wissenschaftler erregten; aber davon, daß sie Überreste von Insekten seien, konnte nicht die Rede sein. Wieder fand eine Beratung von Spezialisten statt, die mehrmals in hitzige Kontroversen überging. Zu guter Letzt beschlossen sie, eine Expedition nach Nordosten zu schikken, über das Gebiet des Schluchtenlabyrinths und der Eisenoxydlagerstätten hinaus, denn an den Raupenketten der »Kondor«-Fahrzeuge waren geringe Spuren interessanter Minerale festgestellt worden, wie man sie auf dem bislang untersuchten Gelände nicht gefunden hatte.

Am anderen Tage stiegen 22 Männer in die Fahrzeuge, und als die Vorräte an Sauerstoff, Lebensmitteln und Kerntreibstoff verstaut waren, setzte sich die mit Energobotern, dem Schreitwerfer vom »Kondor«, mit Transportern und Robotern, darunter zwölf Arctanen, mit automatischen Baggern und Bohrmaschinen vorzüglich ausgerüstete Kolonne unter Regnars Kommando in Bewegung. Die Funk- und Fernsehverbindung mit dieser Gruppe bestand bis zu dem Augenblick, da die gewölbte Oberfläche des Planeten die Anwendung der Ultrakurzwellen ausschloß. Da schoß der »Unbesiegbare« eine automatische Fernsehsonde auf eine stationäre Umlaufbahn, die den Empfang ermöglichte. Den ganzen Tag war die Kolonne unterwegs, in der Nacht umgab sie sich, sobald sie die kreisförmige Wehrstellung eingenommen hatte, mit dem Kraftfeld und setzte tags darauf ihren Weg fort. Gegen Mittag teilte Regnar Rohan mit, er wolle am Fuße fast völlig versandeter Ruinen in einem kleinen, flachen Krater haltmachen, um sie näher zu untersuchen. Eine Stunde später verschlechterte sich der Funkempfang infolge starker statischer Störungen. Die Nachrichtentechniker wechselten auf eine andere Wellenlänge über, die besser zu empfangen war. Bald darauf, als die Donnerschläge des nach Osten, also in Fahrtrichtung der Expedition abziehenden Gewitters leiser wurden, brach der Empfang plötzlich ab. Dem Verlust der Verbindung waren einige immer stärkere Fadings vorausgegangen. Das sonderbarste aber war, daß sich zugleich der Fernsehempfang verschlechterte, der doch vom Zustand der Ionosphäre unabhängig war, da er von einem Satelliten außerhalb der Atmosphäre getragen wurde. Um ein Uhr blieb die Verbindung ganz aus. Kein Techniker, ja nicht einmal die zu Hilfe gerufenen Physiker konnten sich diese Erscheinung erklären. Es war, als hätte sich irgendwo in der Wüste eine Metallwand herabgesenkt, die die 170 Kilometer entfernte Gruppe vom »Unbesiegbaren« abschnitt.

Rohan war die ganze Zeit hindurch dem Astrogator nicht von der Seite gewichen und bemerkte dessen Unruhe. Er selbst hielt sie anfangs für unbegründet. Er meinte, die Gewitterfront, die doch genau in Richtung der Expedition abgezogen war, habe vielleicht bestimmte Abschirmungseigenschaften. Die Physiker jedoch bezweifelten, daß eine so dicke Schicht ionisierter Luft entstehen könnte. Als das Gewitter vorüber war und es nicht gelang, die Verbindung wiederherzustellen, entsandte Horpach, der auf seine pausenlosen Rufzeichen keine Antwort erhielt, gegen sechs Uhr zwei Aufklärungsflugzeuge vom Typ fliegender Untertassen.

Das eine flog etliche hundert Meter hoch über der Wüste, das andere stieg bis zu einer Höhe von vier Kilometern auf und diente dem ersten als Fernsehübertragungsstation. Rohan, der Astrogator, Gralew und ein Dutzend andere – unter ihnen Ballmin und Sax – standen vor dem großen Bildschirm in der Steuerzentrale und verfolgten unmittelbar, was im Gesichtsfeld des Piloten der ersten Maschine geschah. Hinter dem Schluchtenlabyrinth, über dem tiefer Schatten lag, dehnte sich die Wüste mit ihren endlosen Dünenketten, jetzt von schwarzen Streifen überzogen, denn es war kurz vor Sonnenuntergang. In dieses schräge Licht getaucht, das der Landschaft ein besonderes, trauriges Aussehen verlieh, glitten unter der in geringer Höhe fliegenden Maschine dann und wann kleine, bis an den Rand mit Sand gefüllte Krater vorbei. Manche waren nur dank dem zentralen Kegel eines seit Jahrhunderten erloschenen Vulkans sichtbar. Das Gelände stieg allmählich an und wurde immer abwechslungsreicher. Unter den Sandhügeln traten hohe Felsgürtel zutage, die ein ganzes System sonderbar gezackter Gebirgsketten bildeten. Einsame Felsnadeln erinnerten an die Rümpfe zerschmetterter Raumschiffe oder an riesenhafte Gestalten. Klüfte, von kegelförmig zulaufenden Geröllhalden ausgefüllt, zerschnitten in scharfen Linien die Hänge. Schließlich verschwand der Sand vollends und machte einer Wildnis aus schroff abfallenden Felsen und Schutthalden Platz. Da und dort wanden sich tektonische Risse in der Planetenrinde, die von fern wie Flüsse wirkten. Die Landschaft wurde mondähnlich, zugleich verschlechterte sich erstmals der Fernsehempfang; das äußerte sich in Schwankungen und in unterbrochener Bildsynchronisation. Auch die Anweisung, die Emissionsstärke zu erhöhen, nützte auf die Dauer nichts.

Die bisher weißliche Färbung der Felsen ging in immer dunklere Schattierungen über. Die hochaufgetürmten Felsgrate, die aus dem Gesichtsfeld rückten, waren bräunlich und von metallisch giftigem Glanz. Hier und da waren samtschwarze Flecken zu bemerken, als wucherte dort auf dem nackten Gestein dichtes, aber totes Gestrüpp. Da meldete sich die Sprechanlage der ersten Maschine, die bis dahin geschwiegen hatte. Der Pilot schrie, er höre die automatischen Positionssender, mit denen das Spitzenfahrzeug der Expedition ausgerüstet war. Die in der Steuerzentrale versammelten Männer vernahmen jedoch nur die schwache und gewissermaßen schwindende Stimme, mit der er Regnars Gruppe rief. Die Sonne stand schon ganz tief. In ihrem blutroten Licht tauchte vor der Maschine eine schwarze Wand auf. Wolkenähnlich übereinandergeschichtet, reichte sie von der Felsoberfläche tausend Meter hoch. Alles, was sich hinter ihr befand, war unsichtbar. Hätte diese knäuelförmige, teils tintenblau gefärbte, teils in violettem Rot metallisch schimmernde, schwarze Zusammenballung nicht langsam und rhythmisch auf und ab gewogt, so hätte man sie für eine ungewöhnliche Gebirgsformation halten können. Unter den horizontal auftreffenden Sonnenstrahlen öffneten sich darin Höhlen, in denen es plötzlich unbegreiflich aufblitzte, als wirbelten in wütendem Tanz Schwärme glitzernder, schwarzer Eisenkristalle durcheinander. Im ersten Moment glaubten die Männer vor dem großen Bildschirm, die Wolke schöbe sich auf die ihr entgegenfliegende Maschine zu, aber das war eine Täuschung. Lediglich die fliegende Untertasse näherte sich mit gleichbleibender Geschwindigkeit dem sonderbaren Hindernis.

»FU-4 an Bodenstation. Soll ich über die Wolke gehen? Bitte kommen«, ertönte die gedämpfte Stimme des Piloten.

Den Bruchteil einer Sekunde später antwortete der Astrogator: »Erster Kommandant an FU-4. Vor Wolke stop!«

»FU-4 an Bodenstation. Ich stoppe«, bestätigte der Pilot sofort, und Rohan schien es, daß seine Stimme erleichtert geklungen hatte. Nur noch wenige hundert Meter trennten die Maschine von dem ungewöhnlichen Gebilde, das nach beiden Seiten zurückwich und auseinanderging, als reichte es bis an den Horizont. Jetzt füllte die Fläche des gigantischen, wie aus Kohle entstandenen, undenkbaren, weil vertikalen Meeres fast den ganzen Bildschirm aus. Die Maschine bewegte sich nicht mehr darauf zu. Doch plötzlich, ehe überhaupt jemand eines Wortes fähig war, schossen aus der schwerfällig wogenden Masse lange, auseinanderlaufende Blitze und verdunkelten das Bild, das gleich darauf in sich zusammenfiel, noch einmal aufflackerte, von den Linien schwacher Entladungen zerrissen wurde und verschwand.

»FU-4, FU-4«, rief der Funker.

»Hier FU-8«, meldete sich plötzlich der Pilot der zweiten Maschine, der bisher der ersten nur als Übertragungsstation gedient hatte.

»FU-8 an Bodenstation. Soll ich auf Bild schalten? Bitte kommen!«

»Bodenstation an FU-8. Sendet Bild!«

Der Leuchtschirm bedeckte sich mit wild durcheinanderwirbelnden, schwarzen Strömungen. Es war dasselbe Bild, aber aus vier Kilometer Höhe aufgenommen. Da war zu sehen, daß die Wolke als durchgehende, lange Bank an dem aufragenden Berggürtel ruhte, als wollte sie den Zugang dorthin verwehren. Ihre Oberfläche bewegte sich träge wie ein starrer, steifer Brei, und von der ersten Maschine, die die Substanz wenig zuvor verschlungen hatte, konnten sie nicht die Spur entdecken.

»Bodenstation an FU-8. Hören Sie FU-4? Bitte kommen.«

»FU-8 an Bodenstation. Höre nichts. Gehe auf Interferenzwellen. Achtung, FU-4, hier FU-8, bitte melden, FU-4, FU-4!« vernahmen sie die Stimme des Piloten. »FU-4 antwortet nicht. Gehe auf Infrarotwellen. Achtung, FU-4! Hier FU-8, bitte melden! FU-4 antwortet nicht. Versuche die Wolke mit Radar zu sondieren.«

In der verdunkelten Steuerzentrale war nicht einmal das Atmen der Männer zu hören. Alle waren starr vor Erwartung. Das Bild auf dem Schirm, das jetzt keiner beachtete, veränderte sich nicht. Über der schwarzen Wolke ragte der Felsenkamm auf, eine Insel in einem Tintenmeer. Hoch am Himmel erloschen goldgetränkte Federwolken. Die Sonnenscheibe berührte bereits den Horizont. In wenigen Minuten würde die Dämmerung hereinbrechen.

»FU-8 an Bodenstation«, ertönte die Stimme des Piloten, die sich in den paar Sekunden seit der letzten Meldung völlig verwandelt zu haben schien. »Radar zeigt rein metallenes Hindernis an. Bitte kommen!«

»Bodenstation an FU-8. Radarbild auf Telebild umschalten! Bitte kommen!«

Der Bildschirm wurde dunkel, erlosch, glomm kurz auf in fahlblauem Licht, färbte sich dann grün und war von unzähligen funkensprühenden Entladungen übersät.

»Die Wolke ist aus Eisen«, sagte oder vielmehr seufzte einer hinter Rohan.

»Jazon!« schrie der Astrogator. »Ist Jazon hier?«

»Jawohl.« Der Kernphysiker schob sich zwischen den Männern hindurch.

»Kann ich das erhitzen?« fragte der Astrogator ruhig und zeigte auf den Bildschirm. Alle hatten ihn verstanden. Jazon zögerte. »FU-4 müßte gewarnt werden, damit er die Schutzhülle maximal ausdehnt.«

»Unsinn, Jazon! Ich habe keine Verbindung.«

»Bis 4000 Grad . . . Ohne großes Risiko.«

»Danke! Blaar, das Mikrofon! Erster Kommandant an FU-8! Laser fertigmachen! Ziel Wolke! Kleine Kraft, bis zu einem Billierg im Epizentrum! Dauerfeuer längs des Azimuts!«

»FU-8. Dauerfeuer bis zu einem Billierg«, antwortete sofort die Stimme des Piloten. Eine Sekunde lang geschah nichts. Dann blitzte etwas auf, und die zentrale, den unteren Teil des Bildschirms ausfüllende Wolke änderte ihre Farbe. Anfangs sah es aus, als wollte sie zerfließen, dann wurde sie rot und begann zu sieden. Eine Art Trichter mit glühenden Wänden entstand, in den alle angrenzenden Wolkenfetzen, wie von einem Sog angezogen, hineingerissen wurden. Diese Bewegung brach plötzlich ab. Die Wolke bildete einen riesigen Ring und gab durch diese Öffnung den Blick auf wirre Felsgruppen frei. Nur in der Luft flog noch feiner, schwarzer, ascheähnlicher Staub.

»Erster Kommandant an FU-8. Auf maximale Feuerkraft heruntergehen!«

Der Pilot wiederholte den Befehl. Die Wolke versuchte, das entstandene Loch zu stopfen, und umgab es mit einem unruhig züngelnden Wall. Doch wenn ihre vortastenden Arme von der flammenden Glut erfaßt wurden, dann zog sie sie jedesmal wieder ein. All das dauerte einige Minuten. Die Situation wurde immer brenzliger. Der Astrogator wagte nicht, die Wolke mit voller Kraft des Strahlenwerfers zu beschießen, weil irgendwo in ihr das zweite Flugzeug war. Rohan ahnte, worauf Horpach rechnete: Er hoffte, die Maschine würde durch die freigelegte Lücke herausgelangen. Aber nach wie vor war nichts von ihr zu sehen. FU-8 schwebte jetzt fast reglos und durchbohrte mit blendenden Laserbündeln die brodelnden Ränder des schwarzen Ringes. Der Himmel war noch ziemlich hell, doch über die Felsen unten krochen immer dichtere Schatten. Die Sonne ging unter.

Mit einemmal zuckte die zunehmende Dunkelheit im Tal in unheimlichem Lichtschein auf. Schmutzigrot, wie ein Vulkanschlund unter einer Explosionswolke, deckte sie mit bebendem Mantel das ganze Bild zu.

Jetzt waren nur noch dunkle Schatten zu sehen, die miteinander verschmolzen und in deren Mitte das Feuer brodelte und fauchte. Die Wolkensubstanz, woraus sie auch immer bestehen mochte, war zum Angriff auf das vermißte Flugzeug übergegangen und verbrannte in fürchterlicher Glut an seiner Schutzhülle.

Rohan blickte den Astrogator an, auf dessen erstarrtem, ausdruckslosem Gesicht sich der schwankende Widerschein der Feuerlohe spiegelte. Das schwarze Brodeln und das darin tobende, nur zeitweilig in Flammenbündeln zusammengeraffte Feuer nahmen die Mitte des Bildschirms ein. In der Ferne hob sich ein Bergriese ab, ganz in dem kalten Purpur der in diesem Augenblick unsagbar irdisch wirkenden letzten Sonnenstrahlen. Um so weniger glaubhaft war das Schauspiel, das sich in der Wolke abspielte.

Rohan wartete. Die Miene des Astrogators sagte nichts, aber er mußte eine Entscheidung treffen: entweder der oberen Maschine befehlen, der anderen zu Hilfe zu eilen, oder sie ihrem Schicksal überlassen und den Aufklärer beauftragen, nach Nordosten weiterzufliegen.

Plötzlich geschah etwas Unerhörtes. Entweder hatte der

Pilot der unteren, von der Wolke eingeschlossenen Maschine den Kopf verloren, oder an Bord war eine Havarie eingetreten – jedenfalls durchfuhr ein Blitz das schwarze Gebrodel, die Einschlagstelle leuchtete blendendhell auf, und ringsum stoben lange Streifen der von der Explosion zerfetzten Wolke davon. Die Druckwelle war so heftig, daß das ganze Bild schwankte und die Sprünge mitmachte, die der Luftwirbel der FU-8 aufzwang. Dann kehrte das Schwarz zurück und wurde immer dichter. Nur dieses Schwarz war da, sonst nichts.

Der Astrogator beugte sich vor und sagte etwas zu dem Funker am Mikrofon. Er sprach so leise, daß Rohan seine Worte nicht verstand. Aber der Funker wiederholte sie augenblicklich. Er schrie beinahe.

»Antiprotonen fertigmachen! Volle Kraft! Ziel Wolke! Dauerfeuer!«

Der Pilot wiederholte den Befehl. Da rief einer der Techniker, die den Seitenschirm beobachteten, auf dem alles, was hinter der Maschine vorging, zu sehen war: »Achtung, FU-8! Höher! Höher! Höher!«

Aus dem bisher freien Raum im Westen raste mit Orkangeschwindigkeit eine schwarze Wirbelwolke heran. Eben war sie noch Seitenfront der Wolkenwand gewesen, hatte sich nun aber von ihr getrennt und stieg steil nach oben, Ausläufer hinter sich herziehend, die durch die heftige Bewegung abgespalten waren. Der Pilot, der diese Erscheinung den Bruchteil einer Sekunde vor der Warnung bemerkt hatte, riß die Maschine senkrecht hoch, doch die Wolke verfolgte ihn und spie schwarze Säulen in den Himmel. Er nahm eine nach der anderen unter Beschuß. Ein schwarzes Knäuel in der Nähe wurde frontal getroffen, teilte sich und wurde dunkler. Plötzlich bebte das ganze Bild.

Als ein Teil der Wolkenwand bereits in die Zone der Radiowellen geraten war und die Verbindung zwischen

Maschine und Bodenstation schlechter wurde, gebrauchte der Pilot wahrscheinlich zum erstenmal den Antimateriewerfer. Schlagartig verwandelte sich die ganze Atmosphäre des Planeten in ein einziges Feuermeer. Der Purpurschein der untergegangenen Sonne war wie weggeblasen, durch die gezackten Störungslinien schimmerte noch einige Augenblicke die Wolke mit ihren aufsteigenden Rauchsäulen, die auseinanderquollen und sich weiß färbten, als eine zweite Explosion von noch furchtbareren Ausmaßen ihre glühenden Feuerstürze über das in Gas- und Rauchschwaden versinkende Felsenchaos ergoß. Aber das war das letzte, was sie zu sehen bekamen, denn schon in der nächsten Sekunde löste sich das Bild, von Entladungsfunken übersprüht, auf und verschwand. Nur der leere, helle Bildschirm flimmerte noch und beleuchtete die leichenblassen Gesichter der ringsum versammelten Männer.

Horpach beauftragte die Funker, die beiden Maschinen zu rufen, und ging mit Rohan, Jazon und den anderen in die angrenzende Navigationskajüte.

»Was ist Ihrer Ansicht nach diese Wolke?« fragte er ohne Einleitung.

»Sie besteht aus Metallteilchen. Eine Art ferngesteuerte Emulsion mit einem einheitlichen Zentrum«, antwortete Jazon.

»Gaarb?«

»Ich bin derselben Meinung.«

»Haben Sie Vorschläge? Nicht? Um so besser. Welcher Superkopter ist in besserem Zustand, unserer oder der vom ›Kondor‹, Chefingenieur?«

»Beide sind in Ordnung, Astrogator. Aber ich würde unseren vorziehen.«

»Ausgezeichnet. Rohan, Sie wollten, wenn ich mich nicht irre, außerhalb des Schutzschirms arbeiten. Sie werden Gelegenheit dazu haben. Sie bekommen achtzehn

Leute, doppelte Automatenbestückung, Schwingungskreislaser und Antiprotone. Haben wir sonst noch was?«

Keiner antwortete.

»Nun ja, vorläufig hat man nichts Vollkommeneres erfunden als die Antimaterie... Sie starten 4 Uhr 31, das heißt bei Sonnenaufgang, und versuchen, den Krater im Nordosten aufzufinden, den Regnar in seiner letzten Meldung erwähnt hat. Dort landen Sie bei offenem Kraftfeld. Unterwegs beschießen Sie bitte alles auf maximale Distanz. Halten Sie sich nicht mit Warten, Beobachten und Experimentieren auf! Und sparen Sie nicht mit Schußenergie. Sollten Sie die Verbindung mit mir verlieren, dann machen Sie ruhig weiter. Wenn Sie den Krater gefunden haben, landen Sie, aber vorsichtig, damit Sie nicht über den Leuten niedergehen. Ich nehme an, sie sind irgendwo in dieser Gegend...« Er zeigte auf die Geländekarte, die die ganze Wand bedeckte. »Hier, in dem rotgestrichelten Gebiet. Das ist nur eine Skizze, aber etwas Besseres habe ich nicht.«

»Was soll ich nach der Landung tun, Astrogator? Soll ich sie suchen?«

»Das überlasse ich Ihnen. Nur eins beachten Sie, bitte: In 50 Kilometer Entfernung von dieser Stelle dürfen Sie keinerlei Ziele mehr beschießen, weil dort vielleicht unsere Leute sind.«

»Keine Bodenziele?«

»Überhaupt keine. Bis hierhin« – der Astrogator unterteilte mit einer Handbewegung das Gebiet auf der Karte – »dürfen Sie Ihre Vernichtungsmittel im Angriff einsetzen. Hinter dieser Linie dürfen Sie sich nur mit dem Kraftfeld verteidigen. Jazon, wieviel hält das Feld eines Superkopters aus?«

»Ein paar Millionen Atmosphären je Quadratzentimeter.«

»Was heißt ein paar? Was soll ich damit anfangen? Wieviel, habe ich gefragt. Fünf Millionen? Zwanzig?«

Horpach sagte all das völlig gelassen, und gerade diese

Gelassenheit des Kommandanten war an Bord am meisten gefürchtet.

Jazon räusperte sich. »Das Feld ist mit zweieinhalb getestet worden.«

»Das hört sich schon anders an. Haben Sie das mitbekommen, Rohan? Wenn die Wolkenwand Sie bis an diese Grenze drückt, dann rücken Sie aus. Am besten nach oben. Im übrigen kann ich Ihnen ohnehin nicht alles vorweg sagen ...« Er blickte auf die Uhr. »Acht Stunden nach dem Start lasse ich Sie über alle Wellenbereiche rufen. Sollte das erfolglos sein, dann versuchen wir, entweder über trojanische Satelliten oder optisch Verbindung aufzunehmen. Wir lasern im Morsealphabet. Ich habe noch nicht gehört, daß das nicht geklappt hätte. Aber wir müssen mehr einkalkulieren, als wir bisher gehört haben. Wenn auch die Laser nicht ausreichen, dann starten Sie drei Stunden später und kommen zurück. Wenn ich nicht da bin ...«

»Sie wollen starten?«

»Unterbrechen Sie mich nicht, Rohan! Nein, das habe ich nicht vor, aber es hängt ja nicht alles von uns ab. Sollte ich nicht mehr hier sein, so begeben Sie sich bitte auf Planetenumlaufbahn. Haben Sie das mit einem Superkopter schon mal gemacht?«

»Jawohl. Zweimal im Delta der Leier.«

»Gut. Sie wissen also, daß es ein bißchen kompliziert, aber durchaus möglich ist. Die Umlaufbahn muß stationär sein. Die genauen Daten gibt Ihnen Strom vor dem Start. Auf der Umlaufbahn warten Sie 36 Stunden auf mich. Melde ich mich in dieser Zeit nicht, so kehren Sie auf den Planeten zurück. Sie fliegen zum ›Kondor‹ und versuchen, ihn in Betrieb zu setzen. Ich weiß, wie das klingt, aber Ihnen wird nichts anderes übrigbleiben. Wenn Sie dieses Kunststück fertiggebracht haben, kehren Sie mit dem ›Kondor‹ auf die Erde zurück und erstatten dort Bericht. Noch Fragen?«

»Ja. Darf ich Kontakt mit diesen... mit dem Zentrum

aufnehmen, das die Wolke steuert, wenn es mir gelingt, es ausfindig zu machen?«

»Auch das überlasse ich Ihnen. Jedenfalls muß das Risiko in vernünftigen Grenzen bleiben. Ich weiß natürlich gar nichts, aber ich glaube, dieses Dispositionszentrum ist nicht auf der Oberfläche des Planeten. Im übrigen scheint es mir fraglich, daß es existiert . . .«

»Wie meinen Sie das?«

»Wir hören doch über Funk das ganze elektromagnetische Spektrum ab. Wenn jemand diese Wolke mit Hilfe von Strahlen steuerte, so würden wir entsprechende Signale registrieren.«

»Das Zentrum kann in der Wolke gesteckt haben.«

»Mag sein. Ich weiß es nicht. Jazon, ist es möglich, daß es eine Art von Fernverbindung gibt, die unabhängig ist von elektromagnetischen Wellen?«

»Nein, das gibt es nicht – wenn Sie nach meiner Meinung fragen.«

»Wonach sollte ich sonst fragen?«

»Was ich weiß, das ist nicht gleichbedeutend mit dem, was existiert oder existieren könnte. Wir kennen keine solche Art. Das ist alles.«

»Telepathie . . .«, bemerkte einer im Hintergrund.

»Dazu habe ich nichts zu sagen«, entgegnete Jazon trokken. »Jedenfalls ist im erforschten Teil des Kosmos nichts dergleichen entdeckt worden.«

»Meine Herren, wir können unsere Zeit nicht mit nutzlosen Diskussionen vergeuden. Holen Sie Ihre Leute zusammen, Rohan, und bereiten Sie den Superkopter vor. Die ekliptischen Bahnangaben erhalten Sie in einer Stunde von Strom. Kollege Strom, bitte, berechnen Sie eine konstante Umlaufbahn mit 5000 Apogäum.«

»Jawohl, Astrogator.«

Der Astrogator öffnete einen Spalt breit die Tür der Steuerzentrale.

»Wie steht's, Terner? Nichts?«

»Nichts, Astrogator. Das heißt Knackgeräusche. Eine Menge statischer Störungen, sonst nichts.«

»Keine Spur von Emissionsspektrum?«

»Keine Spur.«

Das bedeutet, daß keine der beiden Maschinen noch Waffen benutzt, daß sie aufgehört haben zu kämpfen, dachte Rohan. Wenn sie die Aktion mit Laserfeuer oder auch nur mit Induktionswerfern fortsetzten, dann würden die Meßgeräte des »Unbesiegbaren« das auf eine Entfernung von etlichen hundert Kilometern feststellen.

Rohan war zu sehr von der dramatischen Situation gefesselt, als daß ihn der Auftrag des Astrogators beunruhigt hätte. Im übrigen hätte er gar keine Zeit dazu gehabt. In dieser Nacht tat er kein Auge zu. Alle Einrichtungen des Superkopters waren zu überprüfen, zusätzliche Tonnen Treibstoff mußten getankt, Vorräte und Waffen mußten verladen werden, so daß sie mit Mühe und Not zur festgesetzten Stunde fertig wurden. Und die siebzig Tonnen schwere, zweistöckige Maschine hob sich, Sandwolken aufwirbelnd, in die Luft und flog pfeilgerade nach Nordosten, als der Rand der roten Sonnenscheibe eben am Horizont auftauchte. Gleich nach dem Start stieg Rohan auf fünfzehn Kilometer Höhe. Im Bereich der Stratosphäre konnte er Höchstgeschwindigkeit entwickeln, außerdem war er dort weniger in Gefahr, der schwarzen Wolke zu begegnen.

Das nahm er zumindest an.

Vielleicht hatte er recht, vielleicht war es aber auch nur ein glücklicher Zufall – jedenfalls setzten sie eine knappe Stunde später in der schrägen Sonne über einem versandeten Krater, dessen Boden noch im Morgendämmer lag, zur Landung an. Bevor die nach unten ausbrechenden, heißen Gassäulen Sandfontänen hochschleuderten, alarmierten die Bildoperateure die Navigationskabine mit der Meldung, etwas Verdächtiges im nördlichen Kraterteil entdeckt zu haben. Die schwere Flugmaschine hielt an, leicht zitternd wie auf einer unsichtbaren, gespannten Feder, und aus fünfhundert Meter Höhe wurde die Stelle einer eingehenden Betrachtung unterzogen.

Der Bildschirm des Vergrößerers zeigte auf graubraunem Hintergrund winzige Rechtecke, die sich in geometrischer Anordnung um ein größeres, stahlgraues Rechteck gruppierten. Rohan erkannte gleichzeitig mit Gaarb und Ballmin, die neben ihm am Steuer saßen, die Fahrzeuge von Regnars Expedition.

Ohne zu zögern und unter Beachtung aller Vorsichtsmaßregeln landeten sie nicht weit davon entfernt. Die Teleskopbeine des Superkopters arbeiteten noch und knickten gleichmäßig ein, als das Fallreep bereits hinabgelassen wurde und zwei mit einem beweglichen Kraftfeld abgeschirmte Aufklärungsmaschinen ausgesandt wurden. Das Kraterinnere ähnelte einer flachen Schüssel mit schartigen Rändern. Eine schwarzbraune Lavakruste bedeckte den zentralen Vulkankegel.

Um die anderthalb Kilometer zurückzulegen – so viel betrug ungefähr die Entfernung –, brauchten die Aufklärungsfahrzeuge wenige Minuten. Die Funkverbindung war ausgezeichnet. Rohan sprach mit Gaarb, der in dem ersten Transporter war.

»Die Steigung hört auf, gleich werden wir sie sehen«, sagte Gaarb einige Male, und plötzlich schrie er: »Da sind sie! Ich sehe sie!« Ruhiger fügte er hinzu: »Anscheinend alles in Ordnung. Eins, zwei, drei, vier – alle Maschinen sind da. Aber warum stehen sie in der Sonne?«

»Und die Leute? Sehen Sie die Leute?« erkundigte sich Rohan, der mit zusammengekniffenen Augen vor dem Mikrofon saß.

»Ja. Etwas bewegt sich dort . . . zwei Männer. Da, noch einer . . . und einer liegt im Schatten . . . Ich sehe sie, Rohan!«

Seine Stimme entfernte sich. Rohan hörte ihn etwas zu seinem Fahrer sagen. Dann ertönte ein dumpfes Echo vom Abschuß einer Rauchrakete. Gaarbs Stimme war wieder da.

»Das war zur Begrüßung. Der Rauch wurde ein bißchen in ihre Richtung geweht. Gleich wird er sich verteilen. Jarg, was ist dort? Was ist los? He, ihr da!«

Sein Schrei füllte auf einmal die ganze Kabine und brach ab. Rohan vernahm Motorengeräusch, das immer schwächer wurde und bald darauf verstummte, dann waren Laufschritte zu hören, undeutliche, durch die Entfernung gedämpfte Rufe, ein Aufschrei, ein zweiter, schließlich trat Stille ein.

»Hallo, Gaarb! Gaarb!« wiederholte er mit starren Lippen. Die Schritte im Sand näherten sich, der Lautsprecher knarrte.

»Rohan!« Gaarbs Stimme klang fremd, er keuchte. »Rohan! Dasselbe wie bei Kertelen! Sie sind nicht bei Sinnen, sie erkennen uns nicht, sie sprechen nicht . . . Rohan, hören Sie mich?«

»Ich höre. Sind alle so?«

»Es sieht so aus. Ich weiß es noch nicht. Jarg und Terner gehen von einem zum andern . . .«

»Was denn, und das Feld?«

»Das Feld ist ausgeschaltet. Es ist nicht da. Ich weiß nicht. Offenbar haben sie es ausgeschaltet.«

»Kampfspuren?«

»Nein, nichts. Die Fahrzeuge stehen da, alle heil, unbeschädigt. Und die Männer liegen oder sitzen herum, man kann sie rütteln, soviel man . . . Was? Was ist dort los?«

An Rohans Ohr schlug ein verzerrter Laut, der von gedehntem Winseln unterbrochen wurde. Er biß die Zähne zusammen, aber er vermochte ein Gefühl der Übelkeit, das ihm in die Eingeweide schnitt, nicht zu überwinden.

»Allmächtiger Himmel, das ist Gralew!« schrie Gaarb

entsetzt auf. »Gralew! Mensch! Erkennen Sie mich nicht?« Sein Atem füllte, verstärkt, die ganze Kabine.

»Er auch ...«, stieß er keuchend hervor. Dann schwieg er einen Augenblick, als wollte er Kräfte sammeln.

»Rohan, ich weiß nicht, ob wir allein damit fertig werden ... Die müssen alle hier weg. Schicken Sie uns mehr Leute her.«

»Sofort.«

Eine Stunde später hielt der grauenvolle Zug unter dem Metallrumpf des Superkopters. Von den zweiundzwanzig Leuten, die mit der Expedition aufgebrochen waren, hatten sie nur achtzehn gefunden. Das Schicksal der übrigen vier war unbekannt. Die meisten hatten sich gutwillig, ohne Widerstand zu leisten, wegführen lassen. Aber bei fünf hatte man Gewalt anwenden müssen, weil sie nicht von der Stelle weichen wollten. Fünf Tragen kamen in ein improvisiertes Lazarett auf dem Unterdeck des Superkopters, und die dreizehn Männer, die mit ihren maskenhaft starren Gesichtern einen furchtbaren Anblick boten, wurden in einen gesonderten Raum gebracht, wo sie sich widerspruchslos in die Kojen betten ließen. Man mußte ihnen Kleider und Schuhe ausziehen, denn sie waren hilflos wie Neugeborene. Rohan stand als stummer Augenzeuge im Gang zwischen den Bettreihen und stellte fest, daß die meisten ihre passive Ruhe beibehielten, jene aber, die mit Gewalt hergeführt werden mußten, mit unheimlicher Stimme jammerten und greinten.

Er ließ alle unter der Obhut des Arztes und schickte den gesamten verfügbaren Maschinenpark auf die Suche nach den Verschollenen. Er hatte jetzt viele Wagen, weil er die verlassenen Maschinen in Gang gebracht und mit eigenen Leuten besetzt hatte. Eben hatte er die letzte Gruppe abgefertigt, da rief ihn der Informator in die Kabine: Sie hatten Verbindung mit dem »Unbesiegbaren«.

Er wunderte sich nicht einmal, daß es geglückt war. Er

war überhaupt nicht mehr in der Lage, sich über etwas zu wundern. Mit knappen Worten berichtete er Horpach.

»Wer fehlt?« wollte der Astrogator wissen.

»Regnar selbst, Bennigsen, Korotko und Mead. Was ist mit den Flugzeugen?« fragte Rohan seinerseits.

»Ich habe keine Nachricht.«

»Und die Wolke?«

»Ich habe heute morgen eine Dreierpatrouille ausgesandt. Vor einer Stunde ist sie zurückgekommen. Dort ist keine Spur von der Wolke zu sehen.«

»Nichts? Gar nichts?«

»Nichts.«

»Auch nicht die Flugzeuge?«

»Nichts.«

Laudas Hypothese

Dr. Lauda klopfte an die Kabinentür des Astrogators. Als er eintrat, sah er ihn etwas in eine fotogrammetrische Karte einzeichnen.

»Was gibt's?« fragte Horpach, ohne den Kopf zu heben.

»Ich wollte Ihnen etwas sagen.«

»Eilt es? In fünfzehn Minuten starten wir.«

»Ich weiß nicht. Wie es scheint, begreifen wir allmählich, was hier vorgeht«, sagte Lauda.

Der Astrogator legte die Zirkel aus der Hand. Ihre Blicke trafen sich. Der Biologe war nicht jünger als der Kommandant, merkwürdig, daß man ihm noch erlaubte zu fliegen. Offensichtlich war ihm besonders daran gelegen. Er glich mehr einem alten Mechaniker als einem Wissenschaftler.

»Wie scheint es, Doktor? Ich höre.«

»Im Ozean ist Leben vorhanden«, antwortete der Biologe. »Im Ozean ist Leben, und auf dem Festland nicht.«

»Wieso? Auf dem Festland hat es auch Leben gegeben, Ballmin hat doch Spuren gefunden.«

»Ja, aber sie sind mehr als fünf Millionen Jahre alt. Später wurde alles, was auf dem Festland lebte, ausgerottet. Was ich sage, Astrogator, klingt phantastisch, und ich habe eigentlich so gut wie keine Beweise, aber . . . es war so: Stellen Sie sich vor, daß einstmals, eben vor Jahrmillionen, hier eine Rakete aus einem anderen System gelandet ist, vielleicht aus den Regionen einer Nova.«

Er sprach jetzt schneller, aber ruhig.

»Wir wissen, daß vor der Explosion der Zeta der Leier vernunftbegabte Wesen den sechsten Planeten des Systems bewohnt haben. Sie hatten eine hochentwickelte, technische Zivilisation. Nehmen wir an, ein Aufklärer der Leierbewohner ist hier gelandet, und es hat eine Havarie gegeben oder ein anderes Unglück, dem die ganze Besatzung zum Opfer gefallen ist – sagen wir, eine Reaktorexplosion, eine Kettenreaktion . . . Jedenfalls hatte das Wrack, als es auf der Regis aufsetzte, nicht ein einziges lebendes Wesen mehr an Bord. Unversehrt waren nur die Automaten. Nicht solche wie unsere, keine menschenähnlichen. Die Leierbewohner waren wahrscheinlich auch nicht menschenähnlich. Die Automaten blieben also unversehrt und verließen das Schiff. Es waren hochspezialisierte homöostatische Mechanismen, fähig, unter den schwierigsten Bedingungen zu überdauern. Sie hatten jetzt niemanden mehr über sich, der ihnen hätte befehlen können. Die Automaten, die in ihrer geistigen Struktur den Leierbewohnern am nächsten standen, versuchten vielleicht, das Schiff zu reparieren, obwohl das in dieser Situation sinnlos war. Aber Sie wissen ja, wie das ist. Ein Reparaturroboter wird stets alles reparieren, was zu seinem Aufgabenbereich gehört, ganz gleich, ob es von Nutzen ist oder nicht. Dann gewannen jedoch die anderen Automaten die Oberhand. Sie machten sich von den anderen unabhängig. Vielleicht versuchte die einheimische Fauna, sie anzugreifen. Hier lebten echsenähnliche Reptilien, es gab also auch Raubtiere, und bestimmte Raubtiere greifen alles an, was sich bewegt. Die Automaten nahmen den Kampf mit ihnen auf und besiegten sie. Für diesen Kampf mußten sie gewappnet sein. Sie wandelten sich also, um sich so gut wie möglich den planetaren Bedingungen anzupassen. Wesentlich war dabei meines Erachtens, daß diese Automaten imstande waren, je nach Bedarf andere Automaten zu produzieren. Sagen wir also, für die Bekämpfung fliegender Echsen wurden Flugmaschinen gebraucht. Natürlich kenne ich keinerlei konkrete Einzelheiten, ich stelle mir nur eine ähnliche Situation unter den Bedingungen der natürlichen Evolution vor. Vielleicht gab es hier gar keine Flugechsen, sondern unterirdisch lebende Wühlreptilien. Ich weiß es nicht. Jedenfalls paßten sich die Mechanismen auf dem Festland im Laufe der Zeit den Bedingungen ausgezeichnet an, und es gelang ihnen, alle Formen des Lebens auf dem Planeten zu besiegen. Das pflanzliche übrigens auch.«

»Die pflanzlichen auch? Wie erklären Sie sich das?«

»Ich weiß nicht recht. Ich könnte mehrere Hypothesen aufstellen, aber ich will es lieber nicht tun. Im übrigen habe ich das Wichtigste noch nicht erwähnt. Im Laufe ihres Bestehens auf dem Planeten, Hunderte Generationen später, hörten die nachfolgenden Mechanismen auf, jenen ähnlich zu sein, von denen sie ausgegangen waren, das heißt den Produkten der Leierzivilisation. Verstehen Sie? Damit begann also eine tote Evolution, eine Evolution von Maschinen. Denn was ist schließlich das oberste Prinzip der Homöostase? Unter veränderlichen Bedingungen überdauern, sogar unter den feindlichsten und schwierigsten. Den weiteren Formen dieser Evolution von Metallsystemen, die sich selbst organisierten, drohte die Hauptgefahr keineswegs von der einheimischen Tier- und Pflanzenwelt. Sie waren gezwungen, zu Energie- und Rohstoffquellen zu gelangen, um Ersatzteile und Nachfolgeorganismen produzieren zu können. Auf der Suche nach Erzen entwickelten sie folglich eine Art Bergbau. Ihre Vorfahren, die mit jenem hypothetischen Raumschiff hergekommen waren, hatten zweifellos ursprünglich Strahlungsenergieantrieb. Aber auf der Regis gibt es keine radioaktiven Elemente. Daher war ihnen die Energiequelle verschlossen, und sie mußten sich eine andere suchen. Dabei ist wohl eine akute Energiekrise entstanden, und so ist dann, glaube ich, ein Kampf zwischen den Mechanismen ausgebrochen. Ganz einfach ein Kampf um das Überdauern, ums Dasein. Auf ihm beruht schließlich die Evolution. Auf der Selektion. Die intellektuell hochstehenden, vielleicht aber wegen ihrer

Ausmaße, die wieder bedeutende Energien erforderten, zum Überdauern ungeeigneten Mechanismen waren der Konkurrenz der weniger entwickelten, dafür aber sparsameren und produktiveren nicht gewachsen . . .«

»Halt! Das klingt zwar alles recht phantastisch, doch das soll uns nicht stören. Aber in der Evolution, im Evolutionsspiel siegt doch immer das Wesen mit dem höher entwickelten Nervensystem, nicht wahr? In diesem Fall war das Nervensystem durch ein, sagen wir, elektronisches System ersetzt, aber das Prinzip bleibt das gleiche.«

»Das stimmt, Astrogator. Aber nur für gleichartige, auf dem Planeten natürlich entstandene Organismen, nicht für solche, die aus anderen Systemen gekommen sind.«

»Das verstehe ich nicht.«

»Ganz einfach. Die biochemischen Voraussetzungen für das Funktionieren von Organismen waren und sind auf der Erde fast immer die gleichen. Algen, Amöben, Pflanzen, niedere und höhere Tiere – sie alle sind aus beinahe identischen Zellen aufgebaut, haben fast denselben Stoffwechsel – Eiweiß –, und von diesem gemeinsamen Ausgangspunkt aus wird das, wovon Sie gesprochen haben, ein Unterscheidungsmerkmal. Es ist nicht das einzige, aber immerhin eins der wichtigsten. Doch hier war es anders. Von den Mechanismen, die auf der Regis gelandet waren, bezogen die hochentwickelten ihre Energie aus eigenen radioaktiven Vorräten; die einfacheren Einrichtungen, kleine Reparatursysteme, hatten vielleicht etwas wie Batterien, die sich mit Hilfe der Sonnenenergie aufluden. So waren sie den anderen gegenüber beträchtlich im Vorteil.«

»Aber die Höherstehenden können sie ja gerade der Sonnenbatterien beraubt haben. Übrigens – wohin soll unsere ganze Diskutiererei führen? Vielleicht lohnt es gar nicht, darüber zu sprechen. Was, Lauda?«

»Doch, doch. Das ist wesentlich, Astrogator, ein sehr wichtiger Punkt, weil meiner Ansicht nach hier eine tote

Evolution von sehr eigenartigem Charakter stattgefunden hat, hervorgerufen durch zufällig entstandene, außergewöhnliche Bedingungen. Ich sehe das, kurz gesagt, so: In dieser Evolution haben sich erstens die Systeme durchgesetzt, die es in der Miniaturisierung am weitesten gebracht, und zweitens jene, die sich an einem bestimmten Ort angesiedelt hatten. Die ersten waren der Anfang der sogenannten schwarzen Wolken. Ich halte sie für sehr kleine Pseudoinsekten, die sich nach Bedarf, gewissermaßen im gemeinsamen Interesse, zu übergeordneten Systemen verbinden können, eben in Gestalt von Wolken. So verlief die Evolution der beweglichen Mechanismen. Die ortsgebundenen hingegen waren Ausgangspunkt für diese sonderbare Metallvegetation, aus der die Ruinen der sogenannten Städte bestehen ...«

»Ihrer Meinung nach sind es also keine Städte?«

»Nein, natürlich nicht. Es sind lediglich große Ansammlungen seßhaft gewordener Mechanismen, toter Gebilde, die imstande sind, sich zu vermehren und mit besonderen Organen – ich vermute, mit den kleinen dreieckigen Platten – Sonnenenergie zu speichern.«

»Sie meinen, daß diese ›Stadt‹ noch immer vegetiert?«

»Nein. Ich habe den Eindruck, diese ›Stadt‹, oder vielmehr der Metallwald, ist aus einem uns unbekannten Grund in dem Kampf ums Dasein unterlegen und jetzt nur noch verrosteter Schrott. Nur eine Form hat überlebt: die das ganze Festland beherrschenden, beweglichen Systeme.«

»Warum?«

»Das weiß ich nicht. Ich habe zahlreiche Berechnungen angestellt. Vielleicht ist die Sonne der Regis III in den letzten drei Millionen Jahren rascher als zuvor erkaltet, so daß die großen, ortsgebundenen ›Organismen‹ keine ausreichende Energiezufuhr mehr hatten. Aber das sind nur Vermutungen.«

»Nehmen wir an, es ist so, wie Sie sagen. Glauben Sie,

daß diese ›Wolken‹ an der Oberfläche oder im Innern des Planeten eine Steuerzentrale haben?«

»Ich glaube nicht, daß so etwas existiert. Vielleicht werden diese Mikroorganismen, wenn sie sich auf bestimmte Weise miteinander verbinden, selbst eine solche Zentrale, eine Art totes Gehirn. Getrennt zu leben mag für sie günstiger sein. Sie bilden lockere Schwärme und können dadurch dauernd im Sonnenlicht sein oder auch Gewitterwolken nacheilen, denn es ist nicht ausgeschlossen, daß sie den atmosphärischen Entladungen Energie entnehmen. Aber in Augenblicken der Gefahr oder, umfassender gesagt, einer plötzlichen, ihre Existenz bedrohenden Veränderung verbinden sie sich . . .«

»Diese Reaktion muß aber doch von etwas ausgelöst werden. Wo ist übrigens während des ›Schwärmens‹ das unerhört komplizierte Gedächtnis, das sich an das ganze System erinnert? Ein Elektronengehirn ist doch klüger als alle seine Elemente, Lauda. Sollten die Elemente so schlau sein, nach der Demontage von selbst wieder auf die richtigen Plätze zu springen? Als erstes müßte ein Plan des ganzen Hirns entstehen . . .«

»Nicht unbedingt. Es genügt, daß jedes Element behält, mit welchem anderen es unmittelbar verbunden war. Sagen wir, Element Nummer eins soll sich an den Außenflächen mit sechs anderen verbinden, deren jedes dasselbe von sich weiß. So kann die im einzelnen Element enthaltene Informationsmenge verschwindend gering sein, und nur ein bestimmter Auslöser, ein bestimmtes Signal: Achtung! Gefahr! ist erforderlich, damit alles in die richtige Konfiguration tritt und sofort das ›Hirn‹ entsteht. Doch das ist nur als primitives Schema dargestellt, Astrogator. Ich nehme an, die Sache ist komplizierter, schon allein, weil solche Elemente sicherlich häufig vernichtet werden, ohne daß sich das auf die Funktionstüchtigkeit des großen Ganzen auswirken darf.«

»Gut. Wir haben keine Zeit, länger Einzelheiten zu erörtern. Ergeben sich aus Ihrer Hypothese konkrete Schlußfolgerungen für uns?«

»In gewissem Sinne ja, aber negative. Millionen Jahre ›Maschinenevolution‹ und diese Erscheinung, der der Mensch in der Galaxis bisher nicht begegnet ist. Bitte, beachten Sie das Hauptproblem. Alle uns bekannten Maschinen sind nicht für sich selbst da, sondern um jemandem zu dienen. So ist also vom menschlichen Standpunkt aus die Existenz des sich vermehrenden Metallgestrüpps auf der Regis oder der Eisenwolken sinnlos, allerdings könnte man zum Beispiel die Kakteen in der irdischen Wüste ebenso als sinnlos bezeichnen. Der Kern der Sache liegt darin, daß sie sich im Kampf gegen Lebewesen ausgezeichnet angepaßt haben. Ich habe den Eindruck, daß sie nur in den ersten Phasen dieses Kampfes getötet haben, als es hier auf dem Festland von Leben wimmelte. Dann erwies sich der Energieverbrauch beim Töten als unökonomisch. Deshalb griffen sie zu anderen Methoden, denen sowohl die Katastrophe des ›Kondors‹ als auch der Fall Kertelen und schließlich die Vernichtung von Regnars Gruppe zuzuschreiben sind.«

»Und was sind das für Methoden?«

»Worauf sie zurückzuführen sind, weiß ich nicht genau. Ich kann nur meine eigene Meinung äußern: Bei Kertelen handelt es sich um Vernichtung fast der gesamten, im menschlichen Hirn enthaltenen Information. Das trifft sicherlich auch bei Tieren zu. Derart verstümmelte Lebewesen müssen natürlich umkommen. Das ist zugleich einfacher, rascher und ökonomischer als Töten ... Meine Schlußfolgerung daraus ist leider pessimistisch. Vielleicht ist das noch sehr gelinde ausgedrückt. Wir sind in einer unvergleichlich schlimmeren Lage als sie, und zwar aus mehreren Gründen. Zunächst läßt sich ein Lebewesen bedeutend leichter vernichten als ein Mechanismus oder eine technische Einrichtung. Darüber hinaus haben sie sich unter Bedingungen entwickelt, die sie zwangen, gegen Lebewesen und gegen ihre ›Metallbrüder‹, vernunftbegabte Automaten, gleichzeitig zu kämpfen. Sie haben also einen Zweifrontenkrieg geführt, haben jegliche Adaptionsmechanismen lebender Systeme sowie jedes Intelligenzsymptom bei vernunftbegabten Maschinen bekämpft. Das Ergebnis dieses jahrmillionenlangen Ringens ist zweifellos eine ungewöhnliche Universalität und Perfektion in den Vernichtungsmethoden gewesen. Ich fürchte, wir müßten, um sie zu besiegen, eigentlich alle vernichten, und das ist so gut wie unmöglich.«

»Meinen Sie?«

»Ja. Das heißt, selbstverständlich könnte man bei geeigneter Konzentration der Mittel den ganzen Planeten vernichten, aber das ist schließlich nicht unsere Aufgabe, ganz davon abgesehen, daß unsere Kräfte dafür nicht ausreichen. Die Situation ist, wie ich sie sehe, tatsächlich einmalig in ihrer Art. Intellektuell sind wir ihnen überlegen. Die Mechanismen sind keineswegs eine geistige Macht, sie haben sich nur ausgezeichnet auf die Bedingungen des Planeten eingestellt, darauf, alles, was vernunftbegabt ist und alles, was lebt, zu vernichten. Sie selbst hingegen sind tot. Deshalb kann das, was für sie noch harmlos ist, für uns bereits den Tod bedeuten.«

»Aber woher nehmen Sie die Gewißheit, daß sie keinen Verstand haben?«

»Ich könnte mich um eine Antwort drücken, Unkenntnis vorschützen, aber ich sage Ihnen, wenn ich mir überhaupt einer Sache sicher bin, dann gerade dieser. Warum sie keine intellektuelle Macht darstellen? Ach! Wenn sie Verstand hätten, dann wären sie längst mit uns fertig geworden. Gehen Sie mal in Gedanken alle Ereignisse auf der Regis seit unserer Landung durch – Sie werden feststellen, daß sie keinen strategischen Plan haben. Sie greifen immer nur von Fall zu Fall an.«

»Hm... Die Art, in der sie die Verbindung zwischen Regnar und uns unterbrochen haben, und der Angriff auf unsere Aufklärer...«

»Aber sie tun doch nur, was sie bereits vor Jahrtausenden getan haben. Die höheren Automaten, die von ihnen vernichtet wurden, haben sich doch zweifellos auch über Radiowellen untereinander verständigt. Diesen Informationsaustausch zu verhindern, die Verbindung zu zerrütten, war eine ihrer ersten Aufgaben. Die Lösung drängte sich geradezu von selbst auf, denn in der Welt ist wohl nichts besser als Abschirmungsmittel geeignet als eine Metallwolke. Und jetzt? Was ist zu tun? Wir müssen uns und unsere Automaten und Maschinen, ohne die wir nichts wären, schützen. Während sie völlige Manövrierfähigkeit haben. Sie verfügen an Ort und Stelle über faktisch unerschöpfliche Reproduktionsquellen, sie können sich vermehren, wenn wir einen Teil von ihnen vernichten, und bei alldem können ihnen lebensgefährdende Mittel gar nichts anhaben. Unsere stärkste Macht, der Beschuß mit Antimaterie, ist also unerläßlich. Doch damit können wir nicht alle vernichten. Haben Sie bemerkt, wie sie reagieren, wenn sie getroffen werden? Sie zerfallen einfach. Überdies müssen wir uns immer unter dem Schutzfeld aufhalten, und das schränkt unsere strategischen Möglichkeiten ein. Sie hingegen können sich nach Belieben verkleinern, von einem Ort an den anderen bewegen... Und wenn wir sie auf diesem Kontinent schlagen, dann verziehen sie sich auf einen anderen. Und sie alle zu vernichten ist schließlich nicht unser Anliegen. Ich meine, wir sollten abfliegen.«

»Ach, so ist es.«

»Ja, so ist es. Da wir nun einmal gewiß apsychische Gebilde einer toten Evolution als Gegner haben, können wir das Problem nicht nach Kategorien von Rache und Vergeltung für den ›Kondor‹ und das Schicksal seiner Besatzung lösen. Das wäre so, als wollte man den Ozean verprügeln, weil er ein Schiff mit Mann und Maus verschlungen hat.«

»An dem, was Sie sagen, wäre vieles logisch, wenn es sich wirklich so verhielte«, sagte Horpach und erhob sich. Er stützte sich mit beiden Händen auf die mit Zeichnungen bedeckte Karte. »Aber es ist ja nur eine Hypothese, und mit Hypothesen können wir nicht zurückkehren. Wir brauchen Gewißheit. Nicht Rache, sondern Gewißheit. Eine exakte Diagnose, Ermittlung von Fakten. Wenn wir die ermittelt haben, wenn ich in den Containern des ›Unbesiegbaren‹ Proben von dieser . . . dieser fliegenden Maschinenfauna habe – sofern sie wirklich existiert –, dann werde ich selbstverständlich ebenfalls der Auffassung sein, daß wir hier nichts mehr zu suchen haben. Dann ist es Sache der Erdstation, unser weiteres Verhalten zu bestimmen. Nebenbei gesagt, es gibt keine Garantie, daß diese Gebilde auf dem Planeten bleiben, vielleicht entwickeln sie sich und gefährden schließlich die Raumschiffahrt in diesem Bereich der Galaxis.«

»Wenn das geschehen sollte, dann frühestens in einigen hunderttausend oder vielmehr Millionen Jahren. Ich fürchte, Astrogator, Sie lassen sich noch immer von der Vorstellung leiten, daß wir einem denkenden Gegner gegenüberstehen. Was einst nur Werkzeug vernunftbegabter Wesen war, das hat sich nach deren Verschwinden selbständig gemacht und ist im Laufe von Jahrmillionen eigentlicher Teil der Naturgewalten des Planeten geworden. Das Leben ist im Ozean geblieben, weil die ›Maschinenevolution‹ dort nicht hinreicht und andererseits diesen Lebensformen den Zutritt zum Festland verwehrt. So sind der mäßige Sauerstoffgehalt in der Atmosphäre – er wird von den Meeresalgen ausgeschieden – und die Oberflächengestaltung der Kontinente zu erklären. Der Planet ist eine Wüste, da diese Systeme nichts aufbauen, da sie keine Zivilisation haben, keinerlei Werte schaffen, da sie nichts haben als sich selbst.

Deshalb sollten wir sie als Naturgewalt betrachten. Auch die Natur bringt weder Bewertungen noch Werte hervor. Diese Gebilde ruhen einfach in sich, sie existieren und verhalten sich so, wie sie sich verhalten, um weiterzuexistieren . . .«

»Wie erklären Sie sich die Vernichtung der Flugzeuge? Sie waren doch im Schutz des Kraftfeldes.«

»Ein Kraftfeld kann durch ein anderes Kraftfeld zermalmt werden. Im übrigen – wenn man im Bruchteil einer Sekunde das gesamte im Hirn des Menschen enthaltene Gedächtnis auslöschen will, so muß man in diesem Moment rings um seinen Kopf ein so starkes Magnetfeld erzeugen, Astrogator, wie es selbst uns mit den Mitteln, über die wir hier an Bord verfügen, schwerfallen würde. Dafür wären gigantische Umspanner, Transformatoren und Elektromagnete erforderlich.«

»Und Sie meinen, daß die all das haben?«

»Aber nein! Sie haben überhaupt nichts. Sie sind ganz einfach Bausteine, aus denen jeweils das entsteht, was gerade notwendig ist. Trifft das Signal ›Gefahr‹ ein, so heißt das: Da ist etwas aufgetaucht. Sie nehmen es durch Veränderungen wahr, die eintreten, zum Beispiel durch die Veränderung des elektrostatischen Feldes. Und gleich setzt sich der fliegende Schwarm zu diesem ›Wolkenhirn‹ zusammen, und sein kollektives Gedächtnis erwacht: Aha, solche Wesen waren schon mal da, man verfuhr mit ihnen so und so und vernichtete sie . . . Und sie wiederholen ihr Verhalten von damals.«

»Gut«, sagte Horpach, der eine geraume Weile dem alten Biologen nicht mehr zugehört hatte. »Ich verschiebe den Start. Wir berufen jetzt eine Versammlung ein, obwohl ich das lieber nicht täte, weil es wieder auf einen Riesendisput hinausläuft. Die Wissenschaftler werden sich ereifern, aber ich weiß mir keinen anderen Rat. In einer halben Stunde in der Hauptbibliothek, Dr. Lauda.«

»Sollten sie mich überzeugen, daß ich mich irre, dann wird es einen wahrhaft zufriedenen Menschen mehr an Bord geben«, sagte Dr. Lauda ruhig und verließ die Kajüte so leise, wie er gekommen war. Horpach richtete sich auf, trat an den Wandinformator, drückte die Taste der Innenlautsprecheranlage und rief alle Wissenschaftler zusammen.

Wie sich herausstellte, hegten die meisten Spezialisten ähnliche Vermutungen wie Lauda; er war nur der erste gewesen, der sie so bestimmt ausgesprochen hatte. Meinungsverschiedenheiten entbrannten lediglich um das Problem, ob die »Wolke« psychisch oder apsychisch sei. Die Kybernetiker neigten zu der Ansicht, sie sei ein denkendes System mit der Fähigkeit, strategisch vorzugehen. Lauda wurde scharf angegriffen; Horpach war sich bewußt, daß die Ursache dieser leidenschaftlichen Kontroversen weniger in Laudas Hypothese zu suchen war als vielmehr darin, daß er sie zuerst mit dem Kommandanten statt mit seinen Kollegen durchgesprochen hatte. Trotz aller Bindungen zur Besatzung bildeten die Wissenschaftler an Bord eine Art »Staat im Staate« und richteten sich nach einem gewissen ungeschriebenen Verhaltenskodex.

Chefkybernetiker Kronotos fragte Lauda, wie die »Wolke« wohl gelernt haben sollte, Menschen anzugreifen, obwohl sie keinen Intellekt habe.

»Ganz einfach«, antwortete der Biologe. »Sie hat Jahrmillionen hindurch nichts anderes getan. Ich denke an den Kampf gegen die urtümlichen Bewohner der Regis. Das waren Tiere mit zentralem Nervensystem. Sie hat gelernt, sie genauso anzugreifen, wie ein Erdeninsekt sein Opfer angreift, und tut das mit derselben Präzision, mit der eine Wespe ihr Gift in die Nervenstränge eines Heupferdchens oder eines Maikäfers spritzt. Das ist kein Intellekt, das ist Instinkt.«

»Aber woher wußte sie, wie Flugzeuge anzugreifen sind?

Mit Flugzeugen war sie doch vorher nicht in Berührung gekommen.«

»Das können wir nicht wissen, Herr Kollege. Sie kämpfte, wie ich Ihnen schon gesagt habe, an zwei Fronten. Gegen die lebenden Bewohner der Regis und gegen die toten, das heißt gegen andere Automaten. Diese Automaten haben notgedrungen die unterschiedlichsten Arten von Energie für Verteidigung und Angriff eingesetzt.«

»Aber wenn es unter ihnen keine Flugautomaten gegeben hat...«

»Ich kann mir denken, worum es Dr. Lauda geht«, bemerkte der stellvertretende Chefkybernetiker Saurahan. »Diese riesigen Automaten, diese Makroautomaten, hatten miteinander Verbindung, um gemeinsam zu operieren, und waren am leichtesten durch Isolierung zu vernichten, durch Zersplitterung. Am besten war ihnen dadurch beizukommen, daß man die Nachrichtenübermittlung blockierte...«

»Es handelt sich gar nicht darum, ob sich die einzelnen Verhaltensweisen der ›Wolke‹ ohne Intellekthypothese erklären lassen oder nicht«, entgegnete Kronotos, »denn wir brauchen die scharfe Occamsche Trennung nicht zu beachten. Zumindest jetzt ist es nicht unsere Aufgabe, eine Hypothese zu suchen, die mit sparsamsten Mitteln über alles Aufschluß gibt, sondern eine, die uns ein Maximum an Sicherheit bei unseren weiteren Aktionen gewährleistet. Deshalb sollten wir lieber annehmen, daß die ›Wolke‹ durchaus über einen bestimmten Grad von Intelligenz verfügt, das ist klüger. Wir würden dann bedachtsamer zu Werke gehen. Wenn wir hingegen mit Lauda meinten, die ›Wolke‹ habe keinen Intellekt, und sie hätte ihn in Wirklichkeit doch, dann könnten wir für diesen Irrtum leicht einen erschreckend hohen Preis zahlen müssen... Ich spreche jetzt nicht als Theoretiker, sondern vor allem als Stratege.«

»Ich weiß nicht, wen Sie bezwingen wollen, mich oder die ›Wolke‹«, entgegnete Lauda ruhig. »Ich bin nicht gegen

Vorsicht, aber die ›Wolke‹ hat nur so viel Intellekt wie ein Insekt, ja eigentlich nicht mal wie ein einzelnes Insekt, sondern, sagen wir, wie ein Ameisenhaufen. Wäre es anders, so lebten wir doch längst nicht mehr.«

»Beweise!«

»Wir waren für sie nicht der erste Gegner der Gattung Mensch. Sie hatte schon mit ihr zu tun. Ich mache darauf aufmerksam, daß vor uns der ›Kondor‹ hier war. Na, und um ins Kraftfeld einzudringen, brauchten sich die mikroskopisch kleinen ›Fliegen‹ lediglich durch den Sand zu graben. Das Feld reicht nur bis an seine Oberfläche. Sie kannten die Kraftfelder des ›Kondors‹, also hätten sie sich auch die Angriffsmethode aneignen können. Das haben sie aber nicht getan. Die ›Wolke‹ ist also ohne Intellekt, oder sie handelt rein instinktiv.«

Kronotos wollte nicht aufgeben, aber da schritt Horpach ein und schlug vor, die Diskussion aufzuschieben. Er bat um konkrete Vorschläge auf Grund der Zusammenhänge, die nun als sehr wahrscheinlich anzusehen seien.

Nygren fragte, ob man die Leute nicht mit Metallhelmen ausrüsten könne, die die Wirkung eines Magnetfeldes aufhöben. Die Physiker meinten jedoch, das sei zwecklos, denn ein kräftiges Feld erzeuge in dem Metall Wirbelströme, die den Helm stark erhitzten. Und wenn er dann zu heiß sei, bleibe nichts übrig, als ihn vom Kopf zu reißen. Die Wirkung könne man sich ausmalen.

Unterdessen war es Nacht geworden. In einer Ecke des Raumes unterhielt sich Horpach mit Lauda und den Ärzten. Die Kybernetiker bildeten eine andere Gruppe.

»Es ist immerhin ungewöhnlich, daß die Wesen mit der höheren Intelligenz, die Makroautomaten, nicht gesiegt haben«, sagte einer. »Das wäre die Ausnahme, die die Regel bestätigt, daß nämlich die Evolution in Richtung der Komplizierung, der Vervollkommnung der Homöostase verläuft, der Information und ihrer Nutzung.«

»Diese Automaten hatten keine Chance, eben weil sie von Anfang an so hochentwickelt und so kompliziert waren«, widersprach Saurahan. »Begreifen Sie doch, sie waren hochspezialisiert und für die Zusammenarbeit mit ihren Konstrukteuren, den Leierbewohnern, bestimmt. Als es die nicht mehr gab, waren sie gewissermaßen verstümmelt, ihres Kopfes beraubt. Die Formen hingegen, aus denen die heutigen ›Fliegen‹ entstanden sind – ich behaupte keineswegs, daß sie schon damals existierten; ich halte das sogar für ausgeschlossen, sie müssen bedeutend später entstanden sein –, diese Formen waren verhältnismäßig primitiv, deshalb standen ihnen viele Entwicklungsmöglichkeiten offen.«

»Vielleicht hat ein noch wesentlicherer Faktor eine Rolle dabei gespielt«, warf Dr. Sax ein, der zu ihnen getreten war. »Wir haben es mit Mechanismen zu tun, und Mechanismen weisen niemals Regenerationstendenzen auf wie ein lebendes Wesen, ja überhaupt lebendes Gewebe, das sich nach einer Verletzung selbständig erneuert. Selbst wenn ein Makroautomat imstande wäre, einen anderen zu reparieren, brauchte er dazu Werkzeuge, einen ganzen Maschinenpark. Folglich genügte es, sie von ihren Werkzeugen zu trennen, um sie außer Gefecht zu setzen. So sind sie fast wehrlos den fliegenden Geschöpfen zum Opfer gefallen, denen es weit weniger ausmachte, beschädigt zu werden.«

»Sehr interessant«, sagte Saurahan plötzlich. »Daraus folgt, daß man Automaten, damit sie wirklich universell sind, ganz anders bauen muß, als wir es tun: Man muß von kleinen Elementarbausteinen ausgehen, von Pseudozellen, die einander ersetzen können.«

»Das ist gar nicht so neu«, entgegnete Sax lächelnd, »denn lebende Formen entwickeln sich eben auf diese Weise, und nicht von ungefähr. Deswegen besteht auch die ›Wolke‹ gewiß nicht rein zufällig aus solchen austauschbaren Elementen. Es ist eine Frage des Materials: Ein beschädigter Makroautomat benötigt Teile, die nur eine hochentwickelte Industrie zu erzeugen vermag. Ein System hingegen, das sich aus ein paar Kristallen, Thermistoren oder anderen einfachen Elementen zusammensetzt, kann ohne weitere Folgen zerstört werden, weil es sofort durch eins von den Milliarden ähnlicher Systeme ersetzt wird.«

Horpach sah, daß von ihnen nicht viel zu erwarten war, und verließ die Versammelten; sie bemerkten es kaum, so sehr waren sie in die Diskussion vertieft. Er ging in die Steuerzentrale, um Rohans Truppe von der Hypothese der »toten Evolution« zu unterrichten. Es war bereits dunkel, als der »Unbesiegbare« Verbindung mit dem Superkopter im Krater bekam. Am Mikrofon meldete sich Gaarb.

»Ich habe hier nur sieben Leute«, sagte er, »unter ihnen zwei Ärzte bei den Verunglückten. Die anderen schlafen, außer dem Funker, der neben mir sitzt. Ja, wir haben vollständigen Feldschutz. Aber Rohan ist noch nicht zurück.«

»Noch nicht zurück? Und wann ist er aufgebrochen?«

»Gegen 18 Uhr. Er hat sechs Maschinen mitgenommen und die ganze übrige Mannschaft. Wir haben vereinbart, daß er nach Sonnenuntergang zurückkommt. Die Sonne ist vor zehn Minuten untergegangen.«

»Haben Sie Funkverbindung mit ihm?«

»Die ist seit einer Stunde unterbrochen.«

»Gaarb! Warum haben Sie mich nicht sofort verständigt?«

»Weil Rohan angekündigt hat, daß die Verbindung eine Zeitlang abreißen würde. Sie wollten in eine der tiefen Schluchten vordringen, wissen Sie. Die Hänge sind dort mit diesem Sauzeug aus Metall bewachsen. Das reflektiert so stark, daß nicht die Spur von einem Signal zu kriegen ist.«

»Bitte, verständigen Sie mich unverzüglich, wenn Rohan wieder da ist. Er wird sich dafür zu verantworten haben. So können wir im Handumdrehen alle unsere Leute verlieren.«

Der Astrogator hatte noch nicht ausgeredet, als Gaarbs Aufschrei ihn unterbrach: »Sie sind da, Astrogator! Ich sehe Lichter, sie kommen den Hang herauf, das ist Rohan. Eins, zwei, nein, nur eine Maschine . . . Gleich werden wir mehr wissen.«

»Ich warte.«

Als Gaarb das Scheinwerferlicht erblickte, das flach über den Boden wischte, bald Lichtgarben über das Lager schleuderte, bald hinter Bodenwellen verschwand, ergriff er eine Leuchtpistole und schoß zweimal. Der Erfolg war großartig – alle wurden aus dem Schlaf gerissen und sprangen auf die Beine. Unterdessen beschrieb die Maschine einen Bogen, der wachhabende Funker der Zentrale öffnete einen Durchlaß in der Wand des Kraftfeldes, und über den mit blauen Blinkfeuern abgesteckten Geländestreifen rollte ein staubbedecktes Raupenfahrzeug herein und bremste vor der Bühne, auf der der Superkopter stand. Zu seinem Entsetzen erkannte Gaarb in der kleinen Maschine die Drei-Mann-Aufklärungsamphibie, den Funkwagen der Gruppe. Im Licht der eilig ausgerichteten Scheinwerfer lief er mit den anderen dem Ankömmling entgegen. Noch ehe der Wagen richtig hielt, sprang ein Mann in zerfetztem Skaphander heraus. Sein Gesicht war von Dreck und Blut so verkrustet, daß Gaarb ihn erst erkannte, als er zu sprechen anfing.

»Gaarb«, stöhnte der Mann und faßte den Wissenschaftler an den Schultern, und die Beine sackten unter ihm zusammen. Die anderen Männer sprangen herbei, stützten ihn und fragten aufgeregt: »Was ist geschehen? Wo sind die anderen?«

»Sie . . . sind . . . nicht mehr . . . Keiner . . .«, hauchte Rohan und sank ihnen ohnmächtig in die Arme.

Gegen Mitternacht gelang es den Ärzten, ihn zu Bewußtsein zu bringen. Er lag unter dem Aluminiumschutz der Baracke im Sauerstoffzelt und erzählte, was Gaarb eine halbe Stunde später dem »Unbesiegbaren« telegrafierte.

Rohans Gruppe

Die Kolonne, die Rohan geleitet hatte, bestand aus zwei großen Energobotern, vier Raupenfahrzeugen und einem kleinen Schwimmwagen. In ihm saßen Rohan selbst, der Fahrer Jarg und Bootsmann Terner. Sie hielten die Reihenfolge ein, die das Reglement der dritten Gefahrenstufe vorschrieb. Allen voran rollte ein unbemannter Energoboter, Rohans Aufklärungsamphibie folgte ihm, dann kamen die vier Geländefahrzeuge, mit je zwei Leuten besetzt, und der zweite Energoboter bildete den Schluß der Kolonne. Beide Energoboter schützten die ganze Gruppe durch die Kraftfeldhülle.

Rohan hatte sich zu diesem Abstecher entschlossen, weil es ihnen gelungen war, mit Hilfe von »Elektrohunden« – Olfaktometern – in dem Krater Spuren der vier verschollenen Männer aus Regnars Gruppe zu entdecken. Ohne Zweifel würden sie, wenn sie nicht gefunden würden, hilfloser als Kinder in dem Felsenlabyrinth umherirren und verhungern oder verdursten.

Sie legten die ersten Kilometer nach den Angaben ihrer Meßgeräte zurück. Am Eingang einer der vielen breiten, in dieser Gegend flachen Schluchten, an denen ihr Weg sie vorbeiführte, entdeckten sie im Schlamm eines versiegenden Baches deutliche Fußspuren. Drei Fußabdrücke erkannten sie, da sie sich in dem weichen Grund, der im Laufe des Tages nur wenig eingetrocknet war, ausgezeichnet erhalten hatten. Ein vierter Abdruck war da, aber er war sehr undeutlich: Das Wasser, das sacht zwischen den Steinen dahinrieselte, hatte ihn bereits verwischt. Diese Spuren waren charakteristisch und ließen darauf schließen, daß sie von dem schweren Schuhwerk der Männer aus Regnars Gruppe stammten und ins Innere der Schlucht führten. Etwas weiter entfernt verloren sie sich auf den Felsen, doch das beeinflußte Rohan nicht, denn er sah, daß die Hänge abschüssiger wurden, je tiefer sie in die Schlucht eindrangen. Es war also sehr unwahrscheinlich, daß die amnesiegelähmten Flüchtlinge sie zu erklimmen vermocht hatten. Rohan rechnete damit, daß er sie bald in der Schlucht, die wegen der zahlreichen, scharfen Biegungen nicht zu überblicken war, finden würde. Nach kurzer Beratung setzte die Kolonne ihren Weg fort, bis sie an eine Stelle gelangte, an der zu beiden Seiten hangaufwärts merkwürdige, dichte Metallsträucher wuchsen, gedrungene, pinselförmige, ein bis anderthalb Meter hohe Gebilde. Sie sprossen aus den mit schwärzlichem Tonschlamm gefüllten Spalten im nackten Gestein. Anfänglich traten sie vereinzelt auf, später als dichtes Gestrüpp, das wie eine rostige, bürstenähnliche Matte beide Abhänge der Schlucht fast bis auf die Talsohle bedeckte. In der Tiefe sickerte zwischen großen Felsbrocken unsichtbar eine Wasserader.

Hier und da starrten zwischen den »Sträuchern« Höhlen. Aus manchen rieselten dünne Rinnsale, andere waren anscheinend trocken oder ausgetrocknet. Rohans Leute versuchten, einen Blick in einige der Höhlen zu werfen, deren Ausgänge nicht hoch lagen, und leuchteten mit Scheinwerfern hinein. In einer Grotte fanden sie eine beträchtliche Menge winziger dreieckiger Kristalle, zum Teil von dem Wasser überschwemmt, das vom Felsgewölbe herabtropfte. Rohan steckte sich eine Handvoll in die Tasche. Sie fuhren etwa einen halben Kilometer schluchteinwärts; das Gelände stieg zusehends an. Bisher hatten sich die Raupenketten der Fahrzeuge bei der Steigung vorzüglich bewährt, und als die Männer an zwei Stellen wieder Fußspuren im eingetrockneten Schlamm am Bachufer entdeckten, waren sie überzeugt, auf der richtigen Fährte zu sein. Hinter einer Biegung verschlechterte sich die Funkverbindung, die bislang mit dem Superkopter aufrechterhalten worden war, beträchtlich, und Rohan schrieb das der abschirmenden Wirkung des Metallgestrüpps zu. Beiderseits der oben zwanzig Meter und an der Sohle ungefähr zwölf Meter breiten Schlucht ragten manchmal fast vertikale Felswände auf, wie mit einem steifen, schwarzen Pelz von der drahtigen Strächermasse bedeckt. Die Sträucher waren so zahlreich, daß sie ein einziges, bis zu den Gipfeln des Berggürtels hinaufreichendes Dickicht bildeten. Die Fahrzeugkavalkade durchquerte zwei breite Felsentore. Das beanspruchte ziemlich viel Zeit, denn die Techniker mußten sehr genau den Radius des Feldes verringern, um nicht an die Felsen zu stoßen, die verwittert und bröckelig waren. Jedes Anstoßen des Energiefeldes an einen Felsenpfeiler konnte also eine ganze Steinlawine auslösen. Sie bangten natürlich nicht um sich, sondern um die Vermißten, die der Steinschlag, wenn sie in der Nähe waren, verletzen oder töten konnte.

Etwa eine Stunde war seit der Unterbrechung der Funkverbindung vergangen, als auf dem Bildschirm der Magnetometer dicht an dicht Blitze aufflammten. Anscheinend funktionierten die Peilgeräte nicht, denn als sie die Richtung ablesen wollten, aus der die Impulse kamen, zeigten sie alle Himmelsrichtungen auf einmal an. Erst mit Hilfe der Amperemeter und der Polarisatoren konnte festgestellt werden, daß das Gesträuch an den Wänden der Schlucht die Schwankungen des Magnetfeldes verursachte. Nun erst wurden die Männer gewahr, daß dieses Gestrüpp anders aussah als in dem Teil der Schlucht, den sie bereits hinter sich hatten: Es schimmerte nicht rostrot wie dort, und die Sträucher, aus denen es bestand, waren höher, größer und gewissermaßen schwärzer, weil an ihren Drähten oder Zweigen sonderbare Verdickungen klebten. Rohan ließ sie nicht näher untersuchen, weil er nicht riskieren wollte, das Schutzfeld zu öffnen.

Sie fuhren nun etwas schneller weiter, und die Impulsmesser und die Magnetometer meldeten eine immer andere Aktivität. Blickte man in die Höhe, so sah man hier und da über der Fläche des schwärzlichen Dickichts die Luft zittern, als wäre sie hoch erhitzt, und hinter dem zweiten Felsentor bemerkten sie, daß über dem Strauchwerk leichte Wölkchen aufstiegen, die an abziehenden Rauch erinnerten. Doch das war so hoch oben auf dem Hang, daß selbst mit dem Fernglas nicht auszumachen war, was sie wirklich darstellten. Jarg allerdings, der Augen hatte wie ein Luchs, behauptete, diese Rauchwölkchen sähen aus wie ein Schwarm kleiner Insekten.

Rohan wurde allmählich unruhig, die Fahrt dauerte bereits länger, als er sich vorgenommen hatte, und noch immer war das Ende des Schluchtenlabyrinths nicht abzusehen. Dafür kamen sie jetzt zügiger voran, weil die Steinanhäufungen auf dem Bachgrund aufhörten. Der Bach selbst war tief unter dem Geröll versteckt und fast ganz verschwunden, und nur wenn die Maschinen stoppten, war das leise Glucksen des unsichtbaren Wassers zu hören.

Hinter der nächsten Biegung tauchte ein Felsentor auf, das enger als die vorigen war. Bei den Messungen stellten die Techniker fest, daß man es nicht mit eingeschaltetem Kraftfeld passieren konnte. Bekanntlich kann ein solches Feld nicht beliebige Ausmaße annehmen, sondern es ist stets die Variante eines Umdrehungskörpers, also einer Kugel, eines Ellipsoids oder eines Hyperboloids. Bisher war es ihnen geglückt, sich durch die Verengungen der Schlucht hindurchzuzwängen, indem sie das Kraftfeld zur Form eines abgeplatteten, selbstverständlich unsichtbaren Stratosphärenballons zusammenpreßten.

Jetzt aber würde kein Manöver helfen. Rohan beriet sich mit dem Physiker Tomman und den beiden Feldtechnikern. Sie beschlossen, eine kurze, überdies nur teilweise Abschaltung des Kraftfeldes zu wagen. Als erster sollte der unbemannte Energoboter mit ausgeschaltetem Feldemitor die Enge durchfahren und gleich hinter dem Felsentor den Emitor wieder einschalten, um vorn einen einwandfreien Schutz in Form eines gewölbten Schildes zu bieten. Die Leute in den vier großen Maschinen und in Rohans kleinem Aufklärungsfahrzeug würden bei der Durchquerung des Felsentores nur oben ohne Deckung sein. Der Energoboter am Ende der Kolonne sollte seinen Schild mit dem des ersten gleich hinter dem Paß verbinden und so das zusammenhängende Kraftfeld wiederherstellen.

Alles verlief genau nach Plan, und das letzte Raupenfahrzeug fuhr gerade zwischen Felssäulen hindurch, als eine sonderbare Erschütterung die Luft zerriß – kein Laut, sondern eine Erschütterung, als wäre irgendwo in der Nähe ein Felsblock herabgestürzt. Die stoppligen Wände der Schlucht begannen zu dampfen, eine schwarze Wolke kroch aus ihnen hervor und stürzte sich mit irrsinniger Geschwindigkeit auf die Kolonne.

Rohan hatte die großen Transporter vor seiner Amphibie hindurchgelassen und wartete nun darauf, daß der letzte vorbeifuhr; da sah er plötzlich aus den Hängen der Schlucht schwarze Schwaden hervorbrechen und einen riesigen Feuerschein an der Spitze des Zuges, wo der vordere Energoboter, der bereits außerhalb des Felsentores war, das Feld eingeschaltet hatte, an dem die angreifenden Wolkenballen verbrannten. Doch ein großer Teil erhob sich auch über die Flammen und fiel über alle Maschinen zugleich her.

Er schrie Jarg zu, sofort den hinteren Energoboter einzuschalten und dessen Feld mit dem vorderen zu verbinden, denn in dieser Situation war die Gefahr eines Bergrutsches bedeutungslos. Jarg versuchte es, aber das Feld ließ sich nicht einschalten. Wahrscheinlich waren – wie später der Chefingenieur feststellte – die Elektronenröhren der Apparatur überhitzt. Hätte der Techniker einige Sekunden länger Stromimpulse auf sie einwirken lassen, so wäre das Feld zweifellos »angegangen«, aber Jarg verlor den Kopf und sprang, statt den Versuch zu wiederholen, aus dem Fahrzeug. Rohan bekam ihn noch am Skaphander zu packen, aber Jarg riß sich los, wahnsinnig vor Entsetzen, und flüchtete schluchtabwärts. Als Rohan selbst an die Apparatur stürzte, war es bereits zu spät.

Die Männer, die in den Geländefahrzeugen überrascht worden waren, sprangen hinaus und liefen in alle Richtungen, kaum zu erkennen in den wallenden Wolkenschwaden. Es war ein so unwahrscheinlicher Anblick, daß Rohan nichts mehr unternahm. Das wäre im übrigen auch unmöglich gewesen, weil er, hätte er das Feld eingeschaltet, sie alle umgebracht hätte, denn sie kletterten sogar die Hänge hinauf, als suchten sie Zuflucht in dem Metalldickicht. Er stand jetzt reglos in der verlassenen Maschine und wartete nur darauf, daß ihn das gleiche Geschick ereilte.

Hinter ihm feuerte Terner, der sich mit dem Oberkörper aus seinem Schützenluk lehnte, mit Kompressionslasern, aber das war sinnlos, denn der größte Teil der Wolke war schon ganz nahe. Nicht mehr als sechzig Meter trennten Rohan von den anderen. In diesem Umkreis warfen und wälzten sich die Unglücklichen auf dem Boden, wie von den schwarzen Flammen erfaßt. Sie schrien sicherlich, aber ihr Schreien ging wie jeder andere Laut in dem anhaltenden, tiefen Dröhnen der Wolke unter – so auch das Getöse des vorderen Energoboters, an dessen Kraftfeld fortwährend in zuckender Glut Myriaden angreifender Teilchen verbrannten.

Noch immer stand Rohan da, halb aus seinem Amphibienfahrzeug herausragend, und machte keine Anstalten, in Deckung zu gehen. Das war nicht Mut der Verzweiflung, wie er später selbst sagte, sondern er kam einfach nicht auf diesen Gedanken, er dachte gar nicht.

Das Bild, das er nicht vergessen konnte – die Leute unter der schwarzen Lawine –, wandelte sich plötzlich erstaunlich. Die Opfer hörten auf, sich auf den Steinen zu wälzen, zu fliehen und in das Drahtgestrüpp zu kriechen. Sie blieben stehen oder setzten sich hin, und die Wolke, die sich in zahlreiche Trichter aufgeteilt hatte, bildete über jedem der Männer eine Art örtlichen Strudel, umschwirrte den Körper oder auch nur den Kopf, streifte ihn kurz und wich dann aufgewühlt und tosend immer höher die Wände der Schlucht hinauf, bis sie das Licht des Abendhimmels verdeckte, kroch dann mit verebbendem Rauschen zwischen die Felsen, versank in dem schwarzen Dschungel und war verschwunden. Und nur die winzigen schwarzen Punkte, die hier und da zwischen den reglosen Gestalten verstreut lagen, zeugten von dem, was wenige Augenblicke zuvor tatsächlich geschehen war.

Rohan konnte noch immer nicht glauben, daß er verschont geblieben war, und er begriff nicht, welchem Umstand er seine Rettung zu verdanken hatte. Mit dem Blick suchte er Terner. Aber das Schützenluk war leer, der Bootsmann war wohl hinausgesprungen – unerklärlich, wann und wie. Rohan sah ihn ein wenig abseits mit den Laserwerfern liegen, deren Kolben er nach wie vor an sich preßte; er starrte mit toten Augen vor sich hin.

Rohan stieg aus und lief von einem zum anderen. Sie erkannten ihn nicht. Keiner sagte ein Wort. Die meisten machten einen ruhigen Eindruck; sie lagen oder saßen auf den Steinen, und zwei oder drei standen auf, gingen zu den Fahrzeugen hin und tasteten wie Blinde langsam und mit ungelenken Fingern die Wandungen ab.

Rohan beobachtete, daß Jargs Freund Genlis, ein ausgezeichneter Funker, wie einer, der zum erstenmal in seinem Leben eine Maschine sieht, mit halboffenem Mund den Klappengriff an einem Transporter zu bewegen versuchte.

Im nächsten Augenblick sollte Rohan erfahren, was das runde Brandloch in einer der Trennwände in der Steuerzentrale des »Kondors« zu bedeuten hatte. Als er niederkniete, um Dr. Ballmin an den Schultern zu packen und verzweifelt zu rütteln, als wäre er überzeugt, daß es ihm auf diese Weise gelänge, ihn zu Bewußtsein zu bringen, schlug unmittelbar neben seinem Kopf knallend eine violette Stichflamme hoch. Einer der etwas weiter entfernt sitzenden Männer hatte seinen Weyr-Werfer aus der Schutzhülle gezogen und versehentlich auf den Auslöser gedrückt. Rohan rief ihn an, aber der Mann beachtete ihn gar nicht. Vielleicht hatte ihm der Lichtstrahl gefallen wie einem kleinen Kind ein Feuerwerk, denn er schoß nun wie wild um sich und verbrauchte das ganze Atommagazin des Werfers, so daß die Luft vor Hitze zischte und Rohan, der zu Boden gestürzt war, sich zwischen die Steine verkriechen mußte. Da hörte er heftiges Stampfen und sah Jarg atemlos, mit schweißglänzendem Gesicht, aus einer Biegung hervorlaufen. Er rannte geradenwegs auf den Wahnsinnigen zu, der sich damit vergnügte, den Weyr-Werfer abzufeuern. »Halt! Deckung! Deckung!« schrie Rohan aus Leibeskräften, doch ehe Jarg verwirrt stehenblieb, traf eine furchtbare Entladung seinen linken Arm. Rohan erblickte sein Gesicht, als die abgerissene Schulter hochgeschleudert wurde und das Blut aus der entsetzlichen Wunde spritzte. Der Schütze schien das gar nicht zu bemerken, und Jarg sah maßlos erstaunt erst auf den blutenden Stumpf, dann auf den abgefetzten Arm, wankte und sank zu Boden.

Der Mann mit dem Weyr-Werfer stand auf. Rohan beobachtete, daß der unablässige Feuerstrahl aus dem erhitzten Werfer nach Kieselerde riechende Funken aus den Steinen schlug. Der Mann taumelte vorwärts. Er bewegte sich wie ein Säugling, der eine Spielzeugklapper in den Händen hält. Die Flamme durchzuckte die Luft zwischen zwei nebeneinander sitzenden Männern; sie schlossen vor dem blendenden Strahl nicht einmal die Augen. Noch eine Sekunde, und einer von ihnen würde die ganze Ladung ins Gesicht bekommen.

Rohan riß den eigenen Weyr aus der Hülle – es war eine reine Reflexhandlung – und schoß ein einziges Mal. Der Mann schlug sich mit beiden Armen heftig an die Brust, seine Waffe knallte auf die Steine, und er selbst stürzte mit dem Gesicht darauf.

Da fuhr Rohan hoch. Die Dämmerung brach herein. So rasch wie möglich mußten alle abtransportiert werden. Er hatte nur seinen kleinen Amphibienwagen, und als er ein Geländefahrzeug startfertig machen wollte, stellte sich heraus, daß zwei von ihnen an der schmalsten Stelle des Felsentors zusammengestoßen waren und nur mit Hilfe eines Kranes hätten getrennt werden können. So blieb nur der hintere Energoboter, der höchstens fünf Leute aufnehmen konnte, und er hatte neun – lebende, die nicht bei Sinnen waren. Er hielt es für das beste, alle zusammenzuholen, sie zu fesseln, damit sie weder flüchten noch sich etwas antun konnten, zu ihrem vorläufigen Schutz die Felder der beiden Energoboter einzuschalten und selbst Hilfe herbeizuschaffen. Er gedachte keinen mitzunehmen, weil sein kleiner Wagen völlig wehrlos war und er im Falle eines Angriffs lieber nur die eigene Haut riskieren wollte.

Es war bereits stockfinster, als er mit seiner unheimlichen Arbeit fertig war. Die Männer hatten sich ohne jeden Widerstand fesseln lassen. Er steuerte den hinteren Energoboter zurück, um mit seinem Amphibienfahrzeug freie Bahn zu haben, stellte die beiden Emitoren auf, schaltete von weitem das Schutzfeld ein, ließ alle Gefesselten in seinem Bereich und machte sich auf den Weg.

So war am siebenundzwanzigsten Tag nach der Landung schon fast die halbe Besatzung des »Unbesiegbaren« außer Gefecht gesetzt.

Die Niederlage

Wie jede wahre Geschichte, so klang auch Rohans Erzählung merkwürdig und ungereimt. Warum hatte die Wolke weder ihn noch Jarg angegriffen? Warum hatte sie Terner nicht angerührt, bevor er das Amphibienfahrzeug verließ? Warum war Jarg erst geflohen und dann zurückgekommen? Diese Frage war verhältnismäßig leicht zu beantworten. Er war sicherlich umgekehrt, als die panische Angst von ihm gewichen war und ihm bewußt wurde, daß er ungefähr fünfzig Kilometer vom Raumschiff entfernt war und es mit dem vorhandenen Sauerstoffvorrat zu Fuß nicht erreichen würde. Die anderen Fragen blieben Rätsel, deren Lösung für alle Leben oder Tod bedeuten konnte. Aber Überlegungen und Hypothesen mußten zurücktreten vor der Notwendigkeit zu handeln.

Horpach erfuhr nach Mitternacht von der Katastrophe der Rohan-Gruppe; eine halbe Stunde später startete er. Einen Raumkreuzer an eine nur zweihundert Kilometer entfernte Stelle zu fliegen ist eine undankbare Aufgabe. Das Schiff muß die ganze Zeit hindurch senkrecht über dem Antriebsfeuer mit verhältnismäßig geringer Geschwindigkeit gesteuert werden und verbraucht so übermäßig viel Treibstoff. Da die Triebwerke hierfür nicht eingerichtet waren, mußten ständig die Elektroautomaten eingesetzt werden; trotzdem schwebte der Stahlkoloß leicht schaukelnd durch die Nacht, wie von sanft wogenden Wellen getragen. Für einen Beobachter auf der Regis III wäre das sicherlich ein ungewöhnlicher Anblick gewesen: diese im Schein der ausgestoßenen Flammen kaum sichtbare Silhouette, die sich wie auf einer Feuersäule durch die Finsternis schob.

Kurs zu halten war auch keine Kleinigkeit. Man mußte über die Atmosphäre steigen und dann wieder mit dem Heck voran in sie eintauchen.

All das beanspruchte die volle Aufmerksamkeit des Astrogators, zumal da der gesuchte Krater unter einem dünnen Wolkenschleier verborgen lag. Schließlich setzte der »Unbesiegbare« noch vor Tagesanbruch im Krater auf, zwei Kilometer von Regnars alter Station entfernt. Superkopter, Maschinen und Baracken wurden sofort im Kraftfeldbereich des Kreuzers aufgestellt, und ein gutausgerüsteter Bergungstrupp hatte gegen Mittag alle Überlebenden von Rohans Gruppe eingeholt. Sie waren zwar gesund, aber geistesabwesend. Zwei Räume mußten zusätzlich als Lazarett eingerichtet werden, weil im eigentlichen Bordlazarett kein Platz mehr frei war. Nun erst machten sich die Wissenschaftler daran, dem Geheimnis auf den Grund zu gehen, dem Rohan seine Rettung zu verdanken hatte und das – wäre nicht der tragische Zwischenfall mit dem Werfer in der Hand eines Wahnsinnigen gewesen – auch Jarg gerettet hätte.

Es war unbegreiflich, denn beide hatten sich weder in Ausrüstung und Kleidung noch im Aussehen von den anderen unterschieden. Und daß sie mit Terner zu dritt in dem kleinen Geländefahrzeug gewesen waren, durfte wohl ebensowenig von Bedeutung gewesen sein.

Gleichzeitig stand Horpach vor der unangenehmen Entscheidung, was weiter zu tun sei. Eins war klar: Er konnte mit Tatsachen zur Flottenbasis zurückkehren, die die Heimkehr rechtfertigten und das tragische Ende des »Kondors« aufhellten. Was die Wissenschaftler am meisten beschäftigte – die metallenen Pseudoinsekten, ihre Symbiose mit den »Maschinenpflanzen«, die auf dem Gestein wucherten, und schließlich die Frage nach dem »Psychismus« der Wolke (es war ja nicht einmal bekannt, ob nur eine oder mehrere Wolken existierten und ob sich alle kleineren Wolken zu einem geschlossenen System verbinden konnten) –, all das zusammen hätte ihn nicht bewegt, auch nur eine Stunde länger auf Regis III zu bleiben, wenn nicht noch immer vier Männer von Regnars Gruppe, unter ihnen Regnar selbst, gefehlt hätten.

Die Spuren der Vermißten hatten Rohans Gruppe in die Schlucht geführt. Zweifellos würden die Wehrlosen dort umkommen, selbst wenn die leblosen Bewohner der Regis sie unbehelligt lassen sollten. Deshalb mußte die ganze Umgebung abgesucht werden, weil die Verunglückten jeder Fähigkeit vernunftgelenkten Handelns beraubt und allein auf die Hilfe des »Unbesiegbaren« angewiesen waren.

Das einzige, was einigermaßen feststand, war der Umkreis, auf den sich die Suchaktion erstrecken mußte, weil sich die Männer auf ihren Irrwegen durch die Grotten und Schluchten nicht mehr als einige Dutzend Kilometer von dem Krater hatten entfernen können. Sie hatten nur noch wenig Sauerstoff in den Apparaten, doch die Ärzte versicherten, es sei nicht lebensgefährlich, die Atmosphäre des Planeten zu atmen, und bei dem Zustand der Leute hatte eine Benommenheit, die durch im Blut gelöstes Methan hervorgerufen wurde, natürlich keine ernste Bedeutung.

Das Gelände, das für die Suchaktion in Frage kam, war nicht allzu ausgedehnt, aber ausgesprochen schwierig und unübersichtlich. Alle Winkel und Spalten, Grotten und Höhlen durchzukämmen würde selbst unter günstigen Voraussetzungen Wochen dauern. Unter den Felsschichten der gewundenen Schluchten und der Täler lag, nur an manchen Stellen mit ihnen verbunden, ein zweites System unterirdischer, vom Wasser ausgespülter Gänge und Grotten verborgen. Es war durchaus möglich, daß die Verschollenen sich in einem dieser Verstecke aufhielten, außerdem war kaum damit zu rechnen, sie alle an einem Ort zu finden. Des Gedächtnisses beraubt, waren sie hilfloser als Kinder, denn die wären zumindest zusammengeblieben. Obendrein war diese Gegend als Niststelle der schwarzen Wolke bekannt. Die riesigen Anlagen des »Unbesiegbaren« und seine technische Ausrüstung waren bei der Suchaktion nicht recht zu gebrauchen. Der sicherste Schutz, das Kraftfeld, ließ sich in den unterirdischen Gewölben des Planeten überhaupt nicht einsetzen. Also gab es nur die Wahl zwischen sofortiger Umkehr – das wäre gleichbedeutend gewesen mit dem Todesurteil für die Verschollenen – und Aufnahme der riskanten Suchaktion. Eine echte Chance lag dabei auch nur in den nächsten Tagen, bestenfalls der nächsten Woche. Horpach war sich bewußt, daß die Männer später nicht mehr lebend geborgen werden konnten.

Tags darauf rief der Astrogator in aller Frühe die Spezialisten zusammen, erläuterte ihnen die Lage und erklärte, er zähle auf ihre Hilfe. Sie waren im Besitz einer Handvoll jener »Metallinsekten«, die Rohan in der Jackentasche mitgebracht hatte. Fast vierundzwanzig Stunden hatte man damit zugebracht, sie zu untersuchen. Horpach wollte wissen, ob es möglich sei, diese Gebilde unschädlich zu machen. Überdies tauchte wieder die Frage auf, weshalb Jarg und Rohan von dem Zugriff der »Wolke« verschont geblieben waren.

Die »Kriegsgefangenen« nahmen während der Beratung einen Ehrenplatz ein: in einem geschlossenen Glasgefäß mitten auf dem Tisch. Es waren nur noch etwa zwanzig Stück, die anderen waren bei den Untersuchungen zerstört worden. Diese Gebilde von genau symmetrischer Dreiteilung erinnerten in der Form an den Buchstaben Y. Sie hatten drei spitz auslaufende, in einer zentralen Verdickung verankerte Flügel. Bei direkter Beleuchtung sahen sie kohlschwarz aus, bei reflektiertem Licht aber schillerten sie bläulich und olivgrün wie der Hinterleib mancher irdischer Insekten, der sich wie der Rosettenschliff eines Brillanten aus winzigen Flächen zusammensetzt. Ihr Inneres wies immer dieselbe, allerdings mikroskopisch kleine Konstruktion auf. Ihre Elemente, hundertmal kleiner als ein Sandkörnchen, bildeten eine Art autonomes Nervensystem, in dem voneinander teilweise unabhängige Stränge zu unterscheiden waren.

Der kleinere, die Arme des Buchstaben Y bildende Teil stellte ein Steuersystem für die Bewegung des »Insekts« dar, das in der mikrokristallinen Struktur der Arme eine Art universellen Akkumulator und zugleich Energieumwandler besaß. Je nachdem, wie die Mikrokristalle zusammengepreßt wurden, erzeugten sie ein elektrisches oder ein magnetisches Feld oder aber veränderliche Kraftfelder, die den Mittelteil auf eine verhältnismäßig hohe Temperatur bringen konnten, so daß die gespeicherte Wärme in einer Richtung nach außen strömte. Die schubähnliche Luftbewegung, die dadurch hervorgerufen wurde, ermöglichte es ihnen, beliebig aufzusteigen, wobei die einzelnen winzigen Kristalle mehr flatterten als flogen und – zumindest bei den Versuchen im Labor – unfähig waren, ihren Flug genau zu steuern. Verbanden sie sich hingegen durch Verkettung der Flügelenden miteinander, so entstanden Aggregate mit um so besseren aerodynamischen Eigenschaften, je größer die Anzahl war.

Jeder Kristall verband sich mit drei anderen; außerdem konnte sich sein Arm mit dem Mittelteil eines anderen verbinden und so einen vielschichtigen Bau der sich auf diese Weise vergrößernden Systeme ermöglichen. Die einzelnen Kristalle brauchten sich dabei nicht zu berühren, eine Annäherung der Flügelspitzen genügte, durch das erzeugte Magnetfeld das ganze Gebilde im Gleichgewicht zu halten. Ballte sich eine bestimmte Menge von »Insekten« zusammen, so wies das Aggregat zahlreiche Gesetzmäßigkeiten auf. Wenn es durch äußere Reize »aufgestachelt« wurde, dann konnte es seine Bewegungsrichtung, seine Form und Gestalt und die Häufigkeit der inneren Impulse ändern, und nach dieser Änderung kehrten sich die Vorzeichen des Feldes um, so daß sich die Metallkristalle nicht mehr anzogen, sondern trennten und einem individuellen Zerfall unterlagen.

Außer dem Steuersystem für diese Bewegung trug jeder schwarze Kristall ein zweites Verbindungssystem in sich oder, besser gesagt, ein Bruchstück davon, anscheinend den Teil eines größeren Ganzen. Dieses übergeordnete Ganze, das wohl erst bei der Vereinigung einer riesigen Menge von Elementen entstand, war der eigentliche Antriebsmotor für die Aktionen der Wolke. Hier waren die Wissenschaftler mit ihrer Weisheit allerdings am Ende. Sie wußten nichts über die Wachstumsmöglichkeiten dieser Leitsysteme, und das Problem ihres »Intellekts« blieb völlig im dunkeln. Kronotos nahm an, daß sich um so mehr Elemente zu einer großen Einheit zusammenschlossen, je schwieriger die Aufgabe war, die sie zu lösen hatten. Das klang ziemlich einleuchtend, aber weder den Kybernetikern noch den Spezialisten für Informationstheorie war eine damit vergleichbare Konstruktion bekannt, das heißt ein beliebig wucherndes »Gehirn«, das seine Ausmaße dem Umfang seiner Absichten anpaßt.

Einige der Gebilde, die Rohan mitgebracht hatte, waren beschädigt. Andere jedoch zeigten typische Reaktionen. Der einzelne Kristall konnte herumflattern, aufsteigen und fast unbewegt in der Luft stehenbleiben, herabfallen, sich der Reizquelle nähern oder sie meiden. Zudem war er völlig ungefährlich, selbst bei Vernichtungsgefahr – die Forscher versuchten sie mit chemischen Mitteln, durch Kraftfelder, Hitze- und Strahleneinwirkung zu vernichten – sandte er keinerlei Energie aus, und man konnte ihn wie den jämmerlichsten Erdenkäfer zerquetschen, allerdings mit dem Unterschied, daß der kristalline Metallpanzer nicht so leicht zu knacken war. Aber sobald sich die »Insekten« zu einem verhältnismäßig kleinen Aggregat zusammenschlossen, erzeugten sie, wenn man sie der Wirkung eines Magnetfeldes aussetzte, ein Gegenfeld, das das andere aufhob. Bei Erhitzung versuchten sie, die Wärme durch Infrarotstrahlung abzuschütteln. Weitere Versuche waren nicht möglich, da die Wissenschaftler nur über eine Handvoll Kristalle verfügten.

Im Namen des Chefs antwortete Kronotos dem Astrogator auf seine Frage. Die Wissenschaftler verlangten Zeit für weitere Untersuchungen, vor allem aber wünschten sie eine größere Menge von Kristallen. Sie schlugen deshalb eine Expedition in das Innere der Schlucht vor, die nach den Verschollenen forschen und gleichzeitig einige zehntausend Pseudoinsekten mitbringen sollte.

Horpach willigte ein. Er war jedoch der Ansicht, daß kein Menschenleben mehr gefährdet werden durfte. Er ordnete an, eine Maschine in die Schlucht zu schicken, die bisher nicht an Aktionen teilgenommen hatte. Es war ein achtzig Tonnen schweres, automatisches Spezialfahrzeug, das sonst nur bei starker radioaktiver Verseuchung, hohem Druck und hohen Temperaturen eingesetzt wurde. Dieses Gerät, das allgemein Zyklop genannt wurde, war tief unten, auf dem Grunde des Raumkreuzers, an den Trägern der Ladeluke befestigt. Normalerweise wurden solche Geräte auf Planeten nie benutzt, auch der »Unbesiegbare« hatte seinen Zyklopen bisher nie gebraucht. Die Situationen, die diesen äußersten Schritt erforderlich gemacht hatten, waren in der gesamten Raumflotte an den Fingern abzuzählen. Den Zyklopen nach etwas aussenden hieß bei den Raumfahrern soviel wie dem Teufel eine Aufgabe übertragen. Von der Niederlage eines Zyklopen hatte bisher keiner gehört. Das Fahrzeug wurde mit Kränen aus dem Schiffsleib gehoben und auf der Rampe abgesetzt, wo sich Techniker und Programmierer seiner annahmen. Es besaß außer dem üblichen System der Diracs für die Erzeugung des Kraftfeldes einen Kugelantimateriewerfer, konnte daher in beliebiger Richtung oder nach allen Seiten zugleich Antiprotonen abschießen. Ein in die Panzerwanne eingebauter Auswerfer ermöglichte es dem Zyklopen sogar, sich dank der Interferenz der Kraftfelder einige Meter über die Bodenoberfläche zu erheben; er war also weder vom Bodenrelief abhängig noch auf Räder oder Raupenketten angewiesen. Vorn hatte er einen gepanzerten Rüssel, und aus dessen Öffnung schob sich ein Inhaustor, eine Art Teleskophand, die an Ort und Stelle Bohrungen vornehmen, Mineralproben aus der Umgebung hereinholen und andere Arbeiten verrichten konnte. Der Zyklop war zwar mit einer starken Funk- und Fernsehanlage ausgestattet, aber er war auch dank einem Elektronengehirn, das ihn steuerte, für selbständige Aktionen eingerichtet. Die Techniker im Operativstab des Ingenieurs Petersen hatten diesem Gehirn ein vorbereitetes Programm eingegeben, denn der Astrogator rechnete damit, daß er die Verbindung mit der Maschine verlor, sobald sie in der Schlucht sein würde.

Das Programm sah als erstes vor, die Vermißten aufzufinden und aufzunehmen; der Zyklop sollte zunächst sie und sich selbst mit einem zweiten, von seinem Feld aus gesehen äußeren Kraftfeld umgeben und erst unter dessen Schutz den Zugang zu dem inneren Kraftfeld öffnen, das ihn selbst deckte. Dann sollte das Gerät eine möglichst große Anzahl der angreifenden Kristalle mitbringen. Der Antimateriewerfer sollte nur im äußersten Notfalle, wenn das Kraftfeld eingedrückt zu werden drohte, angewandt werden, weil die Annihilationsreaktion zwangsweise zu einer Strahlenverseuchung des Geländes führen würde. Das konnte für die Vermißten, die sich vielleicht in der Nähe der Kampfstätte aufhielten, Lebensgefahr bedeuten.

Der Zyklop war acht Meter lang und entsprechend »breit in den Schultern« – der Durchmesser seines Gehäuses betrug mehr als vier Meter. Sollte sich ein Felsspalt für ihn als unzugänglich erweisen, so konnte er die Öffnung dadurch erweitern, daß er entweder seine stählerne Teleskophand gebrauchte oder das Gestein beiseite fegte und mit dem Kraftfeld zermalmte. Aber ihm konnte auch nichts geschehen, wenn das Feld ausgeschaltet wurde, denn sein Keramik-Vanadium-Panzer war hart wie Diamant.

Im Innern des Zyklopen war ein Automat installiert, der sich der Männer annehmen sollte, wenn sie gefunden waren; auch Betten standen für sie bereit. Als alle Einrichtungen überprüft waren, glitt der Panzerkoloß schließlich sonderbar leicht die Rampe hinunter, passierte, wie von einer unsichtbaren Kraft getragen – er wirbelte, selbst wenn er schnell fuhr, keinen Staub auf –, die mit blauem Licht markierten Durchgänge im Kraftfeld des »Unbesiegbaren« und geriet den am Heck versammelten Männern bald aus den Augen.

Etwa eine Stunde lang funktionierte die Funk- und Fernsehverbindung zwischen dem Zyklopen und der Steuerzentrale einwandfrei. An dem großen Obelisken, der aussah wie ein umgekippter Kirchturm und der teilweise die Sicht auf die Felswände versperrte, erkannte Rohan den Eingang der Schlucht wieder, wo der Angriff stattgefunden hatte. Auf der ersten, mit großen Gesteinsbrocken übersäten Geröllhalde verringerte sich die Geschwindigkeit ein wenig. Die Männer an den Bildschirmen hörten sogar den Bach plätschern, der unter den Felstrümmern verborgen war – so lautlos arbeitete der Atomantrieb des Zyklopen.

Die Nachrichtenleute konnten bis zwei Uhr vierzig Bild und Ton aufrechterhalten, dann hatte der Zyklop den flachen und gangbaren Teil der Schlucht durchquert und war im Labyrinth des rostigen Gestrüpps angelangt. Dank den Anstrengungen der Funktechniker gelang es, noch vier Meldungen durchzugeben und zu empfangen, aber bereits die fünfte war derart verstümmelt, daß sie sich den Inhalt zusammenreimen mußten: Das Elektronengehirn des Zyklopen teilte mit, daß er einwandfrei vorankomme.

Da startete Horpach vom »Unbesiegbaren« aus genau

nach Plan eine mit einem Fernsehrelais ausgerüstete Flugsonde. Sie stieg steil zum Himmel auf und war in wenigen Sekunden verschwunden. Dafür empfing die Zentrale ihre Signale. Gleichzeitig tauchte, aus einer Meile Höhe gesehen, eine malerische Landschaft auf: lauter zerklüftete Felsen, mit rostroten und schwarzen Buschstreifen überzogen. Minuten später entdeckten sie in der Tiefe mühelos den Zyklopen, der sich auf dem Grunde der großen Schlucht vorwärtsschob und wie eine stählerne Faust glänzte. Horpach, Rohan und die Leiter der Spezialistengruppen standen an den Bildschirmen in der Steuerzentrale. Der Empfang war gut, aber sie hatten im voraus einkalkuliert, daß er sich verschlechterte oder unterbrochen wurde, deshalb waren weitere Sonden startklar, die als Übertragungsstationen dienen sollten. Der Chefingenieur war fest überzeugt, daß die Verbindung mit dem Zyklopen im Falle eines Angriffs abreißen würde, und mit Hilfe der Sonden würden sie wenigstens seine Operationen beobachten können.

Die vor den Bildschirmen versammelten Männer bemerkten in dem weiten Blickfeld, das sich dank dem hohen Flug der Telesonde vor ihnen auftat, daß die Maschine nur noch einige hundert Meter von den Transportern im Felsentor entfernt war, die den weiteren Weg versperrten – die Elektronenaugen des Zyklopen konnten das nicht sehen. Nach Lösung seiner Aufgaben sollte der Zyklop auf dem Rückweg zwei Raupenfahrzeuge abschleppen, die infolge eines Zusammenpralls ineinander verklemmt waren.

Die verlassenen Transporter sahen von oben wie kleine, grünliche Schachteln aus. Neben einem war eine zum Teil verkohlte Gestalt zu erkennen – der Leichnam des Mannes, den Rohan mit dem Werfer getroffen hatte.

Genau vor der Wegkehre, hinter der die Säulen des Felsentores aufragten, hielt der Zyklop an und näherte sich einer fast bis auf die Talsohle hinunterreichenden Matte aus

Metallgestrüpp. Gespannt beobachteten sie seine Bewegungen. Er öffnete vorn das Kraftfeld, um durch die Lücke den Inhaustor ausfahren zu können, der sich wie ein verlängerter Geschützlauf mit einer Greifhand aus der Hülse schob, ein paar Strauchbüschel packte und sie anscheinend mühelos aus dem felsigen Untergrund riß; danach setzte das Fahrzeug ein Stück zurück und kroch rückwärts in die Schlucht hinunter.

Die Operation war glatt verlaufen. Mit Hilfe der Telesonde, die über der Schlucht schwebte, wurde der Funkkontakt mit dem Gehirn des Zyklopen aufgenommen. Er meldete, daß eine von schwarzen »Insekten« wimmelnde Probe im Container untergebracht sei.

Der Zyklop hatte sich der Unglücksstelle bis auf hundert Meter genähert. Dort stand, mit dem gepanzerten Heck gegen den Fels gelehnt, Rohans zweiter Energoboter, mitten in dem Felsgang staken die beiden ineinander verklemmten Transporter, und ein Stück weiter entfernt war der vordere Energoboter. Ein feines Zittern der Luft bewies, daß er noch immer ein Kraftfeld erzeugte, so wie er es getan hatte, als Rohan ihn nach der Katastrophe seiner Gruppe zurückgelassen hatte. Der Zyklop schaltete erst über Fernsteuerung die Diracs des Energoboters aus, schwebte dann, nachdem er den Schub verstärkt und sich in die Luft erhoben hatte, geschickt über die schräg aufragenden Rücken der Transporter hinweg und setzte, nun bereits oberhalb des Engpasses, wieder auf den Felsbrocken auf. Da stieß einer der Beobachter in der Steuerzentrale des »Unbesiegbaren«, der 60 Kilometer von der Schlucht entfernt war, einen Warnruf aus. Das geschah in dem Augenblick, in dem der schwarze Pelz an den Hängen zu rauchen begann, in großen Wellen heftig über das irdische Fahrzeug herfiel und es im ersten Moment völlig unter sich begrub, als wäre ein Mantel aus pechähnlichem Rauch darübergeworfen worden. Doch gleich durchfuhr ein weitverästelter Blitz die ganze

Breite der angreifenden Wolke. Der Zyklop hatte seine Teufelswaffe nicht benutzt, es waren nur die von der Wolke erzeugten Energiefelder, die auf sein Kraftfeld gestoßen waren. Jetzt schien diese Hülle, die mit einer dicken Schicht wallender Schwärze behaftet war, lebendig geworden zu sein; bald schwoll sie an wie eine riesige Lavablase, bald zog sie sich zusammen, und dieses seltsame Spiel dauerte eine ganze Zeit. Die Männer hatten den Eindruck, als versuchte das ihren Blicken verborgene Fahrzeug die Myriaden von Angreifern zu teilen, die immer zahlreicher wurden, denn immer neue Wolkenlawinen wälzten sich in die Schlucht hinab. Der Lichtschein der Schutzsphäre war nicht mehr zu sehen, und nur der unheimliche Kampf zweier lebloser, aber gewaltiger Kräfte dauerte an in der dumpfen Stille. Schließlich seufzte einer der Männer vor dem Bildschirm auf: Die zuckende, schwarze Blase war in einem dunklen Trichter verschwunden, die Wolke hatte sich in eine Art riesigen, über die höchsten Felsgipfel hinausreichenden Strudel verwandelt; mit dem unteren Ende war sie an den unsichtbaren Gegner gekrallt, und ihre Spitze rotierte in bläulich schillernden, irrsinnigen Umdrehungen als kilometerlanger Mahlstrom. Keiner sagte ein Wort, aber alle hatten begriffen, daß die Wolke auf diese Weise versuchte, die Energieblase, in der das Fahrzeug stak wie der Kern in der Schale, zu zerquetschen.

Rohan sah undeutlich, daß der Astrogator schon den Mund öffnete, um den Chefingenieur neben sich zu fragen, ob das Feld standhalten werde. Doch er sagte nichts, er kam nicht dazu.

Der schwarze Strudel, die Wände der Schlucht, das Gestrüpp – all das war im Bruchteil einer Sekunde verschwunden. Es war ein Anblick, als hätte sich in der Tiefe der Klamm ein feuerspeiender Vulkan aufgetan: eine Fontäne aus Rauch, kochender Lava, Felsbrocken, und schließlich eine große Wolke, die eine Schleppe aus Dampfschleiern hinter sich herzog und immer höher hinaufjagte, bis der Dampf, der sicherlich vom siedenden Wasser des Baches stammte, die anderthalb Kilometer Höhe erreichte, wo die Telesonde flog. Der Zyklop hatte den Antimateriewerfer eingesetzt.

Keiner in der Steuerzentrale rührte sich, keiner gab einen Laut von sich, aber alle empfanden eine schadenfrohe Genugtuung; daß dieses Gefühl nicht verstandesbedingt war, tat seiner Intensität keinen Abbruch. Man hätte meinen können, die Wolke habe endlich einen ebenbürtigen Gegner gefunden. Im Augenblick des Angriffs war jede Verbindung mit dem Zyklopen unterbrochen, und seitdem sahen die Männer nur, was die Ultrakurzwellenstrahlen der Flugsonde über siebzig Kilometer vibrierender Atmosphäre hinweg sendeten. Von dem Kampf, der im Kessel der Schlucht entbrannt war, hatten auch die Leute außerhalb der Steuerzentrale erfahren. Der Teil der Besatzung, der damit beschäftigt gewesen war, die Aluminiumbaracke abzubauen, ließ die Arbeit liegen. Am Horizont im Nordosten wurde es hell, als wollte dort eine zweite Sonne aufgehen, gewaltiger als jene, die jetzt im Zenit stand. Dann legte sich über diesen Lichtschein eine Rauchsäule und ballte sich zu einem massigen Pilz.

Die Techniker, die die Arbeit der Telesonde zu überwachen hatten, mußten sie aus dem Kampfgetümmel abziehen und auf vier Kilometer Höhe bringen. So war sie der Zone heftiger, durch die dauernden Explosionen erzeugter Luftströmungen entronnen. Weder die Felsen, die die Schlucht säumten, noch die zottigen Hänge, ja nicht einmal die aus ihnen hervorgekrochene schwarze Wolke waren zu sehen. Brodelnde Feuerzipfel und Rauchfetzen, von den parabelförmigen Bahnen glühender Trümmer durchkreuzt, füllten die Bildschirme. Die Phonometer der Sonde übertrugen anhaltendes, mal schwächeres, mal stärkeres Donnergrollen, als würde ein beträchtlicher Teil des Kontinents von einem Erdbeben geschüttelt.

Daß der unheimliche Kampf nicht zu Ende ging, war erstaunlich. In einigen Sekunden würde der Grund der Schlucht und die ganze Umgebung des Zyklopen den Schmelzpunkt erreicht haben, die Felsen würden sich senken, zusammenstürzen und sich in Lava verwandeln, und da war tatsächlich schon der glutrot glänzende Strom zu sehen, der sich einen Weg zu dem einige Kilometer entfernten Ausgang der Schlucht bahnte.

Horpach überlegte einen Augenblick, ob sich die Elektronenschalter des Werfers vielleicht verklemmt hatten, weil es schier unmöglich schien, daß die Wolke ihren Angriff auf einen Gegner fortsetzte, der solche vernichtenden Schläge gegen sie führte; aber als die Sonde auf einen neuen Befehl noch höher gestiegen war und die Grenzen der Troposphäre erreicht hatte, bewies ihm der Bildschirm, daß er sich irrte.

Jetzt umfaßte das Blickfeld bereits rund vierzig Quadratkilometer. Das zerklüftete Gelände war erstaunlich in Bewegung geraten. Langsam, wie in Zeitlupe – allerdings rief nur die Entfernung, aus der sie die Vorgänge beobachteten, diesen Eindruck hervor – quollen von dunkelgefleckten Felshängen, aus Spalten und Höhlen im Gestein immer neue schwarze Knäuel hervor, stiegen auf, verbanden und verdichteten sich im Fluge und strebten dem Kampfplatz zu. Minutenlang sah es aus, als würden die unaufhörlich in den Kampf geworfenen dunklen Lawinen das Atomfeuer erdrücken, allein durch ihre Masse ersticken und auslöschen, aber Horpach kannte die Energiereserven des von Menschenhand geschaffenen Ungetüms.

Ein ohrenbetäubendes Donnern, das nun nicht mehr verstummte, drang aus den Lautsprechern und füllte die Steuerzentrale; zugleich bohrten sich drei Kilometer hohe Flammen in die unförmige Masse der angreifenden Wolke, rotierten langsam und bildeten eine Art Feuermühle. Die Luft vibrierte in ganzen Schichten und bog sich von der Glut, deren Zentrum sich gleichzeitig verschob.

Der Zyklop fuhr aus unerklärlichen Gründen rückwärts und wich, ohne auch nur eine Sekunde den Kampf einzustellen, allmählich zum Ausgang der Schlucht zurück. Vielleicht rechnete sein Elektronengehirn damit, daß die Felshänge infolge der Atomexplosionen barsten und auf ihn stürzten. Obwohl er auch das unversehrt überstanden hätte, konnte es doch seine Manövrierfähigkeit beeinträchtigen. Genug, der kämpfende Zyklop bemühte sich, in offenes Gelände zu gelangen, und in dem brodelnden Durcheinander war nicht mehr zu erkennen, was Feuer aus seinen Werfern, was Qualm, was Wolkenfetzen und was Trümmer herabstürzender Felsnadeln waren.

Die Naturkatastrophe schien ihren Höhepunkt erreicht zu haben. Im nächsten Augenblick aber geschah etwas Unglaubliches. Das Bild flammte auf, erhellte sich zu einem furchtbar grellen, die Augen blendenden Weiß und bedeckte sich mit einem Gewimmel unzähliger Explosionen. In einem neuerlichen Zustrom von Antimaterie wurde alles, was unter dem Zyklopen lag, vernichtet. Luft, Trümmer, Dampf, Rauch und Gase – all das spaltete, in härteste Strahlung verwandelt, die Schlucht in zwei Teile, schloß die Wolke im Umkreis von einem Kilometer in den Bereich der Annihilation ein und flog hoch, wie durch eine Katastrophe im Planeteninnern emporgeschleudert.

Der »Unbesiegbare«, der siebzig Kilometer vom Epizentrum des entsetzlichen Schlages entfernt war, schwankte, seismische Wellen pflanzten sich über die Wüste fort, die Transporter und die Energoboter unter der Rampe rutschten zur Seite, und wenige Minuten später fegte vom Gebirge her ein scharfer, heulender Sturm heran, versengte mit glühendem Atem die Gesichter der Männer, die hinter den Maschinen Schutz suchten, peitschte wirbelnde Sandwände hoch und jagte weiter über die große Wüste.

Ein Splitter hatte offenbar die Fernsehsonde getroffen, obwohl sie zu dieser Zeit bereits dreizehn Kilometer vom

Ort der Katastrophe entfernt war. Die Verbindung brach nicht ab, doch das Bild, über und über mit Störungen bedeckt, verschlechterte sich erheblich. Eine weitere Minute verging, und als sich die Rauchschwaden ein wenig verzogen hatten, bekam Rohan, der angestrengt auf den Bildschirm starrte, die nächste Etappe des Kampfes zu sehen.

Der Kampf war noch nicht zu Ende, wie er kurz zuvor geglaubt hatte. Wären lebende Wesen die Angreifer gewesen, so hätte das Massaker, dem sie anheimfielen, die folgenden Reihen wohl zur Umkehr bewegt oder sie zumindest gezwungen, vor der lodernden Hölle haltzumachen. Hier aber kämpfte Totes gegen Totes; das Atomfeuer erlosch nicht, sondern änderte nur Gestalt und Richtung des Hauptangriffs. Da begriff Rohan zum erstenmal oder ahnte vielmehr, wie die Kämpfe ausgesehen haben mochten, die einst auf der öden Oberfläche der Regis III getobt hatten, als sich die Roboter untereinander zermalmt und vernichtet hatten, welcher Formen der Selektion sich die tote Evolution bedient und was Lauda mit den Worten gemeint hatte, die Pseudoinsekten hätten gesiegt, weil sie am besten angepaßt waren. Zugleich durchzuckte ihn der Gedanke, daß hier schon einmal etwas Ähnliches geschehen war, daß das tote, unzerstörbare, durch die Sonnenenergie in winzigen Kristallen festgehaltene Gedächtnis der Billionenwolke Kenntnisse solcher Zusammenstöße enthielt, daß die leblosen Teilchen – ein Nichts im Vergleich mit den alles vernichtenden Flammen, den felsenfressenden Entladungen – vor Jahrtausenden mit ebensolchen versprengten Einzelgängern, schwer gepanzerten Riesen und Atommammuten aus dem Geschlecht der Roboter hatten fertig werden müssen. Was ihr Überdauern ermöglicht und was bewirkt hatte, daß die Metallwände dieser Riesenungeheuer wie verrostete Lappen zerfetzt und zusammen mit den nun vom Sand verschütteten Skeletten der einstmals verläßlichen

Elektronenmechanismen durch die große Wüste geschleift worden waren, das stellte eine unglaubliche, unbeschreibliche Kühnheit dar, wenn man eine solche Bezeichnung bei den winzigen Kristallen der gigantischen Wolke überhaupt anwenden konnte. Aber wie anders sollte man es nennen? Und er konnte sich eines unwillkürlichen Gefühls der Bewunderung beim Anblick ihrer weiteren Aktionen nicht erwehren.

Denn ungeachtet der bisherigen Hekatombe setzte die Wolke ihren Angriff fort. Jetzt ragten aus der Wolkendecke, die über das ganze, aus der Höhe überschaubare Gelände gebreitet war, nur noch vereinzelt die höchsten Berggipfel heraus. Alles andere, der ganze Schluchtengürtel, verschwand unter einer Flut schwarzer Wellen, die konzentrisch vom Horizont heranjagten und in den Feuertrichter hinabgerissen wurden, dessen Mittelpunkt der Zyklop bildete, der unter der flimmernden Glut nicht zu sehen war. Dieser mit ungeheuren, scheinbar sinnlosen Opfern erkaufte Vorstoß war jedoch nicht ohne Aussicht auf Erfolg.

Das wußten Rohan und die Männer, die machtlos dem Schauspiel zusahen, das ihnen der Bildschirm in der Steuerzentrale bot. Die Energiereserven des Zyklopen waren praktisch unerschöpflich, aber je länger das Annihilationsfeuer dauerte, desto heißer mußte es in der Maschine werden, da sich trotz der mächtigen Schutzvorrichtungen, trotz der Antistrahlenreflektoren den Werfern immerhin ein Bruchteil der Sterntemperaturen mitteilte und an den Ausgangspunkt zurückkehrte. Deshalb wurde der Angriff mit solcher Verbissenheit fortgesetzt, deshalb von allen Seiten zugleich vorgetragen. Je dichter an den Panzerplatten die Antimaterieteilchen mit dem todgeweihten Kristallhagel zusammenprallten, um so stärker erhitzten sich alle Apparaturen. Längst hätte es kein Mensch mehr im Innern des Zyklopen ausgehalten, vielleicht war der Keramikpanzer schon rotglühend, aber unter der Kuppel der Rauchschwaden sahen sie nur die pulsierende, hellblaue Feuerblase, die langsam, Schritt für Schritt, dem Ausgang der Schlucht zukroch, so daß die Stelle, an der die Wolke erstmals angegriffen hatte, bereits drei Kilometer weiter nördlich auftauchte und die gräßliche, verbrannte, schlacke- und lavabedeckte Bodenkruste zu erkennen war. Von geborstenen Felsen hingen Überreste des zu Asche gewordenen Gestrüpps herab, in denen Metallklümpchen klebten: von der Kernexplosion getroffene, geschmolzene Kristalle.

Horpach befahl, die Lautsprecher auszuschalten, die in der Steuerzentrale ohrenbetäubenden Lärm verursachten, und fragte Jazon, was geschehen würde, wenn die Temperatur im Innern des Zyklopen die Hitzebeständigkeit des Elektronengehirns überstiege.

Der Wissenschaftler antwortete, ohne zu zögern: »Der Werfer schaltet sich aus.«

»Und das Kraftfeld?«

»Das nicht.«

Das Kampfgebiet hatte sich mittlerweile in die Ebene vor den Ausgang der Schlucht verlagert. Das tintenfarbene Flammenmeer kochte, blähte sich, strudelte und stürzte mit höllischen Sprüngen in den feurigen Schlund.

»Aber das wird wohl gleich geschehen«, sagte Kronotos in die Stille hinein, die von dem nun stummen, sich wild aufbäumenden Bild ausging. Wieder verstrich eine Minute. Plötzlich wurde der Lichtschein des feurigen Trichters merklich schwächer. Die Wolke hatte ihn verdeckt.

»Sechzig Kilometer von uns entfernt«, antwortete der Nachrichtentechniker auf Horpachs Frage.

Der Astrogator gab Alarm. Die Besatzung ging an die Plätze. Der »Unbesiegbare« zog die Rampe und den Personenlift ein und schloß die Luken. Auf dem Bildschirm war von neuem ein Flackern zu sehen. Wieder war der Feuertrichter da. Diesmal griff die Wolke nicht an. Nur ein paar Fetzen von ihr leuchteten, vom Feuer erfaßt, hell auf, ihr ganzer übriger Teil wich in Richtung der Schluchten zurück, drang in das Labyrinth ein, über dem dichte Schatten lagen, und vor den Augen der Männer tauchte der Zyklop auf, anscheinend unversehrt. Noch immer schob er sich sehr langsam rückwärts und vernichtete mit Dauerbeschuß seine ganze Umgebung – Felsen, Sand und Dünen.

»Warum schaltet er den Werfer nicht aus?« rief einer.

Als hätte die Maschine die Worte gehört, stellte sie das Feuer ein, wendete und rollte mit wachsender Geschwindigkeit der Wüste zu. Hoch über ihr folgte die Flugsonde. Mit einemmal sahen die Männer etwas wie einen dünnen Feuerfaden unglaublich schnell auf sie zurasen. Ehe sie begriffen, daß der Werfer des Zyklopen auf die Sonde geschossen hatte und das, was sie sahen, ein Streifen annihilierter Luftteilchen auf der Schußbahn war, schraken sie unwillkürlich zurück, als fürchteten sie, daß die Entladung aus dem Leuchtschirm sprang und in der Steuerzentrale explodierte. Gleich darauf verschwand das Bild, und nur der leere, weiße Schirm starrte sie an.

»Er hat die Sonde zertrümmert, Steuerzentrale!« schrie der Techniker am Steuerpult. Horpach befahl, eine zweite Sonde zu starten. Der Zyklop hatte sich inzwischen dem »Unbesiegbaren« so sehr genähert, daß sie ihn gleich erblickten, als die Sonde Höhe gewonnen hatte. Eine neue, fadendünne Leuchtspur – und die zweite Sonde war zerstört. Bevor das Bild verschwand, konnten sie noch das eigene Raumschiff erkennen. Der Zyklop war nicht weiter als zehn Kilometer entfernt.

»Der ist wohl verrückt geworden«, sagte der zweite Techniker an der Apparatur, und seine Stimme zitterte vor Erregung. Bei diesen Worten fiel es Rohan wie Schuppen von den Augen. Er blickte den Kommandanten an und begriff, daß dieser das gleiche dachte wie er. Ihm war, als senkte sich ihm ein sinnloser, bleierner Schlaf in die Glieder, den Kopf, den ganzen Körper. Aber die Befehle waren gegeben: Der

Kommandant hatte angeordnet, eine vierte und eine fünfte Sonde abzuschießen. Der Zyklop vernichtete sie alle. Wie ein Meisterschütze, der sich mit Zielschießen vergnügt, holte er sie herunter.

»Ich brauche volle Kraft«, sagte Horpach, ohne den Bildschirm aus den Augen zu lassen.

Wie ein Pianist griff der Chefingenieur mit beiden Händen in die Tasten des Verteilerpults.

»Volle Startkraft in sechs Minuten«, antwortete er.

»Ich brauche volle Kraft«, wiederholte Horpach in gleichem Ton, und in der Steuerzentrale wurde es so still, daß man das Summen der Relais hinter den Emaillewänden hören konnte. Es klang, als wäre dort ein Bienenschwarm erwacht.

»Das Reaktorgehäuse ist zu kalt«, wollte der Chefingenieur einwenden, doch da drehte Horpach sich zu ihm und sagte zum drittenmal mit unveränderter Stimme: »Ich brauche volle Kraft!«

Der Ingenieur griff wortlos zum Hauptschalter. In der Tiefe des Raumschiffes blökten kurz die Alarmsirenen, und wie entfernter Trommelwirbel folgten die Schritte der Männer, die auf die Kampfposten eilten. Wieder sah Horpach zu dem Bildschirm hin. Keiner sagte etwas, aber jetzt hatten alle verstanden, daß das Unmögliche geschehen war: Der Astrogator rüstete zum Kampf gegen den eigenen Zyklopen.

Zitternd richteten sich die Zeiger an den Geräten aus wie Soldaten. In den Leuchtrahmen des Leistungsanzeigers erschienen fünfstellige, dann sechsstellige Zahlen. Irgendwo sprühten Funken aus der Leitung, Ozongeruch breitete sich aus. Im hinteren Teil der Steuerzentrale verständigten sich die Techniker durch Handzeichen, welches Kontrollsystem einzuschalten sei.

Die nächste Sonde zeigte vor ihrer Vernichtung den länglichen Schädel des Zyklopen, und man sah, wie er sich zwischen den Felswänden hindurchzwängte. Dann war das Bild wieder leer und stach mit seinem silbrigen Weiß in die Augen. Jeden Moment mußte die Maschine bereits in Direktübertragung auftauchen. Der Bootsmann am Radarschirm war bereit, eine Außenbugfernsehkamera über die Spitze des Raumschiffes auszufahren, durch die das Blickfeld vergrößert wurde. Der Nachrichtentechniker schoß die nächste Sonde ab. Der Zyklop schien sich nicht geradenwegs auf den »Unbesiegbaren« zuzubewegen, der ihn in voller Kampfbereitschaft unter der Wölbung des Kraftfeldes erwartete. In gleichmäßigen Abständen stoben Fernsehsonden aus seinem Bug.

Rohan wußte, daß der »Unbesiegbare« eine Ladung Antimaterie aufhalten konnte, aber die Stoßenergie abzufangen, mußte Verluste der Energiereserven verursachen. In dieser Situation hielt er es für das vernünftigste umzukehren, das heißt, sich auf eine stationäre Umlaufbahn zu begeben. Jede Minute rechnete er mit dem Befehl, aber Horpach schwieg unbegreiflich, als glaubte er, das Elektronengehirn der Maschine würde zur Besinnung kommen. Tatsächlich fragte er, mit schwerem Blick den Bewegungen der dunklen Gestalt folgend, die lautlos zwischen den Dünen dahinglitt: »Sie rufen ihn doch?«

»Jawohl. Keine Verbindung.«

»Sendet: Sofort stop!«

Die Techniker machten sich an den Pulten zu schaffen. Zwei-, drei-, viermal zuckten Lichtstreifen unter ihren Händen auf.

»Keine Antwort, Astrogator.«

Warum startet er nicht? Rohan konnte es nicht fassen. Will er sich die Niederlage nicht eingestehen? Was für ein Blödsinn! Horpach! Er hat sich bewegt ... jetzt ... jetzt ... befiehlt er ... Aber der Astrogator trat nur einen Schritt zurück.

»Kronotos?«

Der Kybernetiker näherte sich ihm. »Hier.«

»Was können sie mit ihm gemacht haben?«

Rohan war betroffen. Horpach hatte »sie« gesagt, als hätte er es wirklich mit denkenden Gegnern zu tun.

»Die autonomen Stromkreise sind auf Kriotronen«, begann Kronotos, und es war zu spüren, daß er nur Vermutungen aussprechen würde. »Die Temperatur ist angestiegen, sie haben die Supraleitfähigkeit verloren ...«

»Wissen Sie das, Doktor, oder rätseln Sie herum?« fragte der Astrogator.

Es war ein sonderbares Gespräch. Alle starrten den Bildschirm an, auf dem der Zyklop jetzt ohne Übertragung durch die Sonde zu sehen war und mit flüssigen und doch etwas unsicheren Bewegungen vorwärtskroch – er wich mitunter vom Kurs ab, als wäre er noch im Zweifel, welchem Ziel er eigentlich zustrebte. Er schoß ein paarmal auf die nun überflüssige Telesonde, ehe er sie traf. Sie sahen sie wie eine grelle Leuchtkugel fallen.

»Das einzige, was ich mir vorstellen kann, ist eine Resonanz«, sagte der Kybernetiker nach kurzem Zögern. »Wenn sich ihr Feld mit der Selbstwecktendenz des Hirns gedeckt hat ...«

»Und das Kraftfeld?«

»Ein Kraftfeld schirmt ein magnetisches Feld nicht ab.«

»Schade«, bemerkte der Astrogator trocken.

Allmählich ließ die Spannung nach, weil der Zyklop nun offensichtlich nicht mehr auf das Mutterschiff zusteuerte. Die Entfernung zwischen ihnen, die eine Minute zuvor sehr klein gewesen war, wurde wieder größer. Das Fahrzeug, das der menschlichen Kontrolle entzogen war, wandte sich hinaus in die Weiten der nördlichen Wüste.

»Der Chefingenieur wird mich vertreten«, sagte Horpach. »Die anderen Herren bitte ich nach unten.«

Die lange Nacht

Rohan wurde vor Kälte wach. Verschlafen kuschelte er sich unter seiner Decke zusammen und preßte das Gesicht ins Kissen. Er versuchte, das Gesicht mit den Händen zuzudekken, aber immer heftigere Kälte umfing ihn. Er wußte, daß er zu sich kommen mußte, aber er zögerte den Augenblick hinaus, ohne zu wissen warum. Mit einemmal richtete er sich im Dunkeln in seiner Koje auf. Ein eisiger Lufthauch traf ihn mitten ins Gesicht. Er sprang aus der Koje und tastete sich leise fluchend zur Klimaanlage. Als er sich hingelegt hatte, war ihm so heiß gewesen, daß er den Knopf auf kalt gedreht hatte.

Allmählich erwärmte sich die Luft in der kleinen Kajüte, trotzdem konnte er, unter der Decke zusammengekauert, nicht wieder einschlafen. Er blickte auf das Leuchtzifferblatt seiner Armbanduhr – drei Uhr Bordzeit. Wieder nur drei Stunden Schlaf, dachte er wütend. Er fror noch immer. Die Beratung hatte lange gedauert, erst um Mitternacht waren sie auseinandergegangen. Soviel Gerede um nichts und wieder nichts, dachte er. Jetzt, in dieser Dunkelheit, hätte er wer weiß was darum gegeben, in der Raumstation zu sein. Nichts mehr hören und sehen von der verfluchten Regis III, von ihrem toten und wie der Tod erfinderischen Alptraum! Die meisten Strategen hatten geraten, auf Umlaufbahn zu gehen, nur der Chefingenieur und der Chefphysiker hatten von Anfang an Horpachs Meinung vertreten: bleiben, solange wie möglich. Die Chance, die vier Vermißten aus Regnars Gruppe zu finden, stand vielleicht eins zu hunderttausend, oder nicht einmal soviel. Wenn sie nicht schon vorher umgekommen waren, dann konnte nur große Entfernung vom Kampfplatz sie vor der Atomhölle gerettet haben. Rohan hätte sehr gern erfahren, ob der Astrogator nur wegen der vier Leute nicht gestartet war, oder ob dabei andere Überlegungen eine Rolle gespielt hatten. Wie sich die Sache hier ansah, das war eine Seite; ganz anders würde sie in den dürren Worten eines Berichts und im ruhigen Licht der Raumstation wirken. Dort würde man sagen, daß sie die Hälfte der Geländefahrzeuge und die Hauptwaffe, den Zyklopen mit dem Antimateriewerfer, eingebüßt hatten, der künftig eine zusätzliche Gefahr für jedes Raumschiff darstellen würde, das auf dem Planeten landete, daß sie sechs Menschenleben zu beklagen hatten und daß darüber hinaus die halbe Besatzung krankenhausreif und für Jahre, vielleicht für immer, fluguntauglich war. Und wegen dieser Verluste an Menschen, Maschinen und den besten Geräten waren sie vor mikroskopisch winzigen Kristallen, den Geschöpfen eines kleinen Wüstenplaneten, dem toten Überbleibsel der auf der Erde längst überholten Leierzivilisation, davongelaufen – denn was wäre jetzt eine Umkehr anderes als eine ganz gewöhnliche Flucht. Aber war Horpach ein Mensch, der solche Beweggründe berücksichtigte? Vielleicht wußte er selbst nicht genau, warum er nicht startete? Vielleicht wartete er auf irgend etwas? Aber auf was? Freilich, die Biologen hatten von der Möglichkeit gesprochen, jene toten Insekten mit ihrer eigenen Waffe zu schlagen. Wenn diese Art eine Evolution durchgemacht hatte, schlußfolgerten sie, so könnte man ihre weitere Entwicklung steuern. Zunächst müsse man bei einer erheblichen Menge eingefangener Exemplare Mutationen, bestimmte Erbveränderungen, hervorrufen, die im Laufe der Vermehrung bei den nachfolgenden Generationen wieder auftreten und die ganze kristalline Rasse unschädlich machen würden. Es müsse eine sehr spezifische Veränderung sein, eine Veränderung, die sofort einen Nutzeffekt verspreche und zugleich bewirke, daß der neue Typ eine

Achillesferse, einen wunden Punkt aufweise, den man angreifen könne. Aber das war eben das übliche, spekulative Geschwätz von Theoretikern: Sie hatten keine Ahnung, was für eine Mutation, was für eine Veränderung das sein sollte, wie sie zu erreichen war, wie viele dieser verfluchten Kristalle zu fangen waren, ohne abermals einen Kampf wagen zu müssen, in dem eine Niederlage noch größer sein könnte als am Tage zuvor. Selbst wenn alles gut ginge, wie lange müßte man auf die Ergebnisse dieser neuen Evolution warten? Doch nicht nur Tage und Wochen. Sollten sie etwa um die Regis kreisen wie auf einem Karussell, ein Jahr, zwei oder gar zehn Jahre? All das hatte keinen Sinn.

Rohan merkte, daß er die Klimaanlage zu weit aufgedreht hatte: Wieder war es zu heiß geworden. Er schleuderte die Decke weg, stand auf, wusch sich, kleidete sich rasch an und verließ die Kabine.

Der Fahrstuhl war nicht da. Er drückte auf den Knopf, und während er in dem Halbdunkel wartete, das nur die hüpfenden Lichter des Indikators erhellten, horchte er, die dumpfe Last durchwachter Nächte und angespannter Tage im Schädel, mit hämmernden Schläfen in die nächtliche Stille hinein, die über dem Raumschiff lag. Manchmal blubberte es in unsichtbaren Leitungen, aus den unteren Stockwerken drang das gedämpfte Murmeln der leerlaufenden Triebwerke herauf, die dauernd startbereit waren. Ein trockener, metallisch riechender Lufthauch wehte aus den vertikalen Schächten neben der Plattform, auf der er stand. Die Tür schob sich zur Seite, er betrat den Fahrstuhl. Im achten Stock stieg er aus. Hier bog der Korridor ab und führte am Hauptpanzer entlang, von einer Kette blauer Lämpchen beleuchtet. Er ging, ohne zu wissen wohin. Unwillkürlich hob er die Füße an den richtigen Stellen, um über die hohen Schwellen der hermetischen Trennwände zu steigen, bis er die Schatten des Bedienungspersonals am Hauptreaktor erblickte. Der Raum war dunkel, nur ein paar

Dutzend Zeiger blinkten an den Tafeln. Darunter, in den vorgezogenen Sesseln, saßen die Männer.

»Die leben nicht mehr«, sagte einer. Rohan konnte nicht erkennen, wer es war.

»Wetten? Im Umkreis von fünf Meilen waren tausend Röntgen. Die leben nicht mehr, darauf kannst du dich verlassen.«

»Wozu sitzen wir dann noch hier herum?« brummte ein zweiter. Nicht die Stimme, sondern der Platz, den er einnahm – er saß an der gravimetrischen Kontrollapparatur –, verriet Rohan, daß es Bootsmann Blank war.

»Weil der Alte nicht umkehren will.«

»Und du, würdest du's tun?«

»Was bleibt uns übrig?«

In dem Raum war es warm, und in der Luft lag der eigenartige, künstliche Fichtennadelduft, durch den die Klimaanlagen den Geruch zu mildern suchten, den die bei der Arbeit des Reaktors erhitzten Plastteile und Bleche des Gehäuses ausströmten. Am Ende entstand daraus ein Gemisch, das nur hier im achten Stock zu finden war.

Rohan hatte sich, für die Männer in den Sesseln unsichtbar, mit dem Rücken gegen die Schaumgummiverkleidung der Trennwand gelehnt. Nicht daß er sich absichtlich verbarg, er wollte einfach nicht an diesem Gespräch teilnehmen.

»Gleich hat er uns erreicht«, fuhr ein anderer nach kurzem Schweigen fort. Der Mann beugte sich vor, und augenblickslang war sein Gesicht zu sehen, halb rosa, halb gelb vom Schein der Kontrollämpchen, mit denen die Reaktorwand die davor hockenden Männer anzustarren schien. Wie alle, erfaßte Rohan sofort, von wem die Rede war.

»Wir haben das Feld und das Radargerät«, knurrte der Bootsmann unwillig.

»Das Feld nützt gerade was, wenn er auf ein Billierg Beschuß herankommt!«

»Der Radar läßt ihn nicht ran.«

»Wem sagst du das? Ich kenne ihn doch wie meine Westentasche.«

»Na und?«

»Er hat immerhin einen Antiradar. Störsysteme ...«

»Aber er ist doch völlig durcheinander, ein elektronischer Geistesgestörter.«

»Ein schöner Geistesgestörter. Warst du in der Steuerzentrale?«

»Nein, hier.«

»Aber ich. Schade, daß du nicht gesehen hast, wie er unsere Sonden zertrümmert hat.«

»Soll das vielleicht heißen, daß sie ihn umprogrammiert haben, daß er bereits unter ihrer Kontrolle steht?«

Alle sagen »sie«, dachte Rohan, als wären es wirklich vernunftbegabte Lebewesen.

»Wer weiß. Angeblich ist nur die Verbindung gestört.«

»Warum sollte er also auf uns feuern?«

Wieder trat Stille ein.

»Steht denn nicht fest, wo er ist?« fragte der Mann, der nicht in der Steuerzentrale gewesen war.

»Nein. Die letzte Meldung ist um elf eingetroffen. Kralik hat es mir gesagt. Sie haben ihn gesehen, als er sich durch die Wüste trollte.«

»Weit von hier?«

»Dir geht wohl die Düse? Neunzig Meilen. Für ihn ist das eine knappe Stunde. Oder weniger.«

»Jetzt habt ihr aber genug leeres Stroh gedroschen!« fuhr Bootsmann Blank, dessen scharfes Profil sich von dem bunten Flackern der Lämpchen abhob, ärgerlich dazwischen.

Die Männer verstummten. Rohan drehte sich langsam um und entfernte sich ebenso leise, wie er gekommen war. Sein Weg führte ihn an beiden Laboratorien vorbei; im großen waren die Lampen gelöscht, im kleinen brannte Licht.

Er sah den Schein der Deckenleuchten auf den Gang fallen. Rohan warf einen Blick hinein. An dem runden Tisch saßen nur Kybernetiker und Physiker – Jazon, Kronotos, Sarner, Liwin, Saurahan und einer, der den anderen den Rücken zuwandte und im Schatten der schrägen Trennwand ein großes Elektronengehirn programmierte.

»Es gibt zwei Eskalationslösungen, Annihilation oder Selbstvernichtung. Alles andere läuft auf veränderte Existenzbedingungen der Wolke hinaus«, sagte Saurahan. Rohan rührte sich nicht von der Stelle. Wieder einmal stand er da und lauschte.

»Die erste beruht darauf, einen Lawinenprozeß auszulösen. Dazu braucht man einen Antimateriewerfer, der in die Schlucht fährt und dort bleibt.«

»Einer war schon dort«, sagte jemand.

»Wenn er kein Elektronengehirn hat, dann ist er selbst bei Temperaturen von mehr als einer Million Grad noch aktionsfähig. Einen Plasmawerfer braucht man dazu. Plasma ist unempfindlich gegen Sterntemperaturen. Die Wolke wird sich genauso verhalten wie früher – sie wird versuchen, ihn abzuwürgen, Resonanz zu finden in den Steuerstromkreisen, aber Stromkreise werden nicht da sein. Nichts wird sich abspielen außer einer unterschwelligen Kernreaktion. Je mehr Materie in die Reaktion einbezogen wird, um so heftiger wird sie sein. Auf diese Weise kann man die ganze Nekrosphäre des Planeten an einer Stelle zusammenfassen und annihilieren ...«

Nekrosphäre, dachte Rohan. Ach so, weil diese winzigen Kristalle leblos sind. Nein, diese Wissenschaftler! Die finden doch immer einen hübschen, neuen Namen.

»Am besten gefällt mir die Variante der Selbstvernichtung«, sagte Jazon. »Aber wie stellen Sie sich das vor?«

»Na, sie beruht darauf, daß man zunächst eine getrennte Konsolidierung zweier großer ›Wolkengehirne‹ herbeiführt und sie dann zusammenstoßen läßt. Damit soll erreicht werden, daß jede Wolke die andere für einen Konkurrenten im Existenzkampf hält.«

»Schön. Aber wie wollen Sie das anfangen?«

»Es ist nicht einfach, aber immerhin möglich, sofern die Wolke nur ein Pseudogehirn ist, also unfähig, logisch zu folgern.«

»Das sicherste ist trotzdem die Veränderung der Existenzbedingungen über die Senkung der durchschnittlichen Strahlungsintensität«, sagte Sarner. »Vier Wasserstoffentladungen von fünfzig bis hundert Megatonnen pro Hemisphäre, insgesamt knapp achthundert, genügen. Das Wasser der Ozeane verdampft und verdichtet die Wolkendecke, die Albedo wächst, und die Symbionten am Boden können nicht mehr das zu ihrer Vermehrung notwendige Energieminimum an sie abgeben.«

»Diese Rechnung geht nicht auf«, wandte Jazon ein. Als Rohan sah, daß gleich ein fachlicher Streit ausbrechen würde, trat er von der Tür zurück und ging weiter.

Statt mit dem Fahrstuhl kehrte er über eine stählerne Wendeltreppe zurück, die sonst kaum benutzt wurde. Ein Stockwerk nach dem anderen blieb unter ihm. Er sah in der Reparaturhalle de Vries' Männer mit sprühenden Schweißbrennern an den dunklen, reglosen großen Arctanen arbeiten. Von weitem bemerkte er die Bullaugen des Lazaretts, die ein gedämpftes lila Licht verbreiteten. Ein Arzt in weißem Kittel lief lautlos den Korridor entlang; ihm folgte ein kleiner Automat, der einen Satz blitzender Instrumente trug. Rohan ließ die Messen hinter sich, die leer und dunkel waren, die Klubräume, die Bibliothek, und langte schließlich in seinem Stockwerk an. Vor der Kabine des Astrogators verlangsamte er den Schritt, als wollte er auch hier lauschen; aber durch die glatte Türfläche drang kein Laut, kein Lichtstrahl, und die Bullaugen waren mit Kupfermuttern fest verschlossen. Erst in der Kabine spürte er wieder, wie müde er war. Gefühllos hingen ihm die Arme am Körper herab, er ließ sich schwer auf die Koje fallen, streifte die Schuhe von den Füßen und faltete die Hände im Nacken. So blieb er sitzen und sah zu der niedrigen, vom Nachtlämpchen nur spärlich beleuchteten, blaulackierten Decke auf, die in der Mitte einen Riß hatte.

Weder Pflichtgefühl noch Neugier auf die Gespräche und das Privatleben der anderen hatten ihn durch das Raumschiff getrieben. Er fürchtete sich einfach vor den einsamen Nachtstunden, denn dann suchten ihn Bilder heim, die er gerne vergessen hätte. Am schlimmsten verfolgte ihn die Erinnerung an den Mann, den er mit einem Nahschuß getötet hatte, damit er nicht die anderen umbrachte. Er hatte es tun müssen, aber das machte es ihm nicht leichter. Er wußte, wenn er jetzt das Licht löschte, dann müßte er jene Szene von neuem erleben, dann sähe er wieder den Mann vor sich, der mit mattem, gedankenverlorenem Lächeln dem schwankenden Weyr-Werfer in seiner Hand gehorchte und über den Toten hinwegstieg, der mit abgerissenem Arm auf den Steinen lag.

Dieser Tote wäre Jarg, der zurückgekehrt und nun, nachdem er wie durch ein Wunder davongekommen war, so sinnlos starb. Sekunden später würde der andere mit in Brusthöhe zerfetztem, qualmendem Schutzanzug über dem Leichnam zusammenbrechen. Vergebens würde er sich bemühen, die Bilder zu verdrängen, die ihm immer wieder gegen seinen Willen vor Augen traten – er spürte geradezu den scharfen Ozongeruch, den heißen Rückstoß des Kolbens, den er mit schwitzenden Fingern umkrampfte, und er vernahm das Winseln der Männer, die er kurz darauf hetzend und keuchend einen nach dem anderen herbeischleppte und wie Garben band, und jedesmal ließ ihn die verzweifelte Hilflosigkeit der vertrauten, jetzt gleichsam erblindeten Gesichter bis ins Innerste erschauern.

Ein dumpfes Klappen – das Buch, das er noch in der Raumstation angefangen hatte, war heruntergefallen. Als

Lesezeichen hatte er ein weißes Blatt hineingelegt, aber er hatte nicht eine Zeile gelesen, wann sollte er auch. Er streckte sich auf der Koje aus und dachte an die Strategen, die jetzt beisammensaßen und Pläne für die Vernichtung der Wolke schmiedeten, und sein Mund verzog sich zu einem geringschätzigen Lächeln. Hat ja alles keinen Sinn, dachte er. Sie wollen vernichten, wir auch, wir alle wollen jenes Etwas vernichten, aber damit retten wir niemanden. Die Regis ist unbewohnt, der Mensch hat auf ihr nichts zu suchen. Wozu also diese halsstarrige Verbissenheit? Es ist doch nicht anders, als wären die Männer bei einem Gewitter oder einem Erdbeben ums Leben gekommen. Niemandes bewußte Absicht, kein feindlich gesinnter Wille ist uns entgegengetreten. Ein lebloser Selbstorganisierungsprozeß ... Lohnt es denn, die ganze Kraft und Energie daran zu verschwenden, ihn zu zerstören, und nur, weil wir ihn von vornherein für einen lauernden Feind gehalten haben, der erst den »Kondor« und dann uns aus dem Hinterhalt angefallen hat? Wie viele unheimliche, menschlichen Begriffen fremde Erscheinungen mag der Kosmos in sich bergen? Sollen wir überall mit unseren Raumschiffen landen, Vernichtungswaffen an Bord, um all das, was unser Fassungsvermögen übersteigt, zu zerschlagen? Wie haben sie es kurzerhand genannt? Nekrosphäre. Folglich auch Nekroevolution. Entwicklung toter Materie. Vielleicht könnten die Bewohner der Leier hier mitreden, die Regis III gehörte zu ihrem Bereich. Möglich, daß sie sich auf ihr ansiedeln wollten, denn als ihre Astrophysiker die Verwandlung ihrer Sonne in eine Nova ankündigten, war das vielleicht ihre letzte Hoffnung. Wenn wir in einer solchen Lage wären, dann würden wir selbstverständlich kämpfen und die schwarze Kristallbrut ausrotten. Aber so? Ein Parsek von der Raumstation entfernt, die wieder so viele Lichtjahre von der Erde entfernt ist ... Wem zuliebe hocken wir eigentlich hier und verlieren unsere Leute, weshalb suchen die Strategen nächtelang nach der besten Annihilationsmethode? Von Rache kann doch nicht die Rede sein.

Wenn Horpach jetzt vor ihm stände, würde er ihm all das sagen. Wie tollkühn und lächerlich zugleich dieses »Siegen um jeden Preis« sei, dieses »heldenhafte Ausharren des Menschen«, diese Sucht nach Vergeltung für den Tod der Gefährten, die doch umgekommen waren, weil man selbst sie in den Tod geschickt hatte... Wir sind einfach unvorsichtig gewesen, haben zu fest auf unsere Werfer und Indikatoren gebaut. Wir haben Fehler begangen, und nun haben wir die Folgen zu tragen. Einzig und allein uns trifft die Schuld.

All das dachte er beim schwachen Schein der Lampe mit geschlossenen Augen, die ihm brannten, als hätte sich unter den Lidern Sand angesammelt. Der Mensch – das erkannte er in diesem Augenblick – hatte die wahren Höhen noch nicht erreicht, er hatte sich die so schön bezeichnete, seit alters gepriesene galaktozentrische Idee noch nicht zu eigen gemacht, deren Sinn nicht darin bestehen konnte, nur ähnliche Wesen zu suchen und zu begreifen, sondern darin, sich nicht in fremde, außermenschliche Angelegenheiten einzumischen. Die Leere erobern, natürlich, warum nicht. Aber nicht das angreifen, was existiert, was sich in Jahrmillionen ein eigenes, unabhängiges, außer den Kräften der Strahlung und der Materie niemandem und nichts unterworfenes Gleichgewicht seiner Existenz geschaffen hat, einer tätigen Existenz, die weder besser noch schlechter ist als die Existenz der Eiweißverbindungen, die Tier oder Mensch genannt werden.

Rohan schwelgte in dem Gedanken an diese erhabene Idee, war von Verständnis für jede existierende Form erfüllt, da traf ihn wie ein spitzer Pfeil das hohe, entnervende, anhaltende Heulen der Alarmsirenen.

Alles, was er eben noch gedacht hatte, war mit einemmal verschwunden, wie weggeblasen von dem aufdringlichen

Lärm, der sich in allen Stockwerken breitmachte. Schon stürzte er auf den Gang hinaus und lief zusammen mit den anderen in warmem, menschlichem Atem in schwerem, müdem Trab dahin. Aber noch ehe er den Fahrstuhl erreichte, spürte er – nicht mit einem bestimmten Sinnesorgan, ja überhaupt nicht mit seinem Körper, sondern wie mit dem Leib des Raumschiffs, von dem er jetzt ein Teilchen war – einen Stoß, der zwar sehr weit entfernt und schwach war, aber doch den Rumpf des Raumkreuzers von den Heckstützen bis zum Bug durchfuhr. Es war ein Schlag von ungeheurer Heftigkeit, den – auch das spürte er – etwas Größeres als der »Unbesiegbare« entgegennahm und geschickt parierte.

»Das ist er! Das ist er!« schrien die vorwärtsstürmenden Männer. Einer nach dem anderen verschwand im Fahrstuhl, zischend schlossen sich die Türen. Andere Besatzungsmitglieder polterten die Wendeltreppe hinunter, weil sie nicht warten wollten, bis sie an der Reihe waren. Da bohrte sich durch das Stimmengewirr, durch die Rufe, die Pfiffe der Bootsleute, durch das anhaltende Sirenengeheul und das aus den oberen Stockwerken dringende Getrappel die zweite, lautlose, dafür um so heftigere Erschütterung des nächsten Treffers. Die Ganglichter flackerten und wurden wieder hell.

Niemals hätte Rohan geglaubt, daß ein Fahrstuhl so langsam sein konnte. Er merkte nicht einmal, daß er noch immer mit aller Kraft auf den Knopf drückte. Nur ein Mann stand noch neben ihm, der Kybernetiker Liwin. Der Fahrstuhl hielt, und Rohan hörte beim Aussteigen ein Pfeifen, wie man es sich feiner nicht vorstellen kann und dessen hohe Töne, wie er ebenfalls wußte, für das menschliche Ohr nicht mehr wahrnehmbar waren. Es war, als stöhnten alle Titanverbindungen des Raumkreuzers zugleich auf. Er erreichte die Tür der Steuerzentrale und begriff, daß der »Unbesiegbare« Feuer mit Feuer beantwortet hatte.

Damit war das Gefecht eigentlich schon zu Ende. Vor dem flammenden Hintergrund des Bildschirms stand schwarz und groß der Astrogator. Die Deckenbeleuchtung war, vielleicht absichtlich, ausgeschaltet, und durch die Streifen, die von oben nach unten über den Bildschirm rieselten und das ganze Blickfeld verschwimmen ließen, schimmerte ein gigantischer, bauchiger Explosionspilz, der mit dem Fuß am Boden haftete, seine blasigen Knäuel in alle Himmelsrichtungen ausstreckte und scheinbar völlig reglos war. Diese Explosion hatte den Zyklopen vernichtet, in seine Atome aufgelöst, und hinterließ in der Luft ein furchtbares, glasiges Zittern, durch das man die monotone Stimme des Technikers vernahm: »Zwanzig Strich sechshundert im Nullpunkt. Neun Strich achthundert im Umkreis. Eins Strich vier zweiundzwanzig im Feld.«

Wir haben 1420 Röntgen im Feld, das bedeutet, daß die Strahlung die Barriere des Kraftfeldes durchbrochen hat, überlegte Rohan. Er hatte nicht gewußt, daß so etwas möglich war. Aber als er auf die Skala des Hauptleistungsverteilers blickte, sah er, welch starke Ladung der Astrogator eingesetzt hatte. Mit dieser Energie konnte man ein Binnenmeer mittlerer Größe zum Sieden bringen. Nun, Horpach hatte kein weiteres Feuergefecht riskieren wollen. Vielleicht war er dabei zu weit gegangen, jedenfalls aber hatten sie jetzt wieder nur einen Gegner.

Auf den Bildschirmen entfaltete sich indessen ein ungewöhnliches Schauspiel: Der krause, blumenkohlähnliche Pilzhut loderte in allen Regenbogenfarben, vom feinsten silbrigen Grün bis zu satten orange- und karminroten Tönungen. Rohan bemerkte erst jetzt, daß die Wüste gar nicht zu sehen war. Wie eine dichte Nebelschicht überzog sie der einige Dutzend Meter hochgewirbelte Sand, der auf und ab wogte, als hätte sich die Wüste in ein Meer verwandelt.

Der Techniker las noch immer von der Skala ab: »Neunzehntausend im Nullpunkt. Acht Strich sechshundert im Umkreis. Eins Strich eins null zwei im Feld.«

Der Sieg über den Zyklopen wurde in dumpfem Schweigen hingenommen: Der Triumph, die eigene stärkste Waffe zerschlagen zu haben, reizte nicht zum Feiern. Allmählich gingen die Leute auseinander, während der Explosionspilz immer weiter in die Atmosphäre stieg und plötzlich an seiner Spitze in einem neuen Farbenspiel aufloderte, diesmal von den Strahlen der Sonne getroffen, die noch nicht aufgegangen war. Er hatte die obersten Schichten der eisigen Zirruswolken durchstoßen und nahm jetzt hoch über ihnen goldlila, bernsteingelbe und platinweiße Schattierungen an, deren Licht von den Bildschirmen in die Steuerzentrale fiel. Der ganze Raum schillerte, als hätte jemand auf den weißemaillierten Pulten bunte irdische Blumen zerrieben.

Noch einmal staunte Rohan, und zwar, als er Horpachs Äußeres sah. Der Astrogator hatte den schneeweißen Galamantel umgelegt, den er das letztemal bei den Abschiedsfeierlichkeiten in der Raumstation getragen hatte. Anscheinend hatte er das erste beste Kleidungsstück ergriffen, an das er geraten war. Er stand da, die Hände in den Taschen, das graue Haar an den Schläfen zerzaust, und ließ den Blick über die Versammlung schweifen.

»Kollege Rohan«, sagte er unverhofft mit weicher Stimme. »Bitte zu mir.«

Rohan trat näher und straffte sich unwillkürlich. Da wandte sich der Astrogator um und schritt zur Tür. Hintereinander gingen sie den Korridor entlang, und durch die Ventilationsscheibe hörten sie im Rauschen der Preßluft das dumpfe, wie ärgerliche Murmeln der Menschen, die die unteren Stockwerke füllten.

Das Gespräch

Die Aufforderung des Astrogators hatte Rohan nicht überrascht, und so betrat er die Kajüte. Er war zwar ein seltener Gast hier, aber nach seiner einsamen Rückkehr zu der Ausgangsstation im Krater war er an Bord des »Unbesiegbaren« gerufen worden, und Horpach hatte ihn empfangen. Eine solche Einladung hatte meist nichts Gutes zu bedeuten. Damals stand Rohan allerdings noch zu sehr unter dem Eindruck der Katastrophe, als daß er den Zorn des Astrogators gefürchtet hätte. Im übrigen hatte Horpach ihn mit keinem Wort getadelt, sondern nur sehr genau über die Begleitumstände beim Angriff der Wolke ausgefragt. An dem Gespräch hatte Dr. Sax teilgenommen, der die Vermutung geäußert hatte, Rohan sei nur davongekommen, weil er in einem Stupor, einem Zustand der Starre, gewesen sei, der die elektrische Tätigkeit des Gehirns einschränke, so daß die Wolke ihn für verletzt und bereits unschädlich gemacht gehalten habe. Und der Fahrer Jarg, meinte der Neurophysiologe, sei rein zufällig verschont geblieben, weil er durch seine Flucht außerhalb des Angriffsbereichs gewesen sei. Terner hingegen, der fast bis zuletzt versucht hatte, sich und die anderen zu verteidigen, indem er mit den Laserwerfern schoß, habe sich zwar pflichtgemäß verhalten, aber gerade das sei ihm, so paradox das klinge, zum Verhängnis geworden, weil sein Gehirn normal gearbeitet und dadurch die Aufmerksamkeit der Wolke auf sich gezogen habe. Nach menschlichem Ermessen sei sie selbstverständlich blind, und der Mensch stelle für sie nichts anderes dar als ein beliebiges, bewegliches Objekt, das seine Anwesenheit durch die elektrischen Potentiale seiner Gehirnrinde bekunde. Horpach und der Arzt hatten sogar erwogen, die Leute dadurch zu schützen, daß sie mit Hilfe eines chemischen Präparates in einen künstlichen Erstarrungszustand versetzt wurden; aber Sax hatte gemeint, die Wirkung trete, wenn wirklich eine »elektrische Camouflage« nötig sein sollte, zu spät ein, und die Leute gleich im Stupor hinauszuschicken sei auch nicht möglich. Schließlich hatte die ganze Befragung kein konkretes Ergebnis. Rohan glaubte, Horpach habe die Absicht, noch einmal auf die Sache zurückzukommen.

Mitten in der Kajüte, die doppelt so groß wie seine eigene war, blieb er stehen. In der Wand waren die Direktverbindungen zur Steuerzentrale und die Mikrofone für die Innenanlage eingelassen, sonst deutete nichts darauf hin, daß hier schon seit Jahren der Kommandant des Raumschiffes wohnte. Horpach warf den Mantel ab. Darunter trug er Hose und Netzhemd. Durch die Maschen stach die dichte, graue Behaarung seiner breiten Brust. Er setzte sich seitlich von Rohan, der noch immer stand, und stützte sich schwer auf den Tisch, auf dem außer einem kleinen, abgegriffenen, in Leder gebundenen Buch nichts war. Rohans Blick glitt von dem ihm unbekannten Buch zu dem Kommandanten hinüber, und ihm war, als sähe er ihn zum erstenmal. Das war ein zu Tode erschöpfter Mann, der nicht vor ihm zu verbergen suchte, daß ihm die Hand zitterte, als er sie an die Stirn führte. Und Rohan begriff plötzlich, daß er Horpach, unter dem er bereits das vierte Jahr arbeitete, überhaupt nicht kannte. Niemals war ihm in den Sinn gekommen, darüber nachzudenken, warum es in der Kajüte des Astrogators nichts Persönliches gab, nichts von dem manchmal spaßigen oder auch naiven Kleinkram, den die Männer in den Raum mitschleppten, Andenken an ihre Kindheit oder ihr Zuhause. In diesem Augenblick schien er zu verstehen, weshalb Horpach nichts dergleichen besaß, warum an den Wänden keine alten Fotos hingen, die die Gesichter nahestehender, auf der Erde gebliebener Menschen zeigten. Er brauchte so etwas nicht, weil er mit Leib und Seele hier und weil die Erde nicht sein Zuhause war. Aber vielleicht bedauerte er das jetzt zum erstenmal in seinem Leben? Die massigen Schultern, die Arme und der Nacken verrieten nicht sein Alter. Alt war nur die Haut an den Händen, sie war dick und legte sich an den Gelenken in spröde Falten; sie wurde weiß, als er die Finger spreizte und mit scheinbar gelassenem, müdem Interesse das leichte Zittern beobachtete, als stellte er etwas fest, was ihm bislang fremd gewesen war. Rohan konnte das nicht mit ansehen. Aber Horpach neigte den Kopf, blickte ihm in die Augen und murmelte mit verlegenem Lächeln: »Ich habe den Bogen überspannt, was?«

Weniger die Worte verblüfften Rohan als der Ton, in dem sie gesprochen wurden, und das Gebaren des Astrogators. Er antwortete nicht. Noch immer stand er da, und Horpach rieb sich mit der breiten Hand die behaarte Brust und fügte hinzu: »Vielleicht ist es auch besser so.« Und ein paar Sekunden später mit überraschender Offenheit: »Ich wußte nicht, was ich tun sollte.«

Das war erschütternd. Rohan hatte zu wissen geglaubt, daß Horpach schon seit Tagen genauso hilflos war wie sie alle. Doch in diesem Moment wurde ihm klar, daß er nichts genau gewußt, sondern daß er im Grunde damit gerechnet hatte, der Astrogator sei in seinem Denken jedem anderen immer um einige Schritte voraus, weil es nun mal so sein müsse. Und nun zeigte sich ihm plötzlich das Wesen des Kommandanten gewissermaßen zwiefach, denn er sah Horpachs halbnackten Körper, diesen müden Körper mit den zitternden Händen, von dessen Vorhandensein er bisher nichts gewußt hatte, und hörte zugleich die Worte, die die Richtigkeit seiner Entdeckung bestätigten.

»Setz dich, Junge«, sagte der Kommandant. Rohan folgte der Aufforderung. Horpach stand auf, trat an das Waschbecken heran, spritzte sich Wasser über Gesicht und Nacken und trocknete sich rasch und kräftig ab. Dann zog er eine Jacke über, knöpfte sie zu und nahm ihm gegenüber Platz. Er sah ihn mit seinen farblosen, stets wie von heftigem Wind leicht tränenden Augen an und fragte beiläufig: »Wie steht es mit deiner ... Immunität? Haben sie dich untersucht?«

Also darum geht's ihm, fuhr es Rohan durch den Sinn. Er räusperte sich. »Natürlich, die Ärzte haben mich untersucht, aber nichts gefunden. Wahrscheinlich hat Sax recht gehabt mit diesem Stupor.«

»Soso. Mehr haben sie nicht gesagt?«

»Zu mir nicht. Aber ich habe gehört, daß sie darüber diskutiert haben, warum die Wolke einen Menschen nur einmal angreift und ihn dann seinem Schicksal überläßt.«

»Interessant. Und?«

»Lauda vermutet, daß die Wolke dank der unterschiedlichen elektrischen Aktivität des Gehirns Normale und Beschädigte unterscheiden kann. Bei einem Beschädigten weise das Gehirn eine Aktivität auf wie bei einem Neugeborenen. Jedenfalls annähernd. Mein Erstarrungszustand bot anscheinend ein recht ähnliches Bild. Sax meint, man könne ein feines Metallnetz herstellen, das im Haar versteckt werde und schwache Impulse aussende, ebensolche wie das Gehirn eines Verletzten. Eine Art Tarnkappe. So könne man sich vor der Wolke verbergen. Aber das ist nur eine Vermutung. Es ist noch nicht klar, ob es überhaupt möglich ist. Sie würden gern Versuche machen, aber sie haben nicht genug Kristalle. Der Zyklop hat uns damit ja auch im Stich gelassen ...«

»Na schön.« Der Astrogator seufzte. »Ich wollte über etwas anderes mit dir reden. Aber was hier gesagt wird, bleibt unter uns. Nicht wahr?«

»Gut«, sagte Rohan zögernd, und die Anspannung kehrte zurück.

Der Astrogator sah ihn jetzt nicht an, als fiele ihm der Anfang schwer.

»Ich habe noch immer nicht entschieden«, sagte er plötzlich. »Mancher an meiner Stelle würde ein Geldstück hochwerfen: abfliegen oder bleiben. Aber ich mag nicht. Ich weiß, du bist oft nicht mit mir einverstanden.«

Rohan öffnete die Lippen, aber Horpach schnitt ihm sofort mit einer flüchtigen Handbewegung das Wort ab.

»Nein, nein... Nun hast du eine Chance. Ich gebe sie dir. Du wirst entscheiden. Ich tue, was du sagst.«

Er sah ihn an und verbarg gleich darauf seine Augen unter den schweren Lidern.

»Wie... ich?« stammelte Rohan. Alles hätte er erwartet, nur das nicht.

»Ganz recht, du. Es bleibt selbstverständlich unter uns. Abgemacht! Du entscheidest, und ich führe deinen Befehl aus. Ich werde es vor der Leitung der Raumstation verantworten. Günstige Bedingungen, nicht wahr?«

»Meinen Sie das im Ernst?« fragte Rohan, um Zeit zu gewinnen, denn er wußte ohnehin, daß alles Wirklichkeit war.

»Ja. Wenn ich dich nicht kennte, ließe ich dir Zeit. Aber ich weiß, daß du umherläufst und dir dein Teil denkst, daß du die Entscheidung längst getroffen hast. Ich würde sie nur nicht aus dir herausbekommen. Deshalb wirst du es mir hier sagen, gleich, auf der Stelle. Denn es ist ein Befehl. In diesem Augenblick bist du Kommandant des ›Unbesiegbaren‹... Du willst nicht auf Anhieb? Gut. Du hast eine Minute Bedenkzeit.«

Horpach stand auf, ging ans Waschbecken, strich sich mit der Handfläche über die Wangen, daß die grauen Bartstoppeln unter seinen Fingern raschelten, und begann, sich mir nichts, dir nichts mit dem elektrischen Apparat zu rasieren. Er schaute in den Spiegel.

Rohan sah ihn und sah ihn auch wieder nicht. Seine erste Empfindung war Wut auf Horpach, der so rücksichtslos mit ihm umsprang, indem er ihm das Recht gab, ja eigentlich die Pflicht auferlegte, zu entscheiden, und ihm gleichzeitig die Zunge band und ihm von vornherein die ganze Verantwortung abnahm. Er kannte ihn gut genug, um zu wissen, daß alles gründlich durchdacht und nicht mehr zu ändern war. Die Sekunden verrannen, und er mußte sprechen, jetzt, sofort, aber er vermochte keinen Gedanken zu fassen. Alle Argumente, die er dem Astrogator so gern ins Gesicht geschleudert hätte, die er sich in nächtlichen Grübeleien wie eiserne Ziegel zurechtgelegt hatte, waren wie weggeblasen. Die vier Männer lebten nicht mehr – das war beinahe sicher. Wenn nicht dieses »beinahe« wäre, brauchten sie nichts zu bedenken, hin und her zu wenden, sie würden einfach im Morgengrauen abfliegen. Aber jetzt nahm dieses »beinahe« in ihm immer größere Ausmaße an. Solange er mit Horpach auf gleicher Stufe gestanden hatte, war er der Ansicht gewesen, sie sollten unverzüglich starten. Jetzt spürte er, daß er den Befehl nicht über die Lippen bringen würde. Er wußte, daß die Angelegenheit Regis III damit nicht abgetan wäre, sondern erst richtig anfangen würde. Das hatte nichts mit Verantwortung vor der Leitung der Raumstation zu tun. Diese vier Männer würden auf dem Schiff umhergeistern, niemals mehr würde es so sein wie vorher. Die Besatzung wollte zurück. Aber da fiel ihm seine nächtliche Wanderung ein, und er begriff, daß sie nach einer gewissen Zeit daran denken und dann darüber sprechen würden. Sie würden sagen: »Seht ihr? Er hat vier Leute dort gelassen und ist gestartet.« Alles andere würde nicht zählen. Jeder einzelne mußte wissen, daß die anderen ihn unter keinen Umständen im Stich lassen würden. Alles durfte man verlieren, aber die Besatzung mußte man vollzählig an Bord haben – die Lebenden und die Toten. Dieser Grundsatz stand nicht in der Dienstordnung. Aber anders könnte niemand den Weltraum befliegen.

»Ich höre«, sagte Horpach, legte den Rasierapparat beiseite und setzte sich ihm gegenüber.

Rohan befeuchtete sich die Lippen.

»Man müßte versuchen ...«

»Was?«

»Sie zu finden.«

Nun war es heraus. Er wußte, daß ihm der Astrogator nicht widersprechen würde. Er war jetzt eigentlich felsenfest überzeugt, daß Horpach gerade damit gerechnet, daß er es bewußt arrangiert hatte. Um nicht allein das Risiko tragen zu müssen.

»Die vier. Ich verstehe. Gut.«

»Aber wir brauchen einen Plan. Etwas Vernünftiges.«

»Vernünftig waren wir die ganze Zeit«, erwiderte Horpach. »Den Erfolg kennst du ja.«

»Darf ich etwas sagen?«

»Bitte.«

»Ich war heute nacht auf der Beratung der Strategen. Das heißt, ich habe gehört ... Nein, lassen wir das, es ist unwichtig. Sie arbeiten mehrere Varianten für die Annihilation der Wolke aus, aber wir haben doch nicht die Aufgabe, sie zu vernichten, sondern die vier zu suchen. Wenn wir also ein Antiprotonenmassaker veranstalten, so übersteht keiner eine zweite solche Hölle, falls überhaupt noch einer von ihnen am Leben ist. Keiner. Das ist unmöglich.«

»Das meine ich auch«, sagte der Astrogator gedehnt.

»Sie auch? Wie gut ... Also?«

Horpach schwieg.

»Haben sie ... noch eine andere Lösung gefunden?«

»Die Strategen? Nein.«

Rohan wollte noch etwas fragen, aber er hatte nicht den Mut. Die Worte erstarben ihm auf den Lippen. Horpach sah ihn an, als wartete er auf etwas. Aber Rohan wußte nichts zu sagen – glaubte der Kommandant etwa, er vermochte allein, auf eigene Faust, etwas Besseres, Vollkommeneres auszudenken als die Wissenschaftler, als die Kybernetiker und Strategen mit ihren Elektronengehirnen? Das war doch

Unsinn. Und doch sah er ihn geduldig an. Sie schwiegen. Gleichmäßig tropfte der Wasserhahn, ungemein laut in dieser tiefen Stille. Und in diesem Schweigen, das zwischen ihnen lag, stieg etwas herauf und streifte mit eisigem Hauch Rohans Wangen. Schon krampfte sich sein ganzes Gesicht, die Haut vom Nacken bis zu den Kiefern zusammen, wurde gewissermaßen zu eng, als er in Horpachs tränende, nun unsäglich alte Augen blickte. Er sah nur noch diese Augen und wußte Bescheid.

Langsam nickte er, als hätte er ja gesagt. Verstehst du? fragte der Astrogator mit den Augen. Ich verstehe, antwortete Rohan mit einem Blick. Aber als ihm alles immer mehr bewußt wurde, da fühlte er, daß das nicht sein konnte, daß niemand das Recht hatte, so etwas von ihm zu verlangen, nicht einmal er selbst. Er schwieg weiter. Er schwieg, aber nun tat er bereits, als ahnte er nichts, als wüßte er von nichts. Er klammerte sich an die naive Hoffnung, das verleugnen zu können, was in ihren Blicken hin- und hergegangen war, denn es war nicht ausgesprochen worden. Er könnte Begriffsstutzigkeit vortäuschen, denn er wußte, er spürte es, Horpach würde niemals von selbst zu ihm sprechen. Aber der andere sah das, er sah alles. So saßen sie reglos. Horpachs Blick wurde weicher. Weder Erwartung lag jetzt darin noch zwingende Zudringlichkeit, nur Mitgefühl, als wollte er sagen: Gut, ich verstehe. Meinetwegen.

Der Kommandant senkte den Kopf. Eine Sekunde noch, und das Unausgesprochene wäre verschwunden, und beide könnten tun, als wäre nichts geschehen. Aber der gesenkte Blick gab den Ausschlag. Rohan hörte sich selbst sagen: »Ich gehe.«

Horpach seufzte tief auf, aber Rohan merkte es nicht, er war erschrocken über die eigenen Worte.

»Nein«, sagte Horpach, »so gehst du mir nicht.« Rohan schwieg. »Ich konnte es dir nicht sagen«, begann der Astrogator. »Ich durfte nicht mal einen Freiwilligen suchen.

Dazu bin ich nicht berechtigt. Aber nun weißt du selbst, daß wir so nicht abfliegen können. Nur ein einzelner Mann kann dort hineingelangen und wieder herauskommen. Ohne Schutzhelm, Maschinen und Waffen.«

Rohan vernahm seine Stimme wie von fern.

»Ich erläutere dir jetzt meinen Plan. Du denkst darüber nach. Du kannst ihn verwerfen, denn nach wie vor bleibt alles noch unter uns. Ich stelle es mir so vor: Ein Sauerstoffgerät aus Silikon. Kein Metall. Ich schicke zwei unbemannte Geländefahrzeuge. Sie ziehen die Wolke auf sich und werden von ihr vernichtet. Zur gleichen Zeit startet ein dritter Geländewagen mit einem Mann. Das ist eigentlich das größte Risiko, weil er möglichst nahe heranfahren muß, um keine Zeit für den Marsch durch die Wüste zu verlieren. Der Sauerstoffvorrat reicht 18 Stunden. Ich habe hier Photogramme von der ganzen Schlucht und ihrer Umgebung. Ich glaube, man sollte einen anderen Weg einschlagen als die bisherigen Expeditionen. So nahe wie möglich an den Nordrand des Hochplateaus heranfahren und von dort zu Fuß über die Felsen hinuntersteigen; in den oberen Teil der Schlucht. Wenn sie überhaupt irgendwo sind, dann dort. Dort hätten sie überleben können. Das Gelände ist schwierig, voller Höhlen und Klüfte. Falls du alle findest oder auch nur einen . . .«

»Eben. Wie soll ich sie fortbringen?« fragte Rohan und spürte den Kitzel trotziger Genugtuung. Hier ging der Plan in die Brüche. Wie leicht Horpach ihn doch opferte . . .

»Du hast ein geeignetes, leichtes Betäubungsmittel. So etwas gibt es. Du gebrauchst es natürlich nur, wenn der Gefundene nicht laufen will. Zum Glück können sie in diesem Zustand ja laufen.«

Zum Glück, dachte Rohan. Er ballte die Fäuste unter dem Tisch, damit Horpach es nicht bemerkte. Er hatte keine Angst, noch nicht. Alles war viel zu unwirklich.

»Sollte sich die Wolke für dich interessieren, so mußt du

dich steif auf den Boden legen. Ich habe an ein Präparat für diesen Fall gedacht, aber es würde zu spät wirken. Bleibt nur der Kopfschutz, der Stromsimulator, von dem Sax gesprochen hat.«

»Gibt es den schon?« fragte Rohan. Horpach verstand den verborgenen Sinn dieser Frage, aber er blieb ruhig. »Nein. Aber er läßt sich binnen einer Stunde herstellen. Ein im Haar verborgenes Netz. Ein kleines Gerät, das Stromstöße erzeugt. Es wird in den Kragen des Skaphanders eingenäht. Ich gebe dir jetzt eine Stunde Zeit. Ich würde dir mehr geben, aber mit jeder weiteren Stunde wird die Aussicht auf Rettung geringer. Sie ist ohnehin minimal. Wann entscheidest du dich?«

»Ich habe mich bereits entschieden.«

»Dummer Junge. Hörst du nicht, was ich dir sage? Das vorhin habe ich nur gesagt, weil du begreifen solltest, daß wir noch nicht starten dürfen.«

»Sie wissen ohnehin, daß ich gehe.«

»Du gehst nicht, wenn ich es dir nicht erlaube. Vergiß nicht: Der Kommandant bin immer noch ich. Vor uns liegt ein Problem, dem alle persönlichen Ambitionen untergeordnet werden müssen.«

»Ich verstehe«, sagte Rohan. »Sie wollen nicht, daß ich mich genötigt fühle. Schön. Gilt für das, was wir jetzt äußern, ebenfalls unsere Vereinbarung?«

»Ja.«

»Dann möchte ich wissen, was Sie an meiner Stelle täten. Wir tauschen die Rollen – umgekehrt wie eben . . .«

Horpach schwieg eine Weile.

»Und wenn ich sagte, daß ich nicht gehen würde?«

»Dann gehe ich auch nicht. Aber ich weiß, daß Sie die Wahrheit sagen.«

»Dann gehst du nicht? Ehrenwort? Nein, nein . . . Ich weiß, das ist nicht nötig.«

Der Astrogator stand auf.

Da erhob sich auch Rohan. »Sie haben meine Frage nicht beantwortet.«

Der Astrogator sah ihn an. Er war größer, bedeutend kräftiger gebaut, breiter in den Schultern. Seine Augen hatten den gleichen müden Ausdruck wie zu Beginn des Gesprächs.

»Du kannst gehen«, sagte er.

Rohan straffte sich unwillkürlich und wandte sich der Tür zu. Da machte der Astrogator eine Bewegung, als wollte er ihn zurückhalten, am Arm fassen, aber Rohan bemerkte es nicht. Er verließ den Raum, und Horpach blieb reglos an der Tür zurück. Lange stand er so.

Der »Unbesiegbare«

Die ersten beiden Geländefahrzeuge rollten vor Tagesanbruch die Rampe hinunter. Noch waren die Dünenhänge auf der Sonnenseite schwarz, von nächtlicher Finsternis überschattet. Das Kraftfeld tat sich auf, gab den Maschinen den Weg frei und schloß sich wieder unter blauem Lichterfunkeln. Auf dem hinteren Trittbrett des dritten Wagens, gleich unter dem Heck des Raumkreuzers, saß Rohan, im Skaphander, ohne Helm und Schutzbrille, nur die kleine Maske des Sauerstoffgeräts vor dem Mund. Er hielt die Knie mit den Händen umspannt, weil er so bequemer den hüpfenden Sekundenzeiger beobachten konnte.

In der linken Brusttasche seines Schutzanzugs trug er vier Ampullen, in der rechten dünn gepreßte Nährkonzentrattabletten, und die Taschen der Knieschützer bargen kleine Instrumente: einen Strahlungsmesser, eine kleine Magnetuhr, einen Kompaß und eine Mikrophotogramm-Geländekarte, nicht größer als eine Postkarte. Man mußte sie durch eine starke Lupe betrachten. Er war mit einer sechsfachen Rolle aus feinstem Plastseil gegürtet, von seiner Kleidung waren alle Metallteile entfernt worden. Das Drahtgeflecht im Haar merkte er überhaupt nicht, es sei denn, er verzog absichtlich die Kopfhaut. Er spürte auch nicht den kreisenden Strom darin, aber er konnte den im Kragen eingenähten Mikrosender kontrollieren, wenn er den Finger an diese Stelle legte. Der kleine, harte Zylinder tickte gleichmäßig, und sein Puls war bei Berührung deutlich zu fühlen.

Im Osten hing ein roter Streifen am Himmel, auch war Wind aufgekommen. Er peitschte die Sandgipfel der

Dünen. Die niedrigen Kraterzacken am Horizont schienen allmählich in einer Flut von Rot zu zerfließen. Rohan hob den Kopf. Zwischen ihm und dem Raumschiff sollte keine zweiseitige Verbindung eingerichtet werden, weil ein Sender sofort Rohans Anwesenheit verraten hätte. Aber in seinem Ohr klemmte ein winziger Empfangsapparat, nicht größer als ein Obstkern. Der »Unbesiegbare« konnte ihm – zumindest eine Zeitlang – seine Signale senden. Jetzt begann es im Apparat gerade zu sprechen, und es war beinahe, als vernähme er eine Stimme in seinem Kopf.

»Achtung, Rohan. Hier Horpach. Die Buguhren vermerken ein Ansteigen der magnetischen Aktivität. Wahrscheinlich sind die Geländewagen schon unter der Wolke ... Ich schicke eine Sonde los.«

Rohan hob den Blick zu dem aufklarenden Himmel. Er sah nicht den Start der Rakete, die plötzlich senkrecht wie eine Leuchtkugel aufstieg. Sie zog einen dünnen weißen Rauchstreifen hinter sich her, mit dem sie die Spitze des Schiffes einnebelte, und stob mit rasender Geschwindigkeit nordostwärts davon. Minuten verstrichen. Nun saß schon die halbe Scheibe der gedunsenen, alten Sonne rittlings auf dem Kraterwall.

»Eine kleine Wolke greift den ersten Wagen an«, sagte die Stimme in Rohans Kopf. »Der zweite kommt bisher ungehindert voran. Der erste nähert sich dem Felsentor ... Achtung! Jetzt haben wir die Kontrolle über den ersten verloren. Auch die optische – die Wolke hat ihn zugedeckt. Der zweite nähert sich der Biegung bei der sechsten Wegverengung. Er wird nicht angegriffen. Vorbei! Wir haben die Kontrolle über den zweiten verloren. Sie haben ihn schon umzingelt ... Rohan! Achtung! Dein Wagen fährt in fünfzehn Sekunden ab. Von nun an handelst du nach eigenem Ermessen. Ich schalte den Startautomaten ein. Viel Glück.«

Horpachs Stimme entfernte sich plötzlich. An ihre Stelle trat ein mechanisches, die Sekunden zählendes Ticken.

Rohan setzte sich bequemer, stemmte sich mit den Beinen fest und schob den Arm durch die elastische Schlinge, die am Wagengeländer befestigt war. Die leichte Maschine erzitterte und fuhr federnd an.

Horpach hatte alle Männer im Schiff zurückgehalten. Rohan war ihm dafür beinahe dankbar, denn Abschiedsszenen hätte er nicht ertragen. So sah er, an das auf- und abhüpfende Trittbrett des Wagens geschmiegt, nur die riesige Säule des »Unbesiegbaren«, die allmählich kleiner wurde. Der blaue Lichtschein, der eine Weile über die Dünenhänge flackerte, sagte ihm, daß die Maschine gerade die Grenze des Kraftfeldes überquerte. Doch gleich darauf wuchs die Geschwindigkeit, und die rote Staubwolke, die die Ballonreifen aufwarfen, nahm ihm die Sicht. Nur undeutlich sah er darüber den grauen Himmel. Das war keine sehr glückliche Lösung – er konnte angegriffen werden, ohne zu wissen, wann. Statt also, wie vorgesehen, sitzen zu bleiben, drehte er sich um, richtete sich auf und stand dann, sich am Geländer festhaltend, auf dem Trittbrett. Nun konnte er über den flachen Rücken der unbemannten Maschine hinweg den Blick auf die ihm entgegeneilende Wüste richten. Der Wagen fuhr mit Höchstgeschwindigkeit holpernd und schlingernd, so daß Rohan sich bisweilen mit ganzer Kraft gegen die Karosserie pressen mußte. Den Motor hörte er fast gar nicht, nur der Wind pfiff ihm um die Ohren, die feinen Sandkörnchen bissen in die Augen, und beiderseits des Fahrzeugs spritzten Sandfontänen hoch und bildeten eine undurchdringliche Wand, so daß er nicht einmal bemerkte, wann er das Kraterrund verließ. Offenbar hatte sich das Fahrzeug durch eine Sandkerbe im Nordrand hinausgeschlängelt.

Plötzlich hörte Rohan ein singendes Signal, das sich näherte. Das war der eingeschaltete Sender der Fernsehsonde. Er konnte sie nicht am Himmel entdecken, obgleich er angestrengt nach ihr Ausschau hielt. Sie war wohl sehr hoch aufgestiegen, um nicht die Aufmerksamkeit der Wolke auf sich zu ziehen, zugleich aber war sie unerläßlich, sonst hätte das Schiff den Wagen nicht steuern können. An der Rückwand war eigens ein Kilometerzähler angebracht worden, um ihm die Orientierung zu erleichtern. Bisher hatte er neunzehn Kilometer zurückgelegt, jeden Augenblick würden die ersten Felsen sichtbar werden. Aber die niedrig stehende Sonnenscheibe, die er bislang zur Rechten gehabt hatte und die rötlich durch den hochgeschleuderten Sand schimmerte, schob sich nun ein wenig hinter ihn. Dann bog der Wagen links ab. Rohan versuchte vergebens herauszufinden, ob der Winkel mit dem festgelegten Kurs übereinstimmte oder ob er größer war; das hätte bedeutet, daß man in der Steuerzentrale ein unvorhergesehenes Manöver der Wolke bemerkt hatte und ihn aus ihrer Reichweite entfernen wollte. Die Sonne verschwand bald darauf hinter dem ersten langgestreckten Felsrücken, dann tauchte sie wieder auf. In dem schrägen Licht bot die Landschaft einen wilden Anblick und sah anders aus, als er sie von seiner letzten Expedition her in Erinnerung hatte. Doch damals hatte er sie aus größerer Höhe, vom Turm des Transporters aus betrachtet. Der Wagen wurde plötzlich so fürchterlich hin und her geworfen, daß Rohan ein paarmal schmerzhaft mit der Brust gegen die Panzerung prallte. Jetzt mußte er alle Kräfte anspannen, damit ihn die heftigen, wütenden Stöße, die nicht einmal von den Ballonreifen wirksam abgefangen wurden, nicht von dem schmalen Trittbrett warfen. Die Räder tanzten über die Gesteinsbrokken und schleuderten den Kies hoch in die Luft; polternd flog er den Abhang hinunter. Manchmal blieben sie stecken und drehten sich wie rasend auf der Stelle. Rohan meinte, diese höllische Fahrt müsse im Umkreis von mehreren Kilometern zu hören sein, und er überlegte ernsthaft, ob er die Maschine nicht anhalten und abspringen sollte – dicht unter der Schulter fühlte er den herausragenden Griff der bewußt außen angebrachten Bremse. Aber dann hätte er einen kilometerlangen Fußmarsch vor sich gehabt, und die ohnehin geringe Aussicht, rasch ans Ziel zu gelangen, wäre weiter geschwunden. Mit zusammengebissenen Zähnen, die Hände krampfhaft um die Griffe gekrallt, die ihm jetzt gar nicht mehr ein so sicherer Halt zu sein schienen, sah er also nur blinzelnd über den flachen Schädel des Fahrzeugs hinweg den Hang hinauf. Das Singen der Radiosonde wurde bisweilen leiser, aber sie war zweifellos noch immer über ihm, denn der Geländewagen manövrierte geschickt und wich den übereinandergetürmten Felstrümmern auf der Schutthalde aus. Manchmal neigte er sich zur Seite und fuhr langsamer, doch gleich darauf jagte er wieder mit voller Kraft bergan.

Der Kilometerzähler stand auf 27 – soviel hatte er bisher zurückgelegt. Auf der Geländekarte betrug der aufgezeichnete Weg 60 Kilometer, aber er mußte in Wirklichkeit schon wegen der Höhenunterschiede und der dauernden Schleifen länger sein. Hier gab es nicht die Spur Sand mehr. Schwer und bedrohlich hing die Sonne am Himmel, riesig und fast kalt. Ihre Scheibe berührte noch immer die Felszacken. Wie von Fieberschauern geschüttelt, bahnte sich die Maschine verbissen einen Weg durch das Geröll. Manchmal rutschte sie, wenn sich unter ihr knirschend das Gestein löste. Die Reifen rieben sich kraftlos an den Steinen und heulten pfeifend. Die Steigung wurde steiler. 29 Kilometer – außer dem singenden Signal der Sonde hörte er nichts. Der »Unbesiegbare« schwieg. Warum? In der Steilwand, die sich in schwärzlichen Linien unterhalb der Sonne undeutlich abzeichnete, vermutete Rohan den oberen Rand der Schlucht, die er hinuntersteigen sollte – aber nicht hier, sondern bedeutend weiter im Norden. 30 Kilometer. Immerhin war von der schwarzen Wolke nichts zu sehen. Sie hatte wohl schon die beiden anderen Maschinen kaltgestellt. Oder hatte sie sie einfach aufgegeben und sich damit begnügt, sie durch Blockieren der Funkverbindung vom Raumschiff abzuschneiden? Der ganze Wagen warf sich hin und her wie ein verzweifeltes Tier. Bisweilen drang Rohan das Dröhnen des auf vollen Touren laufenden Motors bis in die Kehle. Die Geschwindigkeit sank ständig, doch er kam wider Erwarten gut voran. Vielleicht hätte er ein Luftkissenfahrzeug nehmen sollen? Aber es wäre zu groß und zu schwer gewesen, außerdem lohnte es nicht, jetzt noch einen Gedanken daran zu verschwenden, da ohnehin nichts zu ändern war. Er wollte auf die Uhr blicken, aber es gelang ihm nicht, die Hand auch nur eine Sekunde lang vor die Augen zu halten. Mit gebeugten Knien versuchte er, die entsetzlichen Stöße, die ihm die Eingeweide ordentlich durcheinanderrüttelten, abzufangen. Mit einemmal ging die Maschine vorn hoch und stürzte seitlich in die Tiefe. Die Bremsen kreischten, aber schon rutschte von allen Seiten Geröll nach und prasselte klirrend auf die dünnen Panzerplatten. Der Wagen wendete krampfhaft, schleuderte und glitt eine Weile auf der Seite durch das Steinmeer, dann hörte diese Bewegung auf...

Langsam richtete sich die Maschine auf und kroch wieder hartnäckig hangaufwärts. Jetzt sah Rohan bereits die Schlucht. Er erkannte sie an den schwärzlichen, an Krummholz erinnernden, gräßlichen Gestrüppflecken, die die steilen Felsen überzogen. Etwa eine halbe Meile trennte ihn vom Rande der Schlucht. 34 Kilometer...

Der Hang, den er noch zu überqueren hatte, sah aus wie ein einziges Meer aus chaotisch übereinandergeworfenen Felstrümmern. Es schien unmöglich, daß die Maschine sich dort einen Weg würde bahnen können. Er hatte es bereits aufgegeben, nach passierbaren Stellen zu suchen, da es ohnehin nicht bei ihm lag, den Wagen zu steuern. So bemühte er sich vielmehr, die beiderseits des Talkessels aufragenden Felswände nicht aus den Augen zu lassen. Jede Sekunde konnte die schwarze Wolke daraus hervorquellen.

»Rohan... Rohan...«, hörte er plötzlich. Das Herz schlug ihm höher. Er erkannte Horpachs Stimme.

»Der Wagen wird dich wahrscheinlich nicht ans Ziel bringen. Wir können von hier aus die Neigung des Hanges nicht genau überblicken, aber du hast vielleicht nur noch fünf oder sechs Kilometer Fahrt vor dir. Wenn der Wagen stekkenbleibt, mußt du zu Fuß weiter. Ich wiederhole...«

Höchstens 42 oder 43 Kilometer... Also bleiben mir ungefähr 17. In diesem Gelände sind das wenigstens vier Stunden, wenn nicht mehr, rechnete Rohan blitzschnell. Aber vielleicht täuschen sie sich, und der Wagen kommt durch.

Die Stimme verstummte, und wieder war nur das rhythmische Singen der Sonde zu vernehmen. Rohan biß fester auf das Mundstück der Sauerstoffmaske. Es hatte ihm bei den heftigen Stößen die Lippen aufgerieben. Die Sonne berührte nun nicht mehr den nahen Bergkamm, aber sie war auch nicht höher gestiegen. Vor den Augen hatte er große und kleine Gesteinsbrocken und Felsplatten, manchmal griff ihr kalter Schatten nach ihm. Der Wagen fuhr jetzt viel langsamer. Als Rohan den Blick hob, sah er winzige Federwolken über den Himmel segeln. Ein paar Sterne glitzerten. Plötzlich geschah etwas Sonderbares mit dem Fahrzeug: Das Heck sackte ab, das Vorderteil hob sich steil. Der Wagen bäumte sich auf wie ein scheuendes Pferd. Eine Sekunde, und er wäre in die Tiefe gestürzt und hätte Rohan unter sich begraben, wenn der nicht mit einem Satz abgesprungen wäre. Er fiel auf Knie und Hände. Durch die dikken Schutzhandschuhe und die Schienbeinschützer fühlte er den harten Aufprall, er schlitterte etwa zwei Meter über das Geröll, ehe er Halt fand. Die Räder stöhnten noch einmal auf, dann stand die Maschine.

»Achtung, Rohan! Das ist Kilometer 39... Der Wagen kommt nicht weiter. Du mußt zu Fuß gehen... Orientiere dich nach der Karte. Das Fahrzeug bleibt dort, für den Fall, daß du nicht anders zurück kannst. Du bist jetzt am Schnittpunkt der Koordinaten 46 und 192 ...«

Rohan richtete sich langsam auf. Jeder Muskel schmerzte. Aber nur die ersten Schritte fielen ihm schwer. Er lief sich ein. Er wollte so rasch wie möglich von dem zwischen zwei Felsschwellen eingeklemmten Wagen fort. Unter einem großen Gesteinsobelisken setzte er sich nieder, zog die Karte aus der Tasche und versuchte, sie einzurichten. Das war nicht einfach. Endlich hatte er seinen Standort bestimmt. Vom oberen Rand der Schlucht trennte ihn etwa ein Kilometer in Luftlinie, aber an dieser Stelle war an einen Abstieg nicht zu denken. Eine einzige Schicht aus Metallgestrüpp bedeckte die Hänge. Er ging also bergan und fragte sich die ganze Zeit, ob er den Abstieg auf den Grund der Schlucht an einer näher gelegenen, nicht an der vorgesehenen Stelle wagen sollte. Denn dorthin würde er wenigstens vier Stunden brauchen. Selbst wenn es gelänge, mit dem Wagen zurückzufahren, mußte er für den Rückweg weitere fünf Stunden rechnen, und wieviel Zeit würde allein der Abstieg in die Schlucht beanspruchen, von der Suche ganz zu schweigen. Mit einemmal schien ihm der ganze Plan kein Gran gesunden Menschenverstandes zu enthalten. Es war einfach eine ebenso eitle wie heroische Geste, mit der Horpach ihn geopfert hatte, um das eigene Gewissen zu beschwichtigen.

Eine Weile war er so wütend – er hatte sich wie ein kleiner Schuljunge hinters Licht führen lassen, denn der Astrogator hatte alles im vorhinein festgelegt –, daß er seine Umgebung kaum wahrnahm. Allmählich faßte er sich. Es gibt kein Zurück, hämmerte er sich ein, ich werde es versuchen. Wenn mir der Abstieg nicht gelingt, wenn ich bis drei Uhr niemanden gefunden habe, dann kehre ich um. Es war Viertel nach sieben. Er bemühte sich, mit langen, gleichmäßigen, aber nicht zu raschen Schritten voranzukommen, weil der Sauerstoffverbrauch bei jeder Anstrengung ruckhaft anstieg. Am rechten Handgelenk befestigte er den Kompaß, um nicht von der einmal gewählten Richtung abzuweichen. Einige Male mußte er jedoch Klüfte mit abschüssigen Wänden umgehen. Die Schwerkraft war auf der Regis bedeutend geringer als auf der Erde, das ließ ihm wenigstens selbst in diesem schwierigen Gelände verhältnismäßig viel Bewegungsfreiheit. Die Sonne war höhergestiegen. Sein Gehör, das die ständige Begleitung all der Laute gewohnt war, mit denen ihn auf den bisherigen Expeditionen die Maschinen wie mit einer schützenden Barriere umringt hatten, war nun wie bloßgelegt und besonders reizempfindlich. Dann und wann vernahm er nur, jetzt viel schwächer als zuvor, das rhythmische Singen der Sonde. Dafür erregte jeder Windstoß, der um die Felszacken fauchte, seine Aufmerksamkeit, da er darin das wohlbekannte feine Summen zu hören glaubte, an das er sich so gut erinnerte. Allmählich hatte er sich an den Marschschritt gewöhnt und konnte nun, mechanisch von Stein zu Stein stapfend, ungehindert nachdenken. Er trug einen Schrittzähler in der Tasche. Er wollte nicht zu früh nach dem Zeiger sehen und entschloß sich, das erst nach einer Stunde zu tun. Doch er hielt es nicht aus und zog das uhrähnliche, kleine Gerät hervor, bevor die Stunde vorüber war. Aber er war schmerzlich enttäuscht. Keine drei Kilometer hatte er zurückgelegt. Große Höhenunterschiede hatte er überwinden müssen, das hatte ihn aufgehalten. Also nicht drei, auch nicht vier Stunden, sondern wenigstens noch sechs, dachte Rohan. Er zog die Karte hervor und richtete sie kniend von neuem ein. 700 oder 800 Meter weiter östlich war der Kamm der Schlucht zu sehen. Die ganze Zeit war er ungefähr parallel dazu marschiert. An einer Stelle wurde das schwarze Gesträuch an den Hängen von einer fadendünnen, gewundenen Lücke geteilt; wahrscheinlich war das ein ausgetrocknetes Bachbett. Er bemühte sich, es genauer zu erkennen. Auf den Knien, in dem Wind, der ihm um die Ohren pfiff, durchlebte er Augenblicke der Unentschlossenheit. Als wüßte er selbst nicht genau, was er tat, erhob er sich, steckte mechanisch die Karte ein, bog rechtwinklig von seiner bisherigen Richtung ab und strebte der Steilwand der Schlucht zu.

Er näherte sich den stummen, zerklüfteten Felsen, als könnte sich jeden Augenblick der Boden unter ihm auftun. Entsetzliche Angst krampfte ihm das Herz zusammen. Doch er ging weiter, noch immer mit den Händen ausholend, die ihm furchtbar leer schienen. Mit einem Ruck blieb er stehen und schaute ins Tal, auf die Wüste hinunter, wo der »Unbesiegbare« war. Er konnte das Raumschiff nicht sehen, es war hinter dem Horizont. Das wußte er, doch er blickte in diesen rötlichen Himmel, der sich langsam mit bauschigen Wolken füllte. Das Singen der Sondensignale wurde so schwach, daß er nicht sicher war, ob er es sich vielleicht nur noch einbildete. Warum schwieg der »Unbesiegbare«?

Weil er dir nichts mehr zu sagen hat, antwortete er sich selbst. Die oberen, an groteske, verwitterte Statuen erinnernden Felsbrocken waren in Reichweite. Die Schlucht tat sich vor ihm auf wie ein riesiger Graben voller Finsternis. Die Sonnenstrahlen reichten noch nicht bis zur Mitte der schwarzbedeckten Wände hinab. Hier und da ragten aus dem borstigen Dickicht kalksteinähnliche, weiße Felsnadeln auf. Mit einem Blick umfaßte er den ganzen, riesigen Raum bis zu dem steinigen Grund der Schlucht, der anderthalb Kilometer tief unter ihm lag.

Da fühlte er sich so sehr allen Mächten ausgeliefert, so wehrlos, daß er sich unwillkürlich niederhockte und an die Steine schmiegte, als wollte er selbst ein Felsbrocken werden. Das war sinnlos, denn er war nicht in Gefahr, entdeckt zu werden. Was er fürchten mußte, das hatte keine Augen. Er streckte sich auf einer schwach erwärmten Felsplatte aus und sah in die Tiefe. Die Aussagen der photogrammetrischen Karte waren völlig unbrauchbar, denn sie zeigte das

Gelände aus der Vogelperspektive und daher vertikal erschreckend verkürzt. Er konnte nicht daran denken, über die enge, kahle Rinne zwischen den beiden mit schwarzen Sträuchern bewachsenen Flächen den Abstieg zu wagen. Nicht 25, sondern wenigstens 100 Meter Seil hätte er dafür haben müssen; außerdem hätte er ein paar Haken und einen Hammer gebraucht, aber er hatte nichts dergleichen. Er war nicht für Kletterpartien ausgerüstet.

Die schmale Furche führte zunächst ziemlich sanft abwärts, brach dann plötzlich ab, verschwand hinter einem überhängenden Buckel in der Felswand und war erst tief drunten durch einen bläulichen Dunstschleier wieder zu sehen. Ein verrückter Gedanke ging ihm durch den Sinn: Einen Fallschirm müßte ich haben . . .

Sorgsam prüfte er die Hänge zu beiden Seiten der Stelle, an der er ausgestreckt unter einem großen, pilzförmigen Gesteinsbrocken lag. Jetzt erst spürte er, daß aus der großen Leere, die sich unter ihm auftat, ein milder, warmer Lufthauch heraufzog. Und wirklich, die Umrisse der Hänge gegenüber zitterten leicht. Das Dickicht speicherte die Sonnenstrahlen. Er ließ den Blick weiter schweifen und erkannte im Südwesten die Spitzen der Felsnadeln, deren Sockel das Felsentor bildeten, den Ort der Katastrophe. Sie wären ihm nicht aufgefallen, wenn sie nicht im Gegensatz zu allen anderen Felsen pechschwarz und wie mit einer dikken, glänzenden Glasur überzogen gewesen wären – ihre oberen Schichten hatten wohl während des Kampfes zwischen dem Zyklopen und der Wolke gekocht . . . Aber von seinem Platz aus konnte er auf der Talsohle weder die Transporter noch eine Spur der Atomexplosion entdecken. Als er so dort lag, packte ihn plötzlich Verzweiflung: Er mußte hinunter in die Tiefe, und es gab keinen Weg. Doch statt daß er erleichtert war, nun zurückkehren und dem Astrogator sagen zu können, er habe sein Möglichstes getan, reifte ein Entschluß in ihm.

Er stand auf. Eine Bewegung im Schluchtinnern, die er mit dem Augenwinkel erfaßte, hieß ihn sich abermals unwillkürlich ans Gestein pressen, doch er richtete sich gleich wieder auf. Wenn ich mich jede Minute langlege, kann ich nicht viel ausrichten, dachte er. Er ging jetzt den Grat entlang und suchte nach einer passierbaren Stelle. Alle paar hundert Meter beugte er sich über die Leere hinaus und sah immer das gleiche Bild: Wo der Hang sich sanft neigte, dort haftete schwarzes Gestrüpp, und wo kein Gestrüpp saß, dort ging es schroff in die Tiefe.

Einmal brachte sein Fuß einen Stein ins Rollen, er kollerte in den Abgrund, und andere folgten ihm. Eine kleine Lawine schlug polternd und tosend etwa hundert Meter unter ihm in die zottige Wand ein. Ein Licht auffunkelnder Rauchstreifen kroch daraus hervor, entfaltete sich in der Luft, blieb einen Augenblick reglos hängen, als hielte es Ausschau – er erstarrte am ganzen Leib. Doch eine reichliche Minute später wurde der Rauch lichter und versickerte lautlos in dem glitzernden Gesträuch.

Kurz vor neun Uhr entdeckte er, als er abermals hinter einem Stein hervorlugte, unten auf der Talsohle – der Talkessel war hier bedeutend breiter – einen kleinen hellen Fleck, der sich bewegte. Mit zitternden Händen zog er das zusammenlegbare Fernglas aus der Tasche und richtete es dorthin . . .

Ein Mensch! Die Vergrößerung war zu gering, als daß er das Gesicht hätte erkennen können, aber er sah deutlich die gleichmäßigen Beinbewegungen. Der Mann ging langsam, leicht hinkend, als schleppte er ein verletztes Bein nach. Sollte er ihn anrufen? Er wagte es nicht. In Wirklichkeit versuchte er es, aber der Laut blieb ihm in der Kehle stekken. Er haßte sich selbst wegen dieser verfluchten Angst. Nur eins wußte er: daß er nun ganz gewiß nicht aufgeben würde. Er hatte sich gut gemerkt, in welche Richtung der andere gegangen war – das Tal hinauf, das immer breiter wurde, den weißlichen Kegeln der Geröllhalden zu –, und er lief in dieselbe Richtung, den Kamm entlang, über Felsbrokken und gähnende Spalten hinwegspringend, bis ihn der pfeifende Atem im Mundstück zu ersticken drohte und sein Herz wild hämmerte. Das ist Wahnsinn, das darf ich nicht, dachte er hilflos. Er lief langsamer, und plötzlich öffnete sich eine breite Felsrinne einladend vor ihm, die weiter unten beiderseits von schwarzem Gestrüpp gesäumt war. Das Gefälle wurde stärker – vielleicht war dort ein Überhang?

Die Uhrzeit entschied, es war bald halb zehn. Er begann den Abstieg, anfangs wandte er das Gesicht dem Abgrund zu, dann drehte er sich um. Die Wand wurde zu steil. Er kletterte Schritt für Schritt abwärts, nahm die Hände zu Hilfe. Schon war er dicht vor dem schwarzen Dickicht, das ihn mit starrer, schweigender Hitze zu versengen schien. Es dröhnte ihm in den Schläfen. Er verschnaufte auf einem schrägen, schmalen Felsensims, stemmte den linken Schuh in einen Spalt und sah hinunter. Etwa vierzig Meter tiefer erblickte er einen breiten Absatz, von dem aus deutlich erkennbar ein kahler Felsbuckel abwärts führte, der sich über die aufragenden, leblosen Pinsel der schwarzen Sträucher erhob. Aber von diesem rettenden Absatz war er durch die Luft getrennt. Er sah in die Höhe. Er hatte gut 200 Meter, vielleicht sogar mehr zurückgelegt. Das heftige Hämmern seines Herzens schien die Luft zu erschüttern. Ein paarmal kniff er die Augen zusammen. Langsam, mit blinden Bewegungen, rollte er das Seil auf. Du wirst doch nicht so verrückt sein, sagte eine innere Stimme zu ihm. Er schob sich seitwärts nach unten und gelangte zu einem Strauch in der Nähe. Die scharfen Triebe waren mit einem Rostbelag bedeckt, der bei Berührung stäubte. Auf wer weiß was gefaßt, griff Rohan zu. Aber nichts geschah. Er hörte nur ein trockenes Knistern. Er riß stärker, der Strauch saß fest. Um den unteren Teil schlang er das Seil, zog noch einmal daran . . . Und in einer plötzlichen Anwandlung von Mut umwickelte er einen zweiten und einen dritten Strauch, stemmte sich gegen den Fels und zerrte mit aller Kraft an dem Seil. Die Sträucher hielten, in das geborstene Gestein gekrallt.

Langsam ließ er sich hinab; anfangs konnte er durch die Reibung der Schuhsohlen noch einen Teil seines Körpergewichts auf den Felsen übertragen, doch bald rutschte er und hing in der Luft. Immer schneller ließ er das Seil unter dem Knie hindurchgleiten, bremste seine Geschwindigkeit mit der rechten Schulter ab, sah aufmerksam nach unten und landete schließlich auf dem Absatz. Nun versuchte er, das Seil zu lösen, indem er an einem Ende zog. Doch die Sträucher gaben es nicht frei, obwohl er mehrmals zog. Es hatte sich verklemmt. Da setzte er sich rittlings auf die Felsplatte und riß aus Leibeskräften. Plötzlich schnellte es mit giftigem Pfeifen durch die Luft und klatschte ihm in den Nakken. Wie vom Donner gerührt, schrak er zusammen. Danach blieb er einige Minuten sitzen, weil ihm die Knie zu sehr schlotterten, als daß er den weiteren Abstieg hätte wagen können. Dafür sah er wieder die Gestalt dort unten dahinwandern. Sie wirkte schon ein wenig größer. Er wunderte sich, daß sie so hell war, auch die Kopfform oder vielmehr die Kopfbedeckung jenes Mannes war recht eigenartig.

Er hätte geirrt, wenn er geglaubt hätte, das Schlimmste hinter sich zu haben. Aber das glaubte er gar nicht. Dennoch sollte er enttäuscht werden. Der weitere Weg war zwar technisch wesentlich einfacher, aber die rostknirschenden toten Sträucher wichen einer fettigen, glänzenden, schwarzen Masse. Ihre Drahtknäuel waren wie mit kleinen Beeren mit jenen Verdickungen besetzt, die er sofort erkannte.

Hin und wieder schwärmten leise summende Rauchwölkchen daraus hervor und kreisten in der Luft – dann erstarrte er jedesmal, aber nicht lange, sonst hätte er nie die Talsohle erreicht. Eine Weile schob er sich rittlings weiter. Dann wurde der Felsrücken breiter und weniger steil, so daß er absteigen konnte, allerdings nicht mühelos und nicht, ohne die Hände zu Hilfe zu nehmen. Aber ihm wurde gar nicht bewußt, wie weit er bei dem langen Abstieg schon vorangekommen war, weil seine Aufmerksamkeit geteilt, auf beide Seiten zugleich gerichtet war. Bisweilen mußte er so dicht an den stäubenden Büschen vorbei, daß ihre pinselähnlichen Drähte die Falten seines Schutzanzuges streiften. Doch nicht ein einziges Mal näherten sich ihm die über ihm dahinsegelnden, im Sonnenlicht funkelnden Wölkchen. Als er endlich auf der Geröllhalde stand, nur wenige Meter von dem mit knochenharten, weißen Steinen besäten Grund der Schlucht entfernt, war es kurz vor zwölf Uhr. Er war bereits unterhalb der Sträucherzone. Den Hang, den er hinabgestiegen war, beleuchtete zur Hälfte die hohe Sonne. Jetzt hätte er die bisherige Wegstrecke überblicken können, aber er wandte sich nicht um. Er lief bergab, versuchte das Körpergewicht von einem Bein auf das andere zu verlagern, sprang von Stein zu Stein, so schnell er nur konnte, aber das bröckelige Geröll der Halde folgte ihm rasselnd und polternd, und plötzlich, ganz in der Nähe des ausgetrockneten Baches, rutschte es unter ihm weg, und er stürzte so heftig zu Boden, daß sich die Sauerstoffmaske verschob und er einige Dutzend Meter den Hang hinunterrollte. Schon hatte er sich wieder hochgerissen, um trotz seiner Verletzungen weiterzulaufen, weil er fürchtete, den Mann, den er von oben gesehen hatte, aus den Augen zu verlieren – beide Hänge, besonders aber der Hang gegenüber, waren voll dunkler Grotteneingänge –, als ihn etwas warnte. Und ehe er begriffen hatte, fiel er wieder auf die scharfkantigen Steine und blieb mit ausgebreiteten Armen liegen. Ein leichter Schatten senkte sich von oben auf ihn herunter, und mit einem monotonen, anwachsenden, vom Pfeifen bis zum Baßgedröhn alle Register umfassenden Brausen zog ein formloses, schwarzes Wollknäuel heran und hüllte ihn ein. Er hätte vielleicht die Augen schließen sollen; aber er tat es nicht. Er dachte noch, der kleine, in den Schutzanzug eingenähte Apparat möge durch den heftigen Sturz nicht gelitten haben, dann versank er in Reglosigkeit, die er sich selbst gebot. Er bewegte nicht einmal die Augäpfel, und doch sah er, daß die kribbelnde Wolke über ihm stehenblieb und einen träge züngelnden Arm ausstreckte. Das Ende dieses Arms konnte er von nahem betrachten, es sah aus wie die Öffnung eines tintenschwarzen Strudels.

Auf der Kopfhaut, auf den Wangen, auf dem ganzen Gesicht spürte er einen tausendfachen, warmen Lufthauch wie einen aus Millionen winziger Teilchen bestehenden Atem. Etwas streifte in Brusthöhe seinen Schutzanzug. Fast völlige Finsternis umfing ihn. Mit einemmal wich der Arm, der sich wie eine kleine Lufttrombe krümmte, in die Wolke zurück. Das Summen wurde schrill. Die Zähne taten ihm weh davon, er spürte es mitten im Kopf. Da ließ es nach. Die Wolke stieg fast senkrecht hoch, wurde ein schwarzer Nebel, der sich von einem Hang zum anderen ausbreitete, zerfiel in einzelne, konzentrisch schwirrende Knäuel, kroch in den steifen Gestrüppelz und verschwand. Lange Zeit noch lag er reglos und wie tot. Ihn durchfuhr der Gedanke, nun sei es vielleicht schon soweit. Nun wisse er nicht mehr, wer er sei, wie er hierhergekommen sei und was er hier zu suchen habe. Und bei diesem Gedanken übermannte ihn eine solche Angst, daß er sich mit einem Ruck aufsetzte. Plötzlich mußte er lachen. Wenn er das denken konnte, so hieß das doch, daß er verschont geblieben war, daß ihm die Wolke nichts angetan, daß er sie überlistet hatte. Er bemühte sich, dieses kitzelnde, idiotische Lachen zu unterdrücken, das ihm in die Kehle gestiegen war und nun seinen ganzen Körper schüttelte. Das ist reine Hysterie, dachte er und erhob sich. Er hatte sich schon beinahe wieder gefaßt, so schien es ihm zumindest, rückte die Sauerstoffmaske zurecht und schaute sich um. Der Mann war nicht mehr da. Aber er hatte seine Schritte gehört. Er war sicherlich bereits an der Stelle vorbeigekommen und hinter einem bis in die Mitte der Schlucht vorgeschobenen, querliegenden Felsen verschwunden. Er lief ihm hinterher. Das Echo der Schritte näherte sich immer mehr und war merkwürdig laut, als stapfe der andere in Eisenschuhen dahin. Rohan rannte und fühlte einen stechenden Schmerz im Schienbein vom Knöchel bis zum Knie. Gewiß habe ich mir das Bein verstaucht, dachte er und ruderte verzweifelt mit den Armen. Wieder bekam er nicht genügend Luft und drohte fast zu ersticken, da erblickte er ihn. Er machte mechanisch riesige Schritte und setzte die Füße von Stein zu Stein. Die nahen Felswände warfen das Stampfen klatschend zurück. Und plötzlich glaubte Rohan, die Welt sollte einstürzen: Es war ein Roboter, kein Mensch! Einer der Arctane. Er hatte mit keiner Silbe an deren Geschick gedacht, daran, was aus ihnen nach der Katastrophe geworden sein mochte. Sie waren in dem mittleren Transporter gewesen, als die Wolke angriff. Da sah er, daß der linke Arm des Roboters fühllos herunterhing und zertrümmert war, sein einstmals glänzender, gewölbter Panzer war zerbeult und von Rissen zerfurcht. Die Enttäuschung war groß, und doch fühlte sich Rohan bald wohler bei dem Gedanken, daß er bei der weiteren Suche zumindest solch einen Gefährten zur Seite haben würde. Er wollte den Roboter heranrufen, aber etwas hielt ihn davon ab. Er lief nur schneller, an ihm vorbei, stellte sich ihm in den Weg und wartete. Aber der Zweieinhalbmeterriese schien ihn nicht zu bemerken. Das schüsselähnliche Ohr seiner Radarantenne war teilweise zerstört – Rohan stellte das jetzt von nahem fest –, und dort, wo früher das Objektiv des linken Auges gewesen war, gähnte ein Loch mit schartigem Rand. Er hielt sich aber völlig sicher auf den mächtigen Füßen und zog nur das linke

Bein nach. Als der Abstand zwischen ihnen auf ein paar Schritt zusammengeschrumpft war, rief Rohan ihn an, aber der Arctan schob sich wie blind geradenwegs auf ihn zu, und er mußte in letzter Sekunde ausweichen. Dann lief er zum zweitenmal zu dem Roboter hin und wollte ihn an der Metallpfote packen, aber der Roboter entriß sie ihm mit weit ausholender, gleichgültiger Bewegung und setzte seinen Weg fort. Rohan begriff, daß auch der Arctan ein Opfer des Angriffs geworden war und er nicht auf ihn zählen konnte. Aber es fiel ihm schwer, die hilflose Maschine ohne weiteres ihrem Schicksal zu überlassen. Überdies erwachte die Neugier in ihm, wohin dieser Roboter eigentlich strebte, denn er wählte einen möglichst ebenen Weg, als hätte er ein bestimmtes Ziel. Nach kurzem Überlegen – der Arctan hatte sich inzwischen ein paar Dutzend Meter entfernt – folgte er ihm schließlich. Der Roboter langte bald an einer Geröllhalde an und stieg hinauf, ohne sich im geringsten um die Trümmerbäche zu kümmern, die unter seinen breiten Füßen hinabrannen. So hatte er das Schuttfeld ungefähr zur Hälfte erklommen, da stürzte er plötzlich und rutschte abwärts. Fallend strampelte er heftig mit den Beinen, so daß ein Beobachter unter anderen Umständen vielleicht sogar hätte lachen müssen. Dann stand er auf und begann von neuem, den Hang zu erklettern.

Rohan machte rasch kehrt und ging davon. Doch noch lange vernahm er das Getöse auf der Geröllhalde und das wiederkehrende, schwerfällige metallene Schlurfen, das die Felswände einander als vielfaches Echo zuwarfen. Er kam jetzt flink voran, weil der Weg über die flachen Steine im Bachbett ziemlich eben war und sanft abfiel. Von der Wolke war nichts zu sehen, nur manchmal ließ ein Zittern der Luft über den Hängen das Brodeln im schwarzen Dickicht ahnen. So langte er an der breitesten Stelle der Schlucht an, die hier in einen von felsigen Höhen gerahmten Talkessel mündete. Rund zwei Kilometer entfernt lag das Felsentor, der Ort der Katastrophe. Jetzt erst wurde ihm bewußt, wie sehr ihm der Olfaktometer fehlen würde. Er hätte ihm behilflich sein können, menschliche Spuren aufzufinden, doch das Gerät wäre für einen Fußgänger zu schwer gewesen. Er mußte also ohne ihn auskommen. Er blieb stehen und musterte die Felsen. Daß jemand in dem Metallgestrüpp Zuflucht gesucht hatte, war ausgeschlossen. Blieben nur die Grotten, Höhlen und Felsmulden – von seinem Standort aus zählte er vier. Hohe Felsschwellen mit senkrechten Wänden, die nicht alltägliche Ersteigungsschwierigkeiten verhießen, entzogen deren Inneres seinem Blick. Daher entschloß er sich, als erstes der Reihe nach die Grotten zu untersuchen. Schon vorher, an Bord des Raumkreuzers, hatte er zusammen mit den Ärzten und den Psychologen überlegt, wo die Verschollenen zu suchen seien, das heißt, wo sie sich versteckt haben konnten. Aber im Grunde hatte ihm diese Beratung nicht viel genützt, weil das Verhalten eines Amnesiegelähmten unberechenbar war. Daß sich die Vermißten zu viert von Regnars übrigen Leuten entfernt hatten, deutete auf eine Aktivität hin, die sie von den anderen unterschied.. Und in gewisser Hinsicht ließ auch die Tatsache, daß die Spuren der vier bis zu dieser Stelle auf dem abgesuchten Gelände nicht auseinandergeführt hatten, darauf hoffen, sie alle zusammen zu finden – natürlich nur, wenn sie überhaupt noch am Leben waren und sich nicht oberhalb des Felsentores in verschiedene Richtungen gewandt hatten. Rohan suchte nacheinander zwei kleine und vier größere Grotten ab, in die er verhältnismäßig leicht gelangte – er brauchte nur ein paar große, schräge Felsplatten zu überklettern. Das war ungefährlich und dauerte nur wenige Minuten. In der letzten Grotte stieß er auf zum Teil überschwemmte Metalltrümmer, die er anfangs für das Skelett des zweiten Arctans hielt; aber sie waren uralt und erinnerten nicht an eine ihm bekannte Konstruktion. In einem flachen Tümpel, der sichtbar war, weil die glatte, wie polierte Gewölbedecke spärliches Tageslicht widerspiegelte, lag eine merkwürdige, längliche Form, die ein wenig einem fünf Meter langen Kreuz ähnelte. Das Blech, das sie von außen umgeben haben mochte, war längst zerfallen, hatte sich auf dem Grunde mit Schlamm vermischt und eine rostrot gefärbte Masse gebildet. Rohan konnte sich nicht erlauben, diesen ungewöhnlichen Fund, vielleicht das Wrack eines jener Makroautomaten, die durch die Siegerin der toten Evolution, die Wolke, ausgerottet worden waren, genauer zu untersuchen. Er prägte sich nur das Bild ein: verschwommene Umrisse von Bändern und Stangen, die wohl mehr zum Fliegen als zum Gehen gedient hatten. Die Uhr gebot immer größere Eile, und unverzüglich machte er sich daran, die nächsten Höhlen abzusuchen. Doch sie waren so zahlreich – von der Talsohle aus waren sie bisweilen als schwarz gähnende Fenster in den steilen Felswänden zu sehen gewesen –, und die häufig wassergefüllten, unterirdischen Gänge, die hier und da zu senkrecht abfallenden Schächten und Gräben mit eiskalten, gurgelnden Rinnsalen führten, hatten so viele Windungen, daß er nicht wagte, weit in sie vorzustoßen. Außerdem besaß er nur eine kleine Handlampe, die verhältnismäßig schwaches Licht gab und besonders in den weitläufigen Grotten mit ihren hohen Deckengewölben und den unzähligen Galerien, auf die er einigemal stieß, machtlos war. Schließlich, als er vor Erschöpfung beinahe zusammenbrach, ließ er sich auf einem riesigen, von den Sonnenstrahlen erwärmten, flachen Stein am Ausgang einer eben durchsuchten Höhle nieder, kaute einen Riegel des Preßkonzentrats und spülte die trockenen Bissen mit Wasser aus dem Wildbach hinunter. Mehrmals glaubte er das Rauschen der heranziehenden Wolke zu hören, aber es war wohl nur das Echo der Sisyphusarbeit jenes Arctans, das von den oberen Talregionen herüberhallte. Als er seine schmalen Vorräte verzehrt hatte, war ihm bedeutend wohler. Am meisten wunderte ihn, daß ihn die gefährliche Nachbarschaft immer weniger kümmerte: das schwarze Dickicht, das sich die Hänge hinaufschob, wohin er auch blickte.

Er kletterte den Felsvorsprung vor der Höhle hinunter, auf dem er gerastet hatte, und gewahrte eine Art dünnen, rostigen Streifen, der sich über die trockenen Steine auf der anderen Talseite zog. Als er dort eintraf, erkannte er Blutspuren. Sie waren völlig eingetrocknet und hatten sich verfärbt, und wäre nicht das ausnehmend helle Weiß des Felsgesteins gewesen, das an Kalkstein erinnerte, so wären sie ihm gewiß entgangen. Er versuchte herauszubekommen, welche Richtung der Verletzte eingeschlagen hatte, aber es gelang ihm nicht. So marschierte er denn aufs Geratewohl talaufwärts, von dem Gedanken beflügelt, daß es sich vielleicht um einen Mann handelte, der bei dem Kampf zwischen dem Zyklopen und der Wolke verwundet worden war und die Kampfstätte hatte verlassen wollen. Die Spuren kreuzten sich, an manchen Stellen brachen sie ab, doch schließlich führten sie ihn in die Nähe einer Höhle, die er als eine der ersten abgesucht hatte. Um so größer war seine Überraschung, als sich herausstellte, daß sich neben dem Eingang ein senkrechter, schachtähnlicher, enger Spalt auftat, den er zuvor nicht bemerkt hatte. Dort endete die Blutspur. Rohan ließ sich auf die Knie nieder und beugte sich über das halbdunkle Loch. Obwohl er auf das Schlimmste gefaßt war, vermochte er einen gepreßten Aufschrei nicht zu unterdrücken, denn er erblickte Benningsens Kopf, der ihm mit leeren Augenhöhlen und gebleckten Zähnen entgegenstarrte. Er erkannte ihn am Goldrand der Brille, deren Gläser wie durch eine Ironie des Schicksals heil geblieben waren und im Widerschein des Lichtes, das von der über diesen Felsensarg geneigten Kalksteinplatte einfiel, in reinem Glanz funkelten. Der Geologe war eingeklemmt zwischen Gesteinsbrocken, deshalb war sein Körper, mit den Schultern in die natürliche Verkleidung des Steinschachtes eingekeilt, senkrecht stehengeblieben. Rohan wollte die Überreste des Mannes nicht so zurücklassen, aber als er sich ein Herz faßte und den Leichnam anzuheben versuchte, da spürte er durch den dicken Stoff des Schutzanzuges hindurch, daß er sich unter seinem Griff auflöste. Durch die Einwirkung der Sonnenstrahlen beschleunigt, die jeden Tag hier hereindrangen, hatte die Verwesung bereits ihr Werk getan. Rohan öffnete nur den Reißverschluß an der Brusttasche des Anzugs und entnahm ihr die Erkennungsmarke des Wissenschaftlers. Bevor er seinen Weg fortsetzte, wälzte er mit letzter Kraft eine der zunächst liegenden Felsplatten heran und deckte die Felsengruft damit zu.

Der erste war gefunden. Als Rohan sich ein ganzes Stück von jener Stelle entfernt hatte, fiel ihm ein, daß er eigentlich den Leichnam auf Radioaktivität hätte prüfen müssen, denn ihr Grad konnte in gewissem Sinne das Schicksal Benningsens und auch der anderen aufklären. Eine hohe Strahlungskonzentration wäre nämlich der Beweis gewesen, daß sich der Tote in der Nähe des Atomkampfortes aufgehalten hatte. Aber er hatte es vergessen, und nichts hätte ihn jetzt bewogen, den Stein wieder wegzuschieben. Gleichzeitig wurde Rohan sich bewußt, welch große Rolle bei seiner Suche der Zufall spielte, denn er hatte doch zweifellos vorher rund um diese Stelle alles sehr gründlich abgesucht.

Von einem neuen Gedanken beseelt, folgte er jetzt hastig der Blutspur, um ihren Anfang zu finden. Sie führte in beinahe gerader Linie ins Tal hinunter, als strebte sie dem atomaren Schlachtfeld zu. Aber bereits ein paar hundert Schritte weiter bog sie plötzlich ab. Der Geologe hatte sehr viel Blut verloren, desto erstaunlicher war es, daß er so weit gekommen sein sollte. Die Steine, die seit der Katastrophe nicht ein einziger Regentropfen genetzt hatte, waren stark mit Blut befleckt. Rohan erklomm ein paar wackelige, große Blöcke und war nun in einer weitläufigen, beckenähnlichen Mulde unterhalb einer kahlen Felsrippe. Das erste, was er sah, war die unnatürlich große, metallene Fußsohle eines Roboters. Er lag auf der Seite und war offensichtlich durch eine Weyr-Serie mittendurch gespalten. Etwas weiter entfernt lehnte an einem Stein in halb sitzender Stellung, fast in zwei Hälften zusammengeklappt, ein Mann mit einem Helm, dessen Wölbung rußgeschwärzt war. Der Mann war tot. Der Werfer hing noch an der schlaffen Hand und berührte mit dem blitzenden Lauf den Boden. Rohan wagte nicht gleich, den Mann anzufassen, sondern kniete nur bei ihm nieder und versuchte, ihm ins Gesicht zu blicken, aber es war genauso von der Verwesung verunstaltet wie Benningsens Gesicht. Da entdeckte er die breite, flache Geologentasche, die über der anscheinend geschrumpften Schulter des Mannes hing. Es war Regnar selbst, der Leiter der Expedition, die im Krater überfallen worden war. Die Radioaktivitätsmessungen ergaben, daß der Arctan mit einer Weyr-Ladung zertrümmert worden war: der Indikator registrierte die charakteristischen Isotope seltener Erden. Rohan wollte auch Regnar die Erkennungsmarke abnehmen, doch diesmal konnte er sich nicht dazu durchringen. Er schnallte nur die Tasche ab, weil er so den Leichnam nicht zu berühren brauchte. Aber sie war bis obenhin mit Mineralbrocken vollgestopft. Nach kurzem Überlegen brach er also mit dem Messer nur das am Leder befestigte Monogramm des Geologen ab, steckte es ein und versuchte, von einem hohen Stein aus die leblose Szene noch einmal überblickend, zu begreifen, was hier eigentlich geschehen war. Es sah aus, als hätte Regnar auf den Roboter geschossen. Hatte der vielleicht ihn oder Benningsen angegriffen? Konnte schließlich ein amnesiegelähmter Mensch überhaupt einen Angriff abwehren? Er sah, daß er des Rätsels Lösung nicht finden würde, er mußte weitersuchen. Wieder blickte er auf die Uhr: Es war kurz vor fünf. Wenn er nur auf den eigenen Sauerstoffvorrat angewiesen sein sollte, dann mußte er sich bereits auf den Rückweg machen. Da fiel ihm plötzlich ein, daß er doch die Sauerstoffbehälter aus Regnars Gerät ausschrauben könnte. Er hob also dem Toten den ganzen Apparat von den Schultern und stellte fest, daß ein Behälter noch voll war. Er tauschte ihn mit seinem geleerten aus und ging daran, rings um den Leichnam Steine aufzuhäufen. Das nahm fast eine Stunde in Anspruch, aber er war der Ansicht, der Tote habe es ihm ohnehin überreichlich dadurch gelohnt, daß er ihm seinen Sauerstoffvorrat abgetreten hatte. Als der kleine Hügel fertig war, dachte Rohan, es wäre eigentlich gut gewesen, sich mit einer Waffe zu versehen, wie der gewiß noch geladene kleine Weyr-Werfer eine war. Aber wieder dachte er zu spät daran und mußte mit leeren Händen abziehen.

Es war kurz vor sechs. Er war so müde, daß er kaum noch die Füße heben konnte. Er besaß noch vier Tabletten eines stimulierenden Mittels. Eine davon nahm er und stand eine Minute später, als er spürte, daß die Kräfte zurückkehrten, vom Boden auf. Da er nicht die leiseste Ahnung hatte, wo er nun noch suchen sollte, lief er einfach geradenwegs auf das Felsentor zu. Als er noch etwa einen Kilometer davon entfernt war, warnte der Indikator vor zunehmender radioaktiver Verseuchung. Zunächst war sie noch ziemlich gering, und er schritt aus und beobachtete dabei das Gelände ringsum. Da die Schlucht viele Windungen hatte, wiesen nur manche Felsen an ihrer Oberfläche Spuren des Schmelzprozesses auf. Je weiter er kam, desto häufiger traf er jene charakteristische, rissige Glasur an, bis er schließlich ganze, zu riesigen Blasen erstarrte Felsbrocken erblickte, deren Oberfläche unter den Schlägen der thermischen Entladungen gekocht hatte. Er hatte hier eigentlich nichts mehr zu schaffen, dennoch ging er weiter. Die Meßuhr an seinem Handgelenk ließ jetzt ein leichtes, immer schnelleres Ticken hören, der Zeiger tanzte wie wild über die Skala, sprang von einem Teilstrich zum anderen. Endlich erkannte er in der Ferne die Reste des Felsentores, die in einen muldenähnlichen Kessel gestürzt waren. Er sah aus wie ein kleiner See, dessen Wasser durch einen gewaltigen Einschlag über die Ufer gespritzt und auf unheimliche Weise erstarrt war. Der Felssockel hatte sich in eine dicke Lavakruste verwandelt, und der einst schwarze Pelz des Metallgestrüpps war nun ein einziger Asche gewordener Fetzen. Im Innern der Schlucht schimmerten zwischen den Felswänden riesige Schründe von hellerer Färbung. Rohan machte eilends kehrt.

Und wieder kam ihm der Zufall zu Hilfe. Als er bereits an einem zweiten, bedeutend breiteren Felsentor hinter dem Kampfplatz anlangte, sah er in der Nähe, an einer Stelle, an der er schon einmal gewesen war, einen Metallgegenstand funkeln. Es war der Aluminiumreduktor eines Sauerstoffgerätes. In einem flachen Spalt zwischen dem Felsen und dem ausgetrockneten Bachbett dunkelte ein Rücken in rauchgeschwärztem Schutzanzug. Die Leiche war ohne Kopf. Der fürchterliche Luftdruck hatte den Mann über einen Steinhaufen getragen und gegen den Felsen geschmettert. Ein wenig abseits lag unbeschädigt die Waffentasche, darin stak fest der Weyr-Werfer und blitzte, als wäre er erst vor kurzem gereinigt worden. Rohan nahm ihn an sich. Er wollte den Toten identifizieren, aber es war unmöglich.

Er marschierte weiter schluchtaufwärts. Das Licht auf dem Osthang färbte sich bereits rot und glitt wie ein flammender Vorhang immer höher, je tiefer die Sonne hinter den Bergrücken sank. Es war ein Viertel vor sieben. Rohan stand vor einem echten Dilemma. Bisher hatte er, zumindest in gewisser Beziehung, Glück gehabt: Er hatte seinen Auftrag erfüllt, war heil davongekommen und konnte zum Raumkreuzer zurückkehren. Daß der vierte Mann nicht mehr am Leben war, unterlag – davon war er überzeugt – keinem Zweifel, aber das hatte man schließlich schon an Bord des »Unbesiegbaren« für sehr wahrscheinlich gehalten. Er war hier, um sich Gewißheit zu holen. Hatte er also das Recht umzukehren? Die Sauerstoffreserve, die er Regnars Gerät verdankte, reichte für weitere sechs Stunden. Er hatte jedoch die ganze Nacht vor sich, in der er nichts unternehmen konnte, nicht nur wegen der Wolke, sondern allein, weil er fast völlig erschöpft war. Er schluckte eine zweite Tablette und versuchte, während er auf ihre Wirkung wartete, einen einigermaßen vernünftigen Plan für das weitere Vorgehen zu entwerfen.

Der blutrote Schein der untergehenden Sonne übergoß jetzt in immer satteren Tönen das schwarze Dickicht auf den Felsgraten hoch über ihm, die Zacken der Sträucher funkelten und schillerten in tiefem Violett.

Rohan vermochte sich noch immer nicht zu entschließen. Als er so unter einem riesigen Felsblock saß, hörte er in der Ferne das volltönende Summen der heranziehenden Wolke. Und seltsam – er erschrak nicht. Im Laufe dieses einen Tages hatte sich sein Verhältnis zu ihr merkwürdig gewandelt. Er wußte, oder er glaubte zumindest zu wissen, wie weit er gehen durfte, wie ein Bergsteiger, den der Tod, der in den Gletscherwänden lauert, nicht schrecken kann. Allerdings war er sich dieser inneren Wandlung selbst nicht recht bewußt, denn er hatte nicht in seinem Gedächtnis den Augenblick registriert, da ihm zum erstenmal, als das schwarze Gestrüpp auf den Felsen in allen violetten Tönungen schillerte, dessen düstere Schönheit aufgegangen war. Aber jetzt, als er die schwarzen Wolken bereits gesichtet hatte – zwei Wolken schwärmten von den Hängen gegenüber auf und näherten sich –, rührte er sich überhaupt nicht, suchte auch nicht mehr mit gegen die Steine gepreßtem Gesicht Schutz. Schließlich war es ganz und gar gleichgültig, was er tat, wenn nur der verborgene, kleine Apparat funktionierte. Er tastete durch den Stoff des Schutzanzugs hindurch nach dem münzenrunden Deckel und fühlte mit den Fingerspitzen ein zartes Vibrieren. Er wollte die Gefahr nicht herausfordern, deshalb setzte er sich nur bequemer hin, um nicht unnötig die Körperlage zu verändern. Die Wolken nahmen jetzt beide Seiten der Schlucht ein. Durch ihre schwarzen Knäuel schien eine Art ordnender Strom zu fließen, denn sie verdichteten sich an den Rändern, und ihre Innenflächen wölbten sich immer mehr und strebten einander zu. Es war gerade so, als formte sie ein riesiger Bildhauer mit ungemein raschen, unsichtbaren Handgriffen. Einige kurze Entladungen durchzuckten die Luft zwischen den am engsten benachbarten Punkten der beiden Wolken. Sie schienen aufeinander zuzurasen, und doch blieb jede auf ihrer Seite, und nur ihre mittleren Knäuel flatterten in heftigerem Rhythmus. Der Lichtschein dieser Blitze war sonderbar dunkel. Beide Wolken flammten sekundenlang darin auf wie Milliarden im Flug erstarrter silbrigschwarzer Kristalle. Sobald dann die Felsen schwach und dumpf, als hätte plötzlich ein schalldämpfender Stoff sie überzogen, das Echo der Donnerschläge mehrmals zurückgeworfen hatten, vereinigten sich beide Seiten des schwarzen Meeres bebend und bis zum letzten angespannt und flossen ineinander. Die Luft darunter verfinsterte sich, als wäre die Sonne untergegangen, und zugleich tauchten unbegreifliche, jagende Linien darin auf, und Rohan begriff erst nach einer geraumen Weile, daß er das grotesk verzerrte Spiegelbild der Talsohle vor sich hatte. Unterdessen wogten die Luftspiegel unter der Wolkendecke und dehnten sich, bis er mit einemmal eine riesenhafte, mit dem Kopf in die Finsternis hineinragende menschliche Gestalt erblickte, die ihn reglos anstarrte, obwohl das Bild selbst unablässig bebte und tanzte, als flammte es auf und erlöschte wieder in einem fortwährenden, geheimnisvollen Rhythmus. Und abermals vergingen Sekunden, bevor er darin das eigene, in dem leeren Raum zwischen den seitlichen Lappen der beiden Wolken schwebende Spiegelbild erkannte. Er war so erstaunt, so gelähmt von dem unbegreiflichen Tun der Wolke, daß er alles vergaß. Er dachte, daß die Wolke vielleicht von ihm, von der mikroskopischen Anwesenheit des letzten, lebenden Menschen inmitten des Gesteins wisse, aber auch dieser Gedanke schreckte ihn nicht. Keineswegs, weil er zu unwahrscheinlich gewesen wäre – er hielt nichts mehr für unmöglich –, es drängte ihn einfach, an diesem düsteren Mysterium teilzuhaben, dessen Bedeutung er – da war er ganz sicher – niemals begreifen würde. Sein gigantisches Spiegelbild, durch das die fernen Felshänge schwach hindurchschimmerten, zerfloß in den oberen Talpartien, die der Schatten der Wolke nicht erreichte. Zugleich schoben sich aus der Wolke unzählige Arme hervor. Wenn sie einige aufgesaugt hatte, dann erschienen an ihrer Statt andere. Ein schwarzer Regen fiel, der immer dichter wurde. Winzige Kristalle stoben auf Rohan herab, streiften seinen Kopf, glitten am Schutzanzug hinunter, sammelten sich in den Falten. Der schwarze Regen hielt an, und die Stimme der Wolke, dieses Tosen, das nicht nur das Tal, sondern offenbar die ganze Atmosphäre des Planeten erfaßt hatte, schwoll an. Einzelne Strudel bildeten sich in der Wolke, Fenster, durch die der Himmel zu sehen war. Der schwarze Mantel zerriß in der Mitte, zwei Wolkenberge segelten schwerfällig und gelangweilt auf das Gestrüpp zu und versanken und verschwanden schließlich in seiner reglosen Starre.

Rohan rührte sich noch immer nicht. Er war sich nicht im klaren, ob er die Kristalle, mit denen er übersät war, abschütteln durfte. Sie lagen überall auf den Steinen, das ganze Bachbett, das bisher schneeweiß geleuchtet hatte, sah aus wie mit Tinte bespritzt. Vorsichtig nahm er ein dreieckiges Kristall zwischen die Finger, doch da schien es plötzlich lebendig zu werden, streifte seine Hand mit leichtem Wärmehauch und erhob sich in die Luft, als Rohan instinktiv die Faust öffnete. Mit einemmal, wie auf ein vereinbartes Zeichen, wimmelte die ganze Umgebung wie ein Ameisenhaufen. Diese Bewegung war nur in der ersten Sekunde chaotisch, dann bildeten schwarze Punkte eine Art Qualmschicht, die über dem Boden lagerte, verdichteten sich, ballten sich und stiegen als Säulen hoch. Es sah aus, als wären die Felsen selbst riesige, rauchende Opferfackeln ohne Flamme und Feuerschein geworden. Und jetzt erst geschah etwas Unbegreifliches: Als der aufsteigende Schwarm fast wie ein Wolkenball genau über dem mittleren Teil des Tales hing, tauchten vor dem Hintergrund des allmählich dunkleren Himmels wie riesenhafte, schwarze Ballons jene Wolken wieder aus dem Dickicht und stürzten sich mit rasender Geschwindigkeit darauf. Rohan meinte das merkwürdige Knirschen zusammenstoßender Luftmassen zu hören, aber das war wohl eine Täuschung. Er glaubte schon, er wohnte einem Kampf bei, und jene Wolken hätten die toten Insekten, die sie los sein wollten, ausgestoßen und auf den Grund der Schlucht geworfen, da erwies sich alles als ein Trugschluß. Die Wolken teilten sich, und von der bauschigen Kugel blieb nichts übrig. Sie hatten sie verschluckt. Gleich darauf bluteten wieder nur die Felsgipfel in den letzten Sonnenstrahlen, und der weite Talkessel lag still und verlassen.

Da erhob sich Rohan, und er stand etwas wackelig auf den Beinen. Er kam sich plötzlich lächerlich vor mit dem Weyr-Werfer, den er dem Toten so eilfertig abgenommen hatte, mehr noch, er fühlte sich überflüssig in diesem Reich des vollendeten Todes, in dem nur tote Formen siegreich hatten überdauern können, um geheimnisvolle Vorgänge zu vollziehen, die nie ein lebendes Wesen erblicken sollte. Nicht entsetzt, sondern benommen und voller Bewunderung hatte er das miterlebt, was kurz zuvor geschehen war. Er wußte, daß kein Wissenschaftler fähig sein würde, seine Empfindungen zu teilen, aber er wollte jetzt nicht mehr nur zurückkehren, um Kunde vom Tode ihrer Gefährten zu bringen, sondern um zu fordern, daß der Planet unangetastet blieb. Nicht überall ist alles für uns bestimmt, dachte er, als er gemächlich abwärts stieg. Der Himmel war noch licht, und er gelangte bald auf den Kampfplatz. Dort erst mußte er sich beeilen, weil die Strahlung der glasigen Felsen, die in der sinkenden Dämmerung wie schaurige Silhouetten vorbeihuschten, immer stärker wurde. Schließlich lief er sogar. Die Felswände griffen den Widerhall seiner Schritte auf und gaben ihn weiter, und in diesem unaufhörlichen Echo, das seine Hast ins Riesenhafte steigerte, sprang er mit letzter Kraftanstrengung von Stein zu Stein, kam an bis zur Unkenntlichkeit zerschmolzenen Maschinenresten vorbei und erreichte einen gewundenen Abhang, aber auch hier glühte die Skala des Strahlungsmessers rubinrot.

Er durfte nicht stehenbleiben, obwohl er Atembeschwerden hatte, und so drehte er, fast ohne langsamer zu werden, den Reduktor der Flasche bis zum Anschlag auf. Selbst wenn der Sauerstoff am Ende der Schlucht verbraucht sein sollte und er die Luft des Planeten würde atmen müssen, so war das gewiß immer noch besser, als länger hier zu verweilen, wo jeder Quadratzentimeter des Gesteins tödliche Strahlen von sich schleuderte. Der Sauerstoff schlug ihm in einer kalten Welle in den Mund. Es lief sich gut, weil die Oberfläche des erstarrten Lavastroms, den der zurückweichende Zyklop auf der Strecke seiner Niederlage hinterlassen hatte, glatt war, stellenweise wie Glas. Zum Glück hatte er gut haftende Profilsohlen an den Schuhen, er rutschte also nicht. Inzwischen war es so dunkel geworden, daß nur die hier und da unter der glasigen Schicht hervorschimmernden, hellen Steine den Weg nach unten zeigten. Unaufhörlich nach unten. Er wußte, daß er wenigstens noch drei Kilometer solcher Wegstrecke vor sich hatte. Es war unmöglich, bei dieser wilden Jagd Berechnungen anzustellen, aber dann und wann warf er doch einen Blick auf die rot pulsierende Scheibe des Strahlungsmessers. Etwa eine Stunde durfte er sich noch hier aufhalten zwischen den von der Annihilation verbogenen und geborstenen Felsen, dann würde die Dosis zweihundert Röntgen nicht überschreiten. Fünf Viertelstunden mochten auch noch angehen, aber wenn er dann nicht den Rand der Wüste erreicht hatte, brauchte er sich nicht mehr zu beeilen.

Nach ungefähr zwanzig Minuten trat die Krise ein. Er empfand das Herz als ein grausames, unüberwindliches Etwas, das ihm von innen die Brust auseinanderstieß und wieder zusammenpreßte, der Sauerstoff brannte in Mund und Kehle wie lebendiges Feuer, Fünkchen tanzten ihm vor den Augen, das schlimmste aber war, daß er jetzt immer öfter stolperte. Die Strahlung war zwar etwas geringer geworden, der Indikator glomm in der Finsternis schwach wie ein verlöschendes Kohlestückchen, aber er wußte, daß er trotzdem laufen mußte, immer weiterlaufen, und die Beine versagten ihm bereits den Dienst. Jede Faser seines Körpers hatte genug, alles in ihm schrie, anzuhalten, sich auf die scheinbar kühlen, unschädlichen, gesprungenen Glasplatten zu werfen. Als er zu den Sternen aufschauen wollte, strauchelte er und stürzte nach vorn auf die ausgestreckten Hände. Schluchzend schnappte er nach Luft. Er rappelte sich hoch, stand auf, lief taumelnd ein paar Schritte weiter, dann kehrte der Rhythmus zurück und trug ihn mit sich fort. Er hatte bereits jedes Zeitgefühl verloren. Wie fand er sich überhaupt in diesem dumpfen Schwarz zurecht? Er hatte alle Toten vergessen, das knöcherne Lächeln Benningsens, den unter den Steinen neben dem zertrümmerten Arctan ruhenden Regnar, den Mann ohne Kopf, den er nicht hatte identifizieren können, ja, er hatte sogar die Wolke vergessen. Er war ganz und gar zusammengekrümmt von dieser Finsternis, sie hatte ihm das Blut in die Augen getrieben, mit denen er vergebens nach dem großen Sternenhimmel über der Wüste Ausschau hielt – die sandige Ödnis schien ihm eine Erlösung. Er lief blind drauflos, die Lider feucht von salzigem Schweiß, von einer Kraft getragen, über deren stetes Vorhandensein er sich mitunter noch wundern konnte. Es war, als wollten dieser Lauf und diese Nacht niemals enden.

Er sah eigentlich nichts mehr, als seine Füße plötzlich nur noch mühsam vorankamen, einsanken. In einem letzten Anfall der Verzweiflung hob er den Kopf und begriff mit einemmal, daß er in der Wüste war. Er erblickte die Sterne am Horizont, und als dann die Beine von selbst unter ihm nachgaben, suchte er mit den Augen die Scheibe des Strahlungsmessers, aber er konnte sie nicht sehen: Sie war dunkel, sie schwieg, er hatte den unsichtbaren Tod hinter sich in dem erkalteten Lavabett gelassen. Das war sein letzter Gedanke, denn als er den rauhen, kühlen Sand am Gesicht spürte, fiel er nicht in Schlaf, sondern in eine Starre, in der sein ganzer Körper noch verzweifelt arbeitete. Die Rippen zuckten, das Herz raste. Doch aus dem Dämmer völliger Erschöpfung glitt er in einen anderen, tieferen Dämmerzustand und verlor schließlich das Bewußtsein.

Plötzlich schrak er hoch und wußte nicht, wo er sich befand. Er bewegte die Hände, fühlte den kalten Sand, der ihm durch die Finger rann, setzte sich auf und stöhnte unwillkürlich. Ihm war heiß. Langsam kam er zu sich. Der Leuchtzeiger des Manometers stand auf Null. In der zweiten Flasche waren noch 18 Atmosphären. Er öffnete den Verschluß und stand auf. Es war ein Uhr. Die Sterne hoben sich scharf von dem schwarzen Himmel ab. Mit Hilfe des Kompasses fand er die Richtung, die er einschlagen mußte, und brach auf. Um drei Uhr nahm er das letzte Dragee zu sich. Kurz vor vier war der Sauerstoff aufgebraucht. Da warf er das Gerät weg, ging weiter und atmete anfangs nur zögernd. Aber als ihm die frische Luft des nahen Morgens die Lungen füllte, schritt er rascher aus und bemühte sich, an nichts anders als an diesen Marsch durch die Sanddünen zu denken, in die er mitunter bis an die Knie einsank. Er war wie ein bißchen trunken, aber er wußte nicht, ob das die Gase der Atmosphäre bewirkten oder einfach die Übermüdung. Wenn er vier Kilometer in der Stunde schaffte, würde er gegen elf Uhr den Raumkreuzer erreichen, hatte er sich ausgerechnet.

Er versuchte, das Tempo mit dem Schrittmesser zu kontrollieren, aber es gelang ihm nicht. Wie ein riesiger, weißlicher Streifen trennte die Milchstraße das Himmelsgewölbe in zwei ungleiche Teile. Er hatte sich schon so sehr an das spärliche Licht der Sterne gewöhnt, daß er die größten Dünen zu umgehen vermochte. Er stapfte und watete, und auf einmal bemerkte er am Horizont einen sonderbar gleichmäßigen Fleck ohne Sterne, eine kantige Silhouette. Ohne zu wissen, was es war, strebte er dorthin, rannte, sank immer tiefer in den Sand ein, aber er spürte es überhaupt nicht. Da schlug er wie ein Blinder mit ausgestreckten Händen gegen hartes Metall. Es war ein Geländefahrzeug, leer und verlassen. Vielleicht eins von denen, die Horpach am Morgen zuvor ausgesandt hatte, vielleicht auch ein anderes, eins von Regnars Gruppe. Er dachte nicht darüber nach, stand einfach da, keuchte und umfaßte mit beiden Armen die Maschine. Die Müdigkeit zog ihn zu Boden. Neben dem Fahrzeug in den Sand fallen, einschlafen und bei Sonnenaufgang weitergehen . . .

Langsam hangelte er sich auf den gepanzerten Rücken hinauf, ertastete den Klappengriff und öffnete das Luk. Die Lämpchen flammten auf. Er rutschte auf den Sitz hinunter. Ja, jetzt war ihm endgültig klar, daß er in einem Rausch war, bestimmt von dem Gas vergiftet, denn er konnte die Schalter nicht finden. Er erinnerte sich nicht, wo sie angebracht waren, er wußte nichts mehr . . . Schließlich stieß die Hand von selbst auf den abgegriffenen Knopf und schob ihn zur Seite. Der Motor maunzte leise und sprang an. Rohan klappte den Deckel des Kreiselkompasses auf. Nur diese eine Zahl kannte er noch ganz genau, den Kurs für die

Rückkehr. Eine Zeitlang rollte das Fahrzeug im Dunkeln dahin, Rohan hatte vergessen, daß es Scheinwerfer gab.

Um fünf war es noch finster. Da erblickte er vor sich in der Ferne zwischen den weißen und den bläulichen Sternen einen rubinroten Stern ganz niedrig über dem Horizont. Rohan zwinkerte benommen. Ein roter Stern? Undenkbar . . . Ihm schien, daß jemand neben ihm saß, bestimmt Jarg, und er wollte ihn fragen, was das für ein Stern sein könnte. Plötzlich schrak er hoch, wie vom Schlag gerührt. Es war das Buglicht des Raumkreuzers. Er fuhr geradenwegs auf dieses rubinrote Tröpfchen in der Finsternis zu. Es stieg allmählich höher und wurde schließlich eine helle Kugel, in deren Widerschein der Mantel des Raumschiffes schimmerte. Das rote Auge zwischen den Uhren blitzte auf, der Summer meldete sich und zeigte die Nähe eines Kraftfeldes an. Rohan schaltete den Motor ab. Das Fahrzeug glitt einen Dünenhang hinunter und blieb stehen. Er war nicht sicher, ob er noch einmal die Kraft haben würde, in das Fahrzeug zu steigen, wenn er es einmal verlassen hatte. Er griff also in das Gerätefach und zog eine Leuchtpistole hervor, und weil ihm die Hand zitterte, stützte er den Ellbogen auf das Steuer, hielt die Hand mit der anderen fest und drückte auf den Abzug. Ein orangeroter Streifen stieß in die Dunkelheit. Der kurze Flug der Leuchtkugel endete plötzlich in einem Sternenregen – sie war auf die Wand des Kraftfeldes getroffen wie auf unsichtbares Glas. Er schoß immer wieder, bis das Magazin trocken rasselte. Die Munition war aufgebraucht. Aber man hatte ihn ohnehin bemerkt. Als erste hatten wohl die Wachhabenden in der Steuerzentrale Alarm geschlagen, denn fast gleichzeitig flammten unter der Spitze des Raumkreuzers zwei große Jupiterlampen auf, die mit weißen Zungen den Sand leckten und sich über dem Fahrzeug kreuzten. Zugleich erstrahlte die Rampe in hellem Licht, und wie eine kalte Flamme glühte der ganze Schacht des Personenaufzugs im Schein der Leuchtröhren. Die Fallreeps wimmelten in Sekundenschnelle von Leuten, schon leuchteten auf den Dünen um das Heck die Scheinwerfer auf, drehten sich und warfen schaukelnde Lichtgarben aus, und dann blitzte das Spalier der blauen Leuchtfeuer auf und zeigte an, daß der Weg durch das Kraftfeld frei war.

Die Leuchtpistole war Rohan aus der Hand gefallen, und er wußte nicht, wann er über den Seitenflügel des Fahrzeugs hinuntergeglitten war. Mit schwankenden, übertriebenen großen Schritten, unnatürlich straff aufgerichtet, mit geballten Fäusten, um das unerträgliche Zittern der Finger zu unterdrücken, ging er geradenwegs auf das zwanzigstökkige Raumschiff zu, das in seiner Lichterflut vor dem verblassenden Himmel stand, so majestätisch in seiner reglosen Größe, als wäre es wirklich unbesiegbar.

Worterklärungen

Albedo	Rückstrahlvermögen von zerstreut reflektierenden Körpern
Annihilation	Vernichtung
Camouflage	Tarnung, Vortäuschung
Chromosphäre	rötlich gefärbte, stark wasserstoffhaltige Schicht in der Sonnenatmosphäre
Container	transportabler Großraumbehälter
Engramm	Spur geistiger Eindrücke (in der Großhirnrinde)
Ferrometer	Eisengehaltmesser
Hibernation	Einfrierung, Überwinterung
Inhaustor	Ansauger
Nekro . . .	(in Zusammensetzungen) Todes . . ., Toten . . .
Nova	Fixstern mit stark ansteigender Leuchtkraft
Occam, Wilhelm von	englischer spätscholastischer Philosoph (um 1290 bis 1349), forderte Trennung der Philosophie und der Wissenschaft von der Theologie
Petechien	punktförmige Hautblutungen
pragonal	kurz vor dem Tode
sensorisches Sprachzentrum	liegt im linken Drittel der oberen Schläfenwindungen, dient der Wortklangbildung und dem

	Sprachverständnis; das Wortklangbild wird dort bewahrt
Sulcus Rolandi	Zentralfurche des Großhirns
Superkopter	ein Flugzeug
Supernova	plötzlich aufflammender Stern mit ungewöhnlicher Leuchtkraft
Symbiont	Lebewesen, das mit einem anderen in Symbiose lebt (Symbiose: Zusammenleben von Organismen verschiedener Art zu beiderseitigem Nutzen)

Stanisław Lem

Fiasko

Roman. 432 Seiten. Leinen

Fiasko, ein Buch von grandiosem pessimistischen Zuschnitt, nimmt eine Idee auf, die die intellektuelle Science-fiction bislang gemieden hat: die Möglichkeit der Selbstzerstörung unseres Planeten.

Den Ausgangspunkt der Geschichte, die Lem ins 22. Jahrhundert datiert, bildet der Versuch eines Raumfahrtkommandos, mit einer außerirdischen Zivilisation Kontakt aufzunehmen, doch kristallisiert sich als das eigentliche Thema des Romans bald der fatale Zustand jener fremden Zivilisation heraus. Im Verlauf eines hundertjährigen kalten Krieges und Wettrüstens ist das ganze Planetensystem, in welchem sich auch der Planet Quinta – Ziel des Raumschiffs ›Hermes‹ – befindet, »militarisiert« worden und bildet nun eine gewaltige »Sphäromachie«, in der unzählige hochautomatisierte Satelliten sich gegenseitig in Schach halten. Nachdem alle Versuche des ›Hermes‹, mittels Funksignalen eine Verbindung zu den Quintanern herzustellen, gescheitert sind, erzwingt er schließlich die Kontaktaufnahme durch Einsatz technologischer Überlegenheit und durch eine gewaltige Zerstörungsaktion: einem einzigen Mann wird so die Landung erlaubt. Doch was der Astronaut auf dem Planeten vorfindet, entspricht so wenig seinen Erwartungen, ist menschlichem Vorstellungsvermögen so fremd, daß er zuletzt nicht einmal weiß, ob er die Planetenbewohner überhaupt zu Gesicht bekommen hat. Ein tragisches Mißverständnis endet das Ganze: Der Roman schließt mit einer entsetzlichen nuklearen Explosion.

S. Fischer

fi 627/1